설레는
인생을
품다

설레는 인생을 품다

윤영준 장편소설

등불

추천사

『설레는 인생을 품다』를 보면서

-인생이 그렇게 쉽게 무너지지 않는 의미

인생은 너무 고귀해서 넘어져도 다시 일어나는 오뚝이처럼 줄기차게 이어졌다. 시대가 흐르고 흘러도 여전히 후배를 통하거나 자손을 통해 이어졌고 죽지 않을 수 있는 크디큰 소망을 가져다주었다.

주인공의 외삼촌은 일제시대에서 변화시대를 거치면서 낙천적으로 살았고 그의 여성들은 해방시대에서 변화시대를 거치면서 조용히 여자답게 살았고 그의 평론가는 전쟁시대에서 변화시대를 거치면서 시대적 사명을 완수하기 위해 살았고 그의 친구들은 민주시대, 변화시대를 거치면서 세속에 물들어 살았고 그의 예술상담선생은 변화시대에서 인터넷을 자유자재로 다루면서 살았다.

주인공은 순수하게 살았고 외삼촌은 실력이 있었지만 바람둥이로 살았고 평론가는 진지하게 살았고 예술상담선생은 처세의 지혜를 알고 살았다.

그들은 애정에 열중하거나 이념에 열중하거나 생활에 열중하거나 자신의 꿈을 성취하기 위해 노력했고 최선을 다해 열심히 살기 위해 경쟁하기도 하고 다투기도 하고 싸우기도 했다.

전쟁 때문에 망했고 독재 때문에 망했고 질병 때문에 망했다는 푸념을 떨어뜨리지 못하고 사는 모습이 안타깝지만 누구나 그렇게 사는 대중 앞에서 웃고 울고 하다가 성공의 기회를 잡으면 놓치지 않고자 발버둥치는 것이 인생이 아닌가 싶었다.

열악한 조건 속에서 죽을 수밖에 없는 인생을 살아온 주인공에게 가느다랗고 강렬한 희망이 주어지고 시대와 함께 호흡하는 길이 열려 좋았다. 제2의 인생을 사느라 눈시울이 눈가에 맺힐 것 같은 슬픔을 간직한 순수성이 돋보였다.

—성찬경 예술원 회원(영미문학자)

작가의 말

미워하지 않고 사랑하는 비결이 있다면 그것은 진실한 말과 행동이었습니다.

생명은 변함없이 길고 긴 줄처럼 우리의 인생을 줄기차게 인도했습니다. 생명으로 이어져 살고 죽는 일이 반복될지라도 언제나 우리 곁에 있는 사랑은 멈추지 않고 계속되었습니다. 이웃과 더불어 같이 사는 존재로 생명의 고귀함을 느끼기 위해 서로 이해하고 웃고 울면서 최소한의 관심을 기울였습니다.

인생의 고달픈 길이 퍽 힘들지만 죽음보다 어렵지 않았습니다. 주인공의 가족이 겪은 사랑의 미로를 시대에 따라 느끼게 하는 가운데 자신은 거기서 탈출하고자 시도해도 내면의 깊은 사랑을 어찌할 수가 없었습니다. 시대와 인생의 환영 속에서 미련을 떨치지 못하는 내면의 아픔을 잊고자 힘쓰는 모습이 애처로웠습니다. 그렇게 사랑하고서도 만나지 못하는 안타까운 현실을 누구에게 탓할 수도 없었습니다.

주인공과 평론가의 사고방식은 좀 달랐고 정적인 주인공은 지적인 평론가의 이해를 갈구하면서 삶의 끈질긴 소용돌이를 감싸 안고 문학의 세계를 넓히고자 몸부림쳤습니다. 언론과 문학의 사이를 넘나드는 그들의 사실추구는 너무 예리했습니다.

아름다운 세계를 몸소 체험하고자 폭넓은 의견을 교환하고 사는 평론가는 주인공의 깊은 슬픔의 고통을 이해하기가 어려웠습니다. 그는 자신의 사랑스러운 4촌 누나가 더 걱정이 되어

누나를 보호하고자 힘썼습니다. 피는 물보다 짙다는 사실이 이
념을 같이 하는 동지에게도 적용되었습니다. 피는 이념보다 짙
었습니다.

그는 주인공을 애틋하게 바라보면서 얼마나 아픈데 아픈 세
상체험을 하게 될까봐 걱정이 되었고 살벌한 세상을 어떻게 헤
쳐 나갈는지 몹시 걱정이 되었습니다. 주인공은 질병 때문에 비
정상적 독신주의자가 되었고 그의 김 평론가는 질병과 전쟁을
피해 정상적 결혼생활인이 되었고 그의 큰외삼촌은 전쟁 때문
에 비정상적 바람둥이가 되었습니다.

하염없이 눈물을 흘리는 여인보다 나은 입장으로 살아가는
동문은 눈물이 없는 세상을 만들기 위해 눈물을 흘리느라 잠을
자지 못하기도 했습니다. 아마, 우리는 좋은 이웃이 되기 위해
고난의 쓴 음식을 마음으로 먹고 오직 주어진 일에 충실해도 비
정상의 탈선이 생겨 갈등했습니다. 완전하지 못한 인간이기에
부단히 완전을 위해 노력했습니다. 주인공은 살아가는 환경 때
문에 동문을 떠날 수 없는 가운데 자유와 표현에 힘을 쏟았을지
라도 자연스럽게 흘러가는 인생을 갑자기 바꿀 수 없었습니다.

나중에 지도자로 발돋움한 이의 행적을 거울삼아 아름답고
멋지게 살고자 질병과 구타와 독재가 없는 유토피아를 꿈꿀지
라도 질병만은 어떻게 할 수가 없어서 죽지 않고 지금까지 살아
온 것이 기적 같았습니다. 생명이 있는 한 인생의 희망이 설레
는 바람을 타고 떠다녔습니다.

요즈음 인터넷이 발달해 필요한 정보를 방식만 알면 쉽게 얻
을 수 있어도 해로운 정보가 엉뚱하게 등장해 문제이었습니다.

컴퓨터 박사는 해킹을 통해 컴퓨터 프로그램을 망가뜨리는 것으로 만족했지만 미국에서 나온 포르노는 성적 타락을 재촉해 문제를 일으키고 중국에서 나온 첩보공작은 가상전쟁을 재촉해 문제를 일으키고 일본에서 나온 운세미신은 거짓운명을 재촉해 문제를 일으켰습니다.

질병의 악조건과 부자유의 악조건과 가난의 악조건이 미움을 가져올지라도 미워하지 않고 사랑하는 비결이 있다면 그것은 진실한 말과 행동이었습니다.

밝고 명랑한 분위기 속에서 살고픈 희망이 좌절되지 않고 죽음도 물러가는 풍부한 정보를 가질 수 있게 되길 바랍니다. 인생은 설레는 희망 속에서 더욱 빛나고 아름답습니다.

이 소설의 등장인물은 실재 인물일 수도 있고 가상 인물일 수도 있습니다. 그러나 진실해지기 위해 무척 노력한 가운데 허구 속의 진실보다 가식 속의 진실을 통해 진실의 그림자가 진실을 꿈꿀 수 있듯이 진실을 사모하는 이에게 감동을 주었으면 합니다.

전쟁과 가난과 질병과 독선이 몸서리치게 인생의 광란을 가져왔을지라도 도도히 흐르는 큰 강물은 소리 없이 흐르고 잔잔해지는 하늘과 땅의 질서는 새로운 조용한 시대를 맞이합니다.

사랑과 자유는 지금도 우리의 꿈이 되어 작가와 독자의 마음을 넘나들고 고통으로부터 벗어나는 기회를 주어 변화를 가져다줍니다. 가상 속에서 일어나는 사랑과 자유도 변화시대 속에서 은근히 우리에게 다가와 상상의 공간을 넓히고 아름다운 마음을 가져다줍니다.

　서글프게 우는 주인공의 인생이 가련할지라도 제2의 인생의
꽃을 피우지 않겠나 하는 아름다운 미소를 가슴 속에 열정으로
품고 살아가리라 봅니다. 영원한 사랑은 친구를 뛰어넘어 올바
르게 사랑을 만드는 원대한 꿈이 되고 설레는 감정을 순화시켜
사랑의 갈등을 막아주리라 보면서 아름다운 행복을 찾게 해줄
것입니다.

　　　　　　　　　　　　　　　　　　윤영준

차례

공기가 맑은 자연과 요란한 세상

  여수 밑에 있는 돌산 면은 섬으로 구성되어 있고 바다로 둘러
싸인 공기가 맑은 시골이었고 작은 섬들이 펼쳐진 가운데 물이
맑아 맑은 냄새가 날 정도로 별천지의 세상이었다. 남쪽바다의
조그마한 섬은 까만 조각돌이 환하게 들여다보이고 맑은 바닷
물과 봄에 피는 앞산의 진달래가 아름답게 피는 좋은 경치를 가
진 때 묻지 않은 자연이었다. 이 속에서 마음껏 뛰어 놀고 공부
할 수 있는 조용한 공간이었다. 하루 동안에 섬 전체를 뺑 돌아
다니면서 미역을 딸 수 있는 보통의 섬이라서 편안하고 아늑했
다. 멀리 작은 섬들이 보였고 섬들 위로 흰 구름들이 평화롭게
무늬를 띄었다. 흰 구름과 흰 구름 사이로 하늘과 바다가 붙어
있었다. 큰 은행나무가 버티는 마을에서 다갈색으로 그을린 아
낙네가 바다의 해초를 가득 채우고 돌아올 때 유난히 반갑게 개
가 짖어댔다. 집집마다 개나 고양이나 닭을 키우고 있었고 회색

점박이 고양이는 낮에 느릿느릿하게 노닐다가 밤에 무서운 눈초리로 사람을 경계했다. 바다가 있고 개펄이 있고 밭이 있는 한가한 시골은 은은한 냄새를 풍겨 시원스러웠다. 겨울에 내리는 눈은 온통 하얗게 섬을 하얗게 수놓아 얼마나 깨끗한지 마음마저 깨끗하게 했다. 순수한 마음을 가진 박명섭의 가족은 일제시대를 조심하면서 살았다. 명섭의 할아버지는 전남 여천군 돌산 면에서 살았고 일제시대라서 일본의 순사가 무서워 양반일지라도 조용히 살았다. 농사짓고 고기잡고 장사하는 가운데 편안하게 살았고 생활의 형편은 먹고 살만했고 어머니 같은 바다로 둘러싸인 시골의 냄새를 맛보면서 살았다. 할아버지는 큰아들을 여수의 수산학교에 보냈고 작은아들을 일본으로 유학을 보내 거기서 살게 했고 작은아들이 오사카에서 메리야스 공장을 크게 해 친척들을 데려다가 일을 시킬 정도이었고, 막내아들을 여수에서 크게 장사하도록 했고 큰딸을 소학교에 보내지 않고 집안 살림을 돕게 했고 작은딸을 일본으로 유학을 보냈지만 나중에 귀국하도록 해 소학교 교사를 하게 했다. 명섭의 아버지는 수산학교를 졸업해 수산업 협동조합에 근무하면서 무지하지만 얼굴이 잘 생긴 명섭의 어머니와 결혼했다. 그는 호랑이 같이 무서웠지만 깔끔했다. 조용하고 잔잔한 돌산 섬에서 여수로 나와 수산학교를 다녔을 때도 배를 타는 즐거움에 바다를 늘 항상 사랑했다. 어머니가 명섭을 잉태했을 때 수사슴이 새끼를 꼭 껴않은 꿈을 꾸었고 할머니가 해몽해보고, 아름다운 사내아이를 가질 것이라면서 길몽이라고 했다. 아기는 할머니의 정성어린 기다림과 어머니의 수고로 자궁이 열리고 양수가 터져서 순탄하게 태어났다. 할머니는 아기를 안고 너무 기뻐서 미역국을 끓이는 것을 잊었지만 한참 후에 미역국과 흰쌀밥을 만들어 산모에게 주었고 해산의 고통을 잊은 채 맛있게 먹은 산모는 아기를 안고 정신을 차리기 시작했다.

  아기는 씩씩하고 예쁘게 자라났다. 담 밑 화단의 꽃도 아름답게 물들었다. 파릇파릇한 싹이 돋아난 앞마당의 푸른 잎은 햇볕 아래 숨쉬고 있었다. 뜰에 있는 장미와 백합은 아름다운 영혼처럼 미소를 품었다. 봉숭아, 백일홍, 맨드라미, 해바라기가 겹겹으로 꽃을 수수하게 피워냈다. 한낮 동안 소나기가 몇 번 지나가 꽃이 흠뻑 물을 품으면 더 싱싱하게 보였다. 담벼락에는 수세미와 호박이 푸른 잎사귀 속에서 얼굴을 내밀었다. 노랗게 빨갛게 물든 마당은 아기자기한 정원 같았다. 강렬한 햇살과 푸른 식물들 속을 뚫고 아무에게도 방해받지 않는 비둘기가 집밖의 밭으로 날아와 빈자리를 차지했고 저 먼 바닷가에 떠있는 갈매기가 넓은 공간을 마음껏 날았다. 훨훨 나는 새처럼 이상과 꿈을 품는 아기자기한 섬이 아기를 길러냈다.

  명섭의 부모는 그 뒤로 여러 자녀를 두었고 명섭은 어머니를 닮아 잘 생겼고 아버지를 닮아 공부를 잘해 돌산소학교에서 1등을 하는 수재로 아버지의 칭찬을 듣고 자랐다. 그는 어린 시절에 꿈을 가졌고 그 꿈이 현실로 다가오길 기대했다. 파도 바람에 휘말린 섬 마을 소녀의 기대를 한 몸에 받을 정도로 명랑하고 따뜻한 소년이었다. 해변에 앉아 뱃고동을 내며 지나가는 배를 바라보면서 멀어져 가는 지평선을 가슴에 품고 살았고 성격이 외향적이라서 낙천적으로 살았다. 그는 부모의 큰 기대를 받고 자라난 여자 같이, 예쁜 구석이 많은 유순한 사내이었다. 그는 마을 뒷동산에 올라가 마음껏 소리치며, "나는 위대한 외교관이 되어 평화를 건설할 거야."하고 외쳤다. 아름다운 자연의 소리에 매료된 소년의 얼굴에 광채가 났고 멀리서 들려오는 파도소리에 그만 잠이 들었다. 소망의 등대가 기다랗게 빛을 발산해 어둠의 고독을 깼고 새벽을 재촉하는 꼬꼬댁 하는 닭의 울음소리가 노래처럼 들렸다. 해변에서 일어나는 바람이 슬며시 방 안으로 들어와 얼굴을 스쳐갔다. 천진난만한 소년의 얼굴에 얼마나 귀여운 구석이 많은지 사내가 애교를 부릴 것 같은 모습이었다. 따르는 여학생이 많아 어릴 때부터 철모르는 사랑에 휩싸였고 여학생과 함께 뒷동산에 자주 놀러갔다. 무엇인가 잃어버린 듯한 느낌이 들어서 조심스레 걸어갔다.

명섭은 여학생에게 사뿐히 가서 말을 건네기도 했다.

"너는 공주 같은 예쁜 친구야."

"……"

쑥스러운 여학생은 말을 하고 싶은데 말을 하지 못하고 뒤돌아 가버렸다.

자주 만나는 여학생 중에서 사모하는 귀여운 여학생이 있었고 어린 나이에 열병에 걸려 죽었다. 안타까운 슬픔이 밀려와 두려운 공포가 생겼다. 그 집에 찾아간 그는 스르르 흐르는 애조 섞인 눈물을 흘렸고 어린 가슴을 의심하게 할 정도로 슬퍼했다. 얼마 전까지 재미있게 지낸 자신의 사랑스러운 친구가 이 세상을 떠나 저 세상으로 가버렸는지 너무 슬퍼 가슴이 메어졌다. 정말 애틋한 아픔이 되어 온 몸이 떨렸다. 허공에 떠있는 영혼의 불꽃과 얼음이 보라색으로 물들인 양 어쩌나 외로운지 집으로 돌아와 펑펑 울었다. 한참 후에 친구의 죽음을 까마득하게 잊어버리고 해님과 달님과 별님과 함께 어울려 지내면서 마냥 함께 꿈을 꾸었다. 간절히 원하는 것이 꿈이 되어 자신을 왕자로 만들었다. 친구와 팽이를 치고 연을 날리다가 들뜬 기분으로 바닷가로 내려가 썰물의 갯벌에서 모래성을 만들어 놀았고 찰랑찰랑 바닷물이 밀려와 무릎까지 잠길 때까지 저 넓은 바다를 향해 서있었다. 작은 섬에서 소문이 나면 훤하게 퍼지는 세상이라 좁기도 했고 육지와 떨어진 섬은 고립되어 있는 별천지라서 물고기와 함께 친구 삼을 때도 있었고 물고기를 잡아 생으로 먹기도 했다. 파도 방울이 무섭게 휘몰아치면 어린 가슴을 놀라게 할 때가 있었고 잔잔해지면 무지개 빛을 띤 환상의 동그라미로 변화되어 있었다.

명섭은 무지개 빛을 향해, 마음으로 속삭였다.

"너 나하고 함께 살자."

"그래, 좋아."

"우리 함께 놀자."

"그래, 함께."

"뛰어 놀고, 만지고 싶다."

"놀고 싶으면 만져봐."

"내가 인형이 될까?"

"그렇게 하렴."

"아주 건사한 빛이야."

"너무 멋있어."

"우리 안아봐."

"조심해야 되는데."

"네가 내 속에 들어와야지."

"인형 속으로…"

무지개 빛은 명섭이 가까이 오면 올수록 움츠리면서 사라졌다.

그는 자라난 환경이 너무 맑고 환해 순수한 사랑을 간직했고 마음껏 사랑하고픈 꿈을 키우고자 큰 소리를 질렀다. 섬이 떠나갈 정도의 우렁찬 소리가 장군의 승전가처럼 큰 메아리가 되었다. 처음으로 느낀 자연의 고마움을 마음속에 고이 간직하면서 친구가 공부하면 어른들로부터 칭찬을 듣기 위해 더 열심히 공부한 덕에 큰 꿈을 품을 수 있었다.

학교에서 딱딱한 공부만 하다가 소풍을 가면, 얼마나 신나는지 아침 일찍 일어나 춤을 덩실덩실 추고 빨리 학교에 갈 시간만 기다렸고 마을 뒷동산으로 가는 소풍이라 어른은 별로 기대를 하지 않았지만, 어린이는 너무 좋아서 날뛰었다. 그는 따라온 부모의 손을 잡고 음식을 먹고 노래하고 춤추고 보물찾기를 하면서 상품을 타 즐겁게 보냈다. 이렇게 재미있게 보낸 시간이 지나니 아쉬웠고 밤이면 별이 너무 초롱초롱해 땅에 다다른 것 같은 아름다운 광경을 잊지 못했다.

그는 참 어려운 일제시대이고 봉건적인 시대이었을지라도 철부지라 전혀 몰랐고 여학생에게 호감을 주는 말을 자유롭게 건네는 싹싹한 어린 학생이었으니 걱정이 없는 시간을 보냈고 일본어를 일본사람이 하듯이 학교에서 열심히 해내 칭찬을 받는 가운데 잘 자라났다. 선생은 소년에게 가끔 칭찬을 해 사기를 북돋아주지만 소년은 너무 자주 들어 기뻐하는 기색이 없었다. 선생도 그냥 해보는 칭찬으로 습관이 되어 반복하다시피 했다. 모나지 않으면서 공부를 잘 하는 소년으로, 사교성이 있는 잘생긴 얼굴과 말 때문에 장차 훌륭한 사람이 되겠다는 꿈을 가졌고 행동이 어른들에게 귀여움을 독차지할 정도로 귀엽고 예뻤다. 그는 친구끼리 "너 참 예쁘다. 자주 만나 친하게 지내자" 하면서 서로 기분 좋은 사이로 지냈고 어린 여학생과 친구로부터 언제나 부러움의 대상이 되었다. 그는 어른과 달리 일제시대의 착취를 몰라 전쟁을 모르고 잘 자랐고 상냥하고 끼가 있는 어린 남학생으로 너무나 인기를 누렸고 어깨가 으슥해 학교에서 잘 난척할 뿐 아니라 집에서도 손자에 대한 애틋한 정을 쏟는 할아버지와 할머니 앞에서 으스댔다.

그의 부모는 병원과 약국이 멀리 떨어져 있어서 불안한 가운데 살았고 섬 마을에 의사가 없고 약사가 없어서 민간요법으로 병을 고치는 구식의 시골이라 미신이 성행하는 어리석음 때문에 섬 주민이 이질에 걸려 많이 죽을 뻔한 일이 있었다. 명섭의 친한 친구가 이질로 죽는 가슴 아픈 일로 마을에 한바탕 소동이 일어났다. 다른 환자를 그의 아버지가 여수에 가, 약을 구해 이질을 고쳐주니까 미신이 내포된 구식을 버리는 신식 아저씨로 통했다. 구식을 버리는 획기적인 사건을 통해 신식 교육에 열을 올리는 마을로 탈바꿈이 되어 우물과 변소를 청결하게 하기 위해 집집마다 수리를 했다. 밭을 갈고 고기를 잡아 먹고사는 순박한 시골에서 점차 과학의 물결이 출렁이게 되는 변화의 몸살을 겪어 아주 나이든 어른들의 반발도 만만치 않았다. 그래도 새로운 물결은 일어났다. 그의 아버지는 일찍 개화가 되어 문물에 밝아서 시대에 빨리 적응해 살았다. 구식과 신식이 교차한 집안에서 일본에 호감을 가진 신식 세대로 일본으로 도시로 진출하기 위해 몸부림치는 기회주의자에 속하는 부류가 되어 열심히 살았다. 그렇게 살아갈지라도 자연이 준 태초의 생명을 고이 간직했고 그렇게 섬사람들은 유명한 큰 바위에 올라가 너무 깨끗한 자연을 구경하면서 너무 순수하게 살았다. 작은 섬 저편에 끝없는 지평선이 펼쳐진 가운데 마음을 비우는 환경 속에서 그 어려운 전쟁을 피했고 자연과 더불어 순박하게 살았다. 넘실거리는 바닷물 앞에 배는 꽁꽁 묶여 있었고 바닷가 마을의 조그만 여자아이들도 몰려와 바닷물 속에 발을 집어넣고 찰랑거리며 놀았다. 조그만 여자아이들은 저녁 해질 무렵에 모두 돌아갔고 바닷물은 부드럽게 바람과 파도와 함께 놀았다. 바닷물이 아름다운 소리가 되어 세상을 잠들게 만들었다.

그 섬에 책방이 없어서 공부할 수 있는 책이 많지 않았지만 학교 앞에서 그의 할아버지가 문방구를 해 그는 종이를 마음대로 썼고 그 덕에 자습을 많이 했고 학교가 집 앞이라서 공부하는 습관이 갖추어진 가운데 대체로 그와 그의 동생들은 공부를 하는 편의 부류에 속했다. 그래서 나중에 그 집은 섬사람들부터 부러움을 샀다. 그의 가정은 아버지가 곰 같이 무서울 때도 있었지만 자상한 아버지가 가족을 성실하게 보살피니까 걱정이 없었다. 그는 아름답고 행복한 가정을 이끌어 가는 아버지의 보호를 받고 살면서 기쁨과 미소를 간직했다. 그의 가족은 갈매기가 있고 조개가 있고 미역이 있는 바다냄새가 물씬 풍기는 아늑한 마을을 그리워하면서 도시로 아버지의 직장을 따라 이사를 갔고 거기서 바다를 가슴에 품는 느긋한 마음으로 바다에 대한 정을 간직한 추억을 잊지 못해 아쉬워했다. 노을이 사라진 깊고 깊은 바다의 울림은 서서히 머리 속에서 사라지고 사람냄새가 나는 도시 속으로 빠져들어 갔다. 고향을 등지고 떠나는 가슴이 쓰릴지라도 곧 잊혀져 별 생각 없이 새로운 집에서 놀았다. 옆집이나 앞집에 자기 또래 아이들과 어울려 마냥 즐겁게 보냈고 소학교에 전학한 가족이 모나지 않게 새로운 선생과 친구를 만나 친구와 함께 사귀면서 열심히 공부해 평안한 생활을 했다.

그는 공부를 잘해 전라도에서 제일 좋은 광주 서중학교에 들어가 한없이 기뻐했고 얼굴이 잘생겨서 여자가 따르는 가운데 여자와 철모르게 인사나 하고 사귀었다. 여학생이 남학생을 좋아하면 남학생이 마음을 쉽게 열어 가까운 이성친구가 되는 이상한 환경 속에서 꽃밭의 한 마리 나비가 되어 자유롭게 지냈다.

그의 작은고모는 이사한 광주의 부모 집으로 오지 않고 일본에서 귀국해 고향에서 학교선생을 하다가 결혼할 나이가 되어 연애를 했고 하필이면 유부남과 모르고 사귀게 되어 엄청난 가정의 혼란을 겪으면서 살았고 가정문제를 해결하지 못해 갈라서지도 못한 채 첩 비슷하게 살았으니 참 서글픈 인생을 살았다. 그녀의 부모는 찢어진 가슴을 무엇으로 표현해야 할지 모를 정도로 근심을 안고 살았다. 명섭은 집안이 작은고모 때문에 속을 썩이고 있어도 태평하게 지냈고 그의 남동생도 공부를 잘해 서중학교에 들어갔고 얼굴이 못생겨서 여자를 사귀지 않고 지냈다. 그는 어머니를 닮아 잘 생겼고 어렸을 때 아버지처럼 공부를 잘했지만 수재가 모이는 서중학교에 다니면서 보통의 성적을 내 경쟁심도 약해지고 의욕도 약해지니까 여자 친구를 사귀는 시간을 많이 가졌다. 아직 성숙하지 못한 남녀 사이에 한다는 얘기는 고작 친구에 관한 얘기와 선생에 관한 얘기였다. 그는 여자 친구에게 다정한 말투로 말을 건넸다. "나는 너를 좋아해, 우리 함께 친구하자." 여자 친구는 "그래 좋아."하면서 그를 따랐다. 그녀의 여자 친구에게 말을 붙였다. 그녀는 확 열이 올라 얼굴이 붉어지면서 이마까지 확 퍼지는 부끄러움을 느꼈다. "너의 친구는 나하고 친해. 얘기 좀 하자. 우리 국어 선생은 가끔 옛날에 남녀가 사랑하다가 부모가 반대해 돌이 되었다나."하는 얘기를 했다.

여자 친구는 한참 있다가 이렇게 얘기했다. "옛날 얘기가 뭐 지금 필요한 거야? 너의 이름도 모르는데."

"나는 박명섭 이라고 그래, 나이는 열다섯이야."

"그래, 나는 이애라야."

"나이는 어떻게 되고."

"몰라."

"알았어."

여자 친구는 여자가 남자를 함부로 만나는 시대가 아니라 웃으면서 뛰어 집으로 갔다. 여자 친구들은 그를 잊지 못하는 남자 친구로 여기고 잘 따라 나중에 가까운 친구가 되었다.

그의 여동생은 중이염을 고치지 못해 귀가 들리지 않아서 소학교를 중퇴했고 집에서 집안일을 도맡았고 다른 여동생들은 소학교를 열심히 다녔다. 그녀는 고막이 상해 귀가 잘 들리지 않으니까 소학교를 중퇴한 슬픔을 간직했고 아버지가 돌산 섬의 맑은 물에 잘 듣지 못하는 딸을 죽여 버리겠다고 화를 냈지만 측은한 마음이 들어 얼싸안고 울고 만 기억을 잊지 못해 아픈 상처를 잠재의식 가운데 품고 살았다. 그녀의 고모가 일본으로 유학을 갈 때 함께 일본유학을 가지 못한 안타까운 서러움의 한을 품고 피해의식을 떨치지 못하고 살았다. 명섭은 여동생이 집안일을 돌봐 공부를 하지 못하고 고생을 하는 것을 볼 때마다 안타까워 어린 마음에 눈물이 나 못 견딜 지경이었다. 그녀의 어머니는 대가족의 살림을 돕는 딸에게 그냥 그렇게 대했다.

그의 아버지는 일본인 경영자 밑에서 여수에서 순천으로 순천에서 광주로 거처를 옮겼고 부지런하니까 경영자의 신임이 두터워 임금을 많이 받게 되면서 저축한 돈으로 광주에서 양말 공장을 좋은 조건으로 사게 되었고 일본사람의 도움을 받아 신뢰를 쌓게 되니까 신용거래로 사업을 일으켰다. 그는 가족을 생각해 열심히 일해서 돈을 모은 덕에 양말 공장을 직접 차렸고 부모와 처와 자식이 편안하게 살도록 하기 위해 2층 양옥집을 공장 옆에 지어 함께 살았다. 대단한 가옥으로 이웃의 부러움을 샀다. 그는 배급을 주는 일제말기의 시대이라서 납품하는 가운데 어찌나 바쁜지 물량이 모자라 밤을 꼬박 샐 정도로 일에 치우친 고로 돈이 많이 모아지니까 메리야스까지 하게 되어 사업을 크게 확장했다. 그는 눈치가 빨라서 일본사람이 일본의 패전을 예감하고 싸게 내놓은 메리야스 공장을 인수해 굉장히 돈을 벌었고 장사를 하는 그의 동생에게 장사를 집어치우고 양말 공장을 물려받아 하게 해, 돈을 벌게 해주었다.

명섭은 해방시대를 즐겁게 보냈다. 한국 사람은 봄, 여름, 가을, 겨울이 뚜렷한 살기 좋은 우리나라를 마음껏 찬미했고 서울과 평양과 부산의 시민은 8.15해방이 되었을 때 만세를 힘차게 불러댔다. 갑자기 세상은 뒤집어졌고 하늘과 땅과 산과 바다는 아름답게 변했다. 시원한 바람과 산뜻한 숲이 너무 싱싱했다. 자유의 향기가 여기저기 펼쳐졌다. 푸르고 깨끗한 샘은 우리의 목까지 시원하게 했다. 우렁찬 만세소리와 더불어 덩실덩실 춤추는 주인의 모습을 보고 개들도 춤을 추었다. 온통 해방의 기쁨에 젖었다. 거칠고 매서운 대지에 아늑한 축제의 불꽃이 환상을 뛰어넘는 환희로 가득 찼다. 소련이 먼저 38선 이북을 관리하고 미국이 나중에 38선 이남을 관리해서 완전한 기쁨을 누릴 수 없었다.

그의 아버지는 일본인 경영자 밑에서 열심히 닦은 경험으로 부지런하게 노력한 덕에 "하늘은 스스로 돕는 자를 돕는다."는 결실을 가져와 큰 사업을 했다. 타고난 부지런한 성품으로 남보다 더욱 앞서가 돈벌기에 바빴다. 돈은 돈 것이라 해도 돈이 쌀가마니에 가득 채워져 주체할 수 없었고 도둑이 들까봐 대형금고를 사 많은 돈을 보관했다. 돈은 한 곳으로 몰리는 현상이 일어나 빈익빈 부익부가 되는 요상한 괴물 같았다.

그의 여동생은 아버지 밑에서 일을 배우고 조력해 살림살이에 보탬이 되었지만 고막이 상해 잘 듣지 못하니까 답답하게 살았다. 그녀는 말을 잘 듣지 못하니까 말이 서툴러 언제나 따돌림을 당할까봐 조마한 심정으로 세상을 괴로워하면서 보냈지만 대인기피증이 생기지 않아 다행히 친구를 사귀고 살았다.

그의 아버지는 8.15해방으로 일본사람이 경영하는 양말 공장과 메리야스 공장이 문을 닫으니까 주문이 쇄도해 광주에서 큰 부자가 되었다.

그는 친구인 오선문의 아버지와 친구이었고 선문의 어머니는 그의 집에서 궂은일을 돌보면서 도움을 받고 도움을 주는 처지이었다. 명섭보다 공부를 잘 한 선문은 친구와 함께 학교에서 공부했다. 그는 명섭의 아버지로부터 귀여움을 받아 잘 사는 명섭의 집에서 초라하지만 밤에 함께 공부했고 서로 경쟁하면서 돈이 없으니까 서울대학교 사범대학을 갔고, 명섭의 아버지는 자식의 서울 유학을 위해 선문과 함께 지내도록 했고 돈이 많아 서울에 마련한 집에서 명섭과 선문이 함께 지내도록 했다. 선문은 부자와 빈자의 차이를 극복하면서 재미나게 살았고, 6.25가 나기 전까지 친구와 함께 살았다.

명섭의 남동생은 형보다 공부를 잘해 학교에서 우등생을 했지만 얼굴이 못생겨서 연애에 관심을 가지지 못했다. 그러나 명섭은 여자를 사귀느라 어찌나 바쁜지 아버지의 꾸중이 없었으면 서울대에 갈 수 없을 정도로 연애사업을 취미로 해 놀기를 좋아했고 여자 친구 때문에 수업시간을 빼먹는 짓도 했다. 그는 여자 친구의 시원스러운 이마와 초롱초롱한 눈과 우뚝 솟은 코와 조화로운 입, 그리고 하얀 목과 부드러운 어깨와 가느스름한 팔과 동그란 가슴, 날씬한 허리와 적당한 배와 탄력이 있는 엉덩이와 잘빠진 다리에 신경이 쓰여 공부를 제대로 하지 못했다.

그는 애라와 당분간 서울에 있는 대학교에 들어가야 한다면서 공부에 전념하고 싶다고 말했다. 애라도 서울로 대학교에 가야 하니까 당분간 만나지 말자고 했다. 그는 그녀에게 이렇게 다짐했다. "우리 꼭 대학교에 붙어 계속 만나자." 그녀도, "그래요." 하면서 미소로 화답했다.

"우리는 당분간 공부하기 위해 떨어져 있는 거야."

"그래요."

"분명히 서울에서 다시 만나야 해."

"그래요."

서로 확인하고 확인했고 공부하는 목표가 다시 연애를 하기 위한 것이었다.

그의 남동생은 친구와 함께 좌익운동에 가담했고 이 사실을 안 아버지로부터 매를 많이 맞았고 아버지가 나가지 못하도록 창고 방에 가두어 아들에게 밥도 주지 않았다. 사흘이 지났을 때 어머니가 아버지 몰래 아들에게 밥을 갖다 주기도 했다. 서중학교는 민족 학생운동이 강한 유명한 학교이었다. 3.1독립운동과 6.10만세운동과 광주학생독립운동은 유명한 저항운동이었고 광주학생독립운동의 근원지가 서중학교이었기에 선배의 정신을 이어받자는 민족통일운동이 드센 학교로 좌우익이 공존했다. 그래도 현실은 분단의 아픔 속에서 우익의 세상으로 만들어져갔다. 명섭은 우파적 기질을 가졌고 그의 친구는 중도적 기질을 가졌고 나중에 서울로 올라온 그의 남동생은 친구를 잘못 사귀어 좌파적 기질을 가졌다. 우파니 좌파니 하는 분단의 아픔은 가족으로 번져 가족의 행복이 깨졌고 부유한 가정보다 서중학교라는 선구적 분위기가 가져다준 불합리성을 극복하지 못해 일어난 사건이었다.

명섭의 부모와 선문의 부모는 서중학교를 다니는 자식이 있어서 더욱 가까워졌다. 그의 아버지는 큰딸을 일본에서 공업학교를 나와 고향인 곡성에서 초등학교 교편을 잡고 있는 윤 선생에게 그로부터 신임을 받는 선문 아버지의 중매로, 시집을 보냈다. 그러나 그녀는 조건이 더 좋은 은행원과 결혼하지 못한 애석함을 품었다. 윤 선생은 양반이었지만 영세한 농업을 하는 곡성군 죽곡면 골짝에서 자라났고 어머니가 빨리 죽는 바람에 다른 어머니를 만났고 다른 어머니가 죽는 바람에 또 다른 어머니를 만났다. 그는 얼마나 어렸을 때 고생을 했는지 차디찬 인간으로 살았다.

윤 선생과 명섭의 여동생은 중매로 구식 결혼을 했고 윤 선생은 선생을 그만 두고 장인의 집에서 처가살이를 해도 큰 공장의 식구와 함께 사는 가운데 감독을 하는 처지로 행복했다. 그러나 그는 장인의 공장에서 기술을 습득하면서 살아도 장인의 말을 듣지 않는 고집이 센 사람이었고 너무 고생스럽게 자랐기 때문에 차가운 성품을 가지고 산 사람이라 깊게 친구를 사귀지 못했다.

장인의 집과 가까운 조산원은 명섭의 막내 남동생이 태어날 때 아기를 받았고 명섭의 생질이 태어나길 고대했다. 그녀는 거기서 가까운 허 사장과 박 사장의 집을 오가면서 아기를 받고자 분주했고 먼저 같은 날 허 사장의 딸인 허희숙이 태어났고 나중에 같은 날 박 사장의 외손자인 윤현진이 태어났다. 희숙과

현진은 해방시대에 희망을 품고 조산원의 축복을 받아 자라났
다. 조산원은 서동과 월산동 사이에 있었고 의사가 적은 시대이
라 월산동에서 태어난 희숙과 서동에서 태어난 현진의 집에 찾
아가 아기를 낳는 일뿐만 아니라 조그만 상처를 싸매 주는 일까
지 해주었다. 희숙이 태어난 집에서 조산원의 집까지의 거리는
약 100M이었고 현진이 태어난 집에서 조산원의 집까지의 거리
는 약 50M이었다. 날카로운 바람이 부는 겨울에도 고생을 마
다하고 찾아다니는 그는 허 사장과 박 사장의 가정사를 잘 아는
처지로 허물없이 지냈지만 희숙과 현진은 꼬마로 아무것도 몰
랐다.

희숙은 아름답고 착하게 자라 귀여운 구석이 많았다. 갈수록
예뻐졌다. 희숙의 어머니는 집의 정원이 커 아름다운 꽃을 키우
고 즐겁게 살았다. 장미꽃, 백합꽃, 빨간 꽃, 하얀 꽃, 노란 꽃,
철따라 가지각색의 꽃을 키웠고 무궁화 꽃도 키웠다. 하얗게 청
초한 꽃들이 피고 화사한 붉은 꽃들이 핀 아름다운 정원에 나비
와 벌의 꿀을 채취하는 광경이 그림처럼 느껴졌고 활짝 핀 새빨
간 장미꽃에 너무 매료되어 아름다움에 대한 감흥이 절로 났다.
나무를 잘게 쪼개 성냥을 만드는 공장은 따로 큰길가에 있어서
삭막했다. 가정과 공장이 따로 있어서 환경문제가 없었고 집과
정원이 넓어 건강에 좋았다. 공장에 불이 나더라도 집과 떨어져
있어서 집에 불날 위험이 없었다.

희숙의 부모와 현진의 외조부모는 조산원의 소개로 아는 사
이가 되어 서로 왕래하고 지냈다. 희숙의 부모는 성냥공장을 운
영하면서 먹고 살았고 현진의 외조부모는 메리야스뿐만 아니라

큰 회사를 차려 크게 경영하면서 먹고살아 여유 있게 남에게 돈을 빌려주면서 살았다. 그러나 현진은 광주에서 서울로 서울에서 광주로 옮기는 아버지의 직장을 따라 시달리는 가운데 자랐다. 현진의 어머니는 서울에서 전철을 타고 다닐 때 옆에 있는 손님으로부터 예쁘장한 아기라고 손을 만져보고 해 자식을 보배처럼 길렀다. 현진의 아버지는 일본에서 기술학교를 졸업해서인지 장인 밑에서 메리야스 공장 일을 잘 돌보면서 지냈고 그의 장인은 사업이 잘되어 부산에도 큰 무역회사를 운영했지만, 그는 장인이 하는 메리야스 공장 일의 책임을 맡다가 서울로 진출하고자 서울로 올라가 그의 외삼촌과 동업해 메리야스 공장을 했고 갑자기 직원이 돈을 훔쳐 달아난 바람에 돈 문제가 생겼고 외삼촌이 식칼을 들고 죽여버리겠다고 하는 바람에 무서워 광주로 내려왔다. 장인이 큰딸을 위해 사위에게 마련해준 집 옆에 메리야스 공장을 차려 공장경영을 했다.

현진의 아버지는 집안의 내력이 복잡해 숨겼고 그의 할아버지는 도박을 좋아하는 농사꾼이었고 마누라가 아들을 낳고 얼마 있다가 작은 아들을 낳다가 작은 아들과 함께 죽는 바람에 시집가지 않은 처녀와 다시 결혼해서 아들과 딸을 두었고 술과 도박에 찌든 인생을 살아 형편이 말이 아니었고 집안을 돌보지 않으니까 새 마누라도 죽고 말아 시집갔다가 자식을 낳지 못해 이혼을 당한 여인과 결혼해 살게 되어 자식을 두었다. 그 집안은 얼마나 갈등했는지 밖으로 나타나지 않는 알력이 너무 심해서 양반이라는 허울 속에서 친척의 도움을 받아 겨우 생계를 유지했다.

그는 장인의 사업을 흉내 내기 위해 발버둥쳤고 장인이 거래하는 상점에 물건을 대는 일을 자주 해 장인으로부터 꾸중을 들었다. 그의 장인은 사업이 잘 되면서 사업가끼리 어울리다가 바람을 피워 마누라에게 들킨 가운데 있었지만 마누라를 호랑이처럼 매섭게 다루어 꼼짝 못하게 했다. 돈을 많이 벌면 벌수록 쾌락의 유혹을 이기지 못하는 것은 동서고금을 막론하고 마찬가지이었다. 돈이 무엇인지, 이웃은 해방 이후에 겨우 풀칠을 하고 살았지만 기회가 좋은 사람은 떵떵거리고 살았다.

현진의 아버지는 양반을 좋아해 윤씨 종친을 찾아 제사지내고 사귀면서 특권의식을 가졌지만 장인의 집안에 대한 열등의식으로 속이 썩었다. 그는 큰 소리로 말을 해야 알아듣는 아내에게 깊은 정이 생기지 않아 항상 불만 속에서 살았다. 참 외로운 인생일지라도 겉으로 장인이 하는 사업의 터전 위에서 살다 보니까 아는 사람이 많아 대인관계를 많이 했고 싫어도 좋아도 사업을 하다보면 어쩔 수 없는 술손님과 사귀었다. 그렇게 사는 인생은 행복할 수 없었지만 돈이 벌리니까 그럭저럭 살았다. 그는 서울대에 다니는 큰처남을 자랑하면서 자신의 위상을 높이기 위해 동네방네 소문을 크게 냈다.

명섭은 좋은 서울대 정치외교학과에 들어가 기대를 아버지로부터 많이 받아 행복했고 그의 아버지는 돈이 많아 자식을 위해 서울에 집을 마련했기 때문에 뿌듯하게 살았고 친구인 가난한 선문과 함께 지내도록 도왔지만 선문은 공부를 아주 잘했을 뿐이지, 돈이 없어서 간신히 장학생으로 서울대 사범대학 교육학과를 갔고 밥을 자취하면서 해결했고 잠을 친구에게 신세를 지는 가운데 해결해서 늘 부담을 안고 살았다. 그는 기가 죽은 가운데 공부에만 전념했고 연애를 해야 하겠다는 생각을 하지 못했다.

명섭은 애라를 만나 서울대에 다니는 엘리트의식을 얘기했고 애라도 질세라 이화여자대학교도 일류대학이라면서 자랑했다. 그는 애라에게 우리도 성인이니 부모의 허락을 받지 않아도 결혼할 수 있겠다. 고 했다. 그녀는 아니야, 우리는 아직 어려서 안 된다. 고 했다.

"나는 빨리 결혼하고 싶은데."

"그건 네 생각이지, 연애한다고 모두 결혼하나."

"그럼, 우리 매일 만나자."

"나는 기숙사에 있어서 자주 만나지 못해."

"왜, 하숙하지 않고 기숙사로 들어갔어, 나는 어떡하라고."

"부모가 기숙사에 들어가 공부해야 안심이 된대요."

"야, 우리 이제 예전처럼 만나고 싶을 때 만나지 못하면, 또 입학시험을 준비하던 작년과 같은 신세네."

"나는 남자를 만나지 않으니까, 부모가 너무 좋아해 더 편하더라."

"아휴, 부모가 우리 인생을 살아 주냐."

"기숙사는 밤에만 자유가 없지, 낮에는 자유로워. 낮에 만나면 되지."

"정말이야, 야! 신난다. 난 너 없으면 못살 것 같다."

"그렇게 내가 좋아."

"그럼, 좋지."

아름다운 연인의 발걸음은 가벼워 공기도 한결 부드러웠다. 세상이 온통 붉게 물들었다. 남녀가 이렇게 신나게 푸른 꿈을 안고 내려가는 모습에서 아늑한 평안을 느꼈다.

2

첫 사랑

명섭은 서울대에 다니면서 미팅을 많이 해 여자 친구와 사귀었고 건전한 사고를 가지고 자유우익을 따랐고 이대에 다니는 광주에서 알고 지낸 애라와 연애를 깊게 했다. 그녀는 미모의 여성이면서 너무나 날씬했다. 그녀는 남자의 스치는 손길의 감촉에 너무나 황홀해 했다. 진보적 신세대이라서 슬그머니 연애의 감정을 육체로 표현하기도 했다. 그와 그녀는 같이 만나 영화를 보기도 했고 자기도 모른 채 가볍게 여자의 손을 잡고 연애장면이 나오면 마냥 즐겁게 손이 뜨거워질 정도로 꽉 잡았다. 이렇게 재미있게 연애를 할지라도 공부를 열심히 했다. 그는 중간고사 시험이 끝난 어느 날, 기분을 녹이고 싶은 마음이 생겨 애라를 불러내 다방에서 차를 같이 하고 학교 얘기, 친구 얘기를 하다가 그만 애욕이 불일 듯 일어나니까 그녀를 속이고서 학교 근처의 공원으로 가,

"사랑해. 사랑해…"

눈 깜짝할 사이에 이미 그의 입술은 그녀의 입술을 훔쳤다. 그녀는 소스라치게 놀랐지만 사랑하니까 체념의 눈빛으로 한참 남이 있나 없나 두리번거릴 뿐이었다. 놀란 그녀는 집으로 가야 할 시간이라면서 헤어지고자 바삐 시내로 향해 내리달렸다. 아무 말도 못한 채 헤어지고 만 둘은 한참 뒤에야 다시 만났다.

그는 그녀를 만나 사랑을 정식으로 고백하면서,

"그대는 너무 아름다워."

"아름다운 꿈을 깨지 말고 사랑이나 속삭여요."

"그대와 키스하던 날 참 흥분이 되었어."

"떨리는 몸을 가누느라 무척 긴장했지만 잊혀지지 않는 추억으로 남겠지요."

"그래, 우리의 아름다운 추억을 영원히 간직하자."

"그래, 우리의 사랑을 평생 간직하면 좋겠어요."

"우리의 사랑을 고이 간직하고 싶은 시간이 없을까?"

"좋은 생각이 있는데."

"무슨 생각."

"언제 야외로 소풍이나 갈 가요?"

"그래, 일요일에 가까운 산에 올라가 얘기나 나누지."

그렇게 약속한 그들은 소풍가기로 한 날이 너무 기다려졌고 그녀는 반찬에 신경을 쓰느라 밤잠을 설쳤다. 마침내 소풍가는 날이 되어 약속한 장소로 나아가 미소 짓는 인사로 화답하고 목적지로 향했고 갑자기 비가 내려 여관으로 몸을 피했다. 그는 자연스럽게 그녀를 인도했고 그녀는 당황하면서 따라가는 처지가 되어 어쩔 수 없다는 체념을 했다.

"오늘은 왜, 비가 내려 자연을 벗 삼지 못했어도 님과 함께 있으니 더 좋은 기분이 든다."

그녀는 속으로 기분이 좋을지라도, 퉁명스럽게 대꾸했다.

"정말 날씨가 원수 같이 느껴져요."

"정다운 애인끼리 뭐, 그렇게 원망하지 말고 좀 쉬었다 가자."면서 그는 그녀를 달랬다.

비는 계속 내리고 점심시간이 되어 둘이 맛있게 식사하면서 정겨운 대화를 나누다가 그만 사랑의 표현을 깊게 했다. 서로 쉰다는 것이 그녀의 허벅지에 머리를 올리고 잠들고 만 그는 이상야릇한 감정을 감추지 못해 꿈틀거리는 가슴을 멈추게 하느라 힘들어하는데 그녀가 몸을 세우면서 깊은 포옹을 해주었다. 그리고 침묵이 흐르더니 이만 집으로 돌아가자는 그녀의 재촉에 사랑의 감정을 간신히 억누르고 자연의 풍경을 벗 삼지 못한 아쉬움을 뒤로 한 채 서로 시내까지 내려와 헤어졌다.

서로 그리움에 지쳐 다시 만나 포옹을 해 떨어질 수 없는 사이로 발전했고 얼마나, 부도덕한 애정 속으로 빠져들면서 자유연애에 대한 신봉자가 되어갔다. 이렇게 자주 만난 그들은 여름방학에 해변으로 놀러가 장난을 너무 치다가 그만 애욕에 휩쓸렸다. 그 날 밤 여관에서 흥분이 되어 성관계를 하고만 둘은 이미 하나가 되어 깊은 첫 사랑의 사이로 발전했다. 그는 별로 책임감에 떨지 않았지만 그녀는 충격과 쾌감이 교차된 복잡하고 미묘해진 감정을 다스리지 못해 눈물을 흘렸고 밤잠을 설쳤다. 사랑은 윤리보다 앞선다는 편견으로 둘은 점점 더 가까워졌고 머리 속에 연인의 일거수일투족이 자리 잡고 마는 열광적 사랑이 시작되었다. 사랑의 조건은 항상 정도대로 되지 않는 럭비볼 같아서 뜨거워질수록 더 튕겨 나갈 가능성이 많은 불안정한 법칙 같았다. 신체접촉은 자극적이라서 멈출 수 없는 기차처럼 기억을 맴돌고 더욱 사무치게 그리운 감정을 억제하기가 너무 늦어 육체의 광란 속으로 빠져들어 갔다. 정부수립 후에 윤리적 국가관을 정립시키는 가운데 전통적인 결혼의식이 남아 있어서 혼인하기 전에 성관계를 갖는다는 것은 상상할 수 없는 모험이었다. 사회규범을 어기면서 남모르게 만나 애정의 표현을 발산하고자 하는 욕망을 배움으로 지식으로 제어할 수 있는 것이 아니라는 것을 몸소 체험한 젊은이는 너무나 아쉬워했다. 이렇게 얽히고 얽힌 행복한 세월이 마구 흘러갈지라도 행복이 사랑의 편견에 의해 망가질 수 있었다. 내놓고 사랑을 할 수 없어서 비밀의 사랑을 간직했다.

그의 아버지는 부산의 무역회사가 광주의 메리야스 공장보다 잘되어 무역회사에 전념하다가 부산에 첩을 두는 딴 살림을 차렸고 일본을 오가면서 돈을 너무 많이 벌었다. 이렇게 하는 이중생활이 편할 수 없을지라도 욕망의 기차는 달려갔다. 아버지는 자신의 행적을 감추면서 큰아들이 작은아들의 편지에 의해 애인과 너무 가까이 지내는 것을 알고 서울로 올라가 호통을 쳤지만 서로 떨어질 수 없다는 것을 알고 학교를 졸업하면 결혼을 시켜줄 테니까 절제하면서 교제하라고 당부했다. 사랑이 비밀로 유지되지 못하는 가운데 명섭과 남동생은 서로 감시했는데 남동생은 서울대 사회학과를 다니면서 공산주의에 물드니까 명섭이 아버지에게 남동생의 사상이 의심스럽다고 얘기했을 때 6.25가 오기 전에 그의 아버지는 항상 자식이 공산주의자가 될까봐 노심초사했다. 공산주의에 물든 아들에게 김구의 죽음을 애석해 하면서 너무 사회참여를 하지 말라고 여러 차례 꾸중했다. 김구의 죽음이 암살에 의한 것이라는 것이 밝혀지면서 사회는 소용돌이쳤고 민심이 너무 나빠져 우방인 미국마저 등을 돌리는 가운데 공산주의가 확 퍼졌다. 서울대 정치외교학과에 다니는 명섭은 미국정치에 빠진 가운데 공산주의가 무서워 학교에서 조용히 지냈고 애라와 남몰래 사랑하느라 정신이 없었다. 학교골목길을 지나 으슥한 부침개 집에 들어가 부침개를 사먹다가 배고파지면 구수한 청국장을 시켜먹고 달고 새콤한 고추장에 오이를 찍어먹으면서 냄새나는 얘기를 주고받았다. 그는 청춘사업을 하느라 정신이 없었고 그의 매제는 서울에서 한 사업에서 적자를 봤기 때문에 광주에 내려와 흑자를 내기 위해 불철주야로 일을 했다. 그의 매제는 물건이 잘 나가고 아들이 자라나는 기쁨으로 즐겁게 지냈다. 그는 장인보다 더 큰 공장을 세우겠다는 각오로 일에 재미를 붙였다. 장인과 사위의 사업은 번창해 그들은 남이 가지지 못한 전화도 가지고 살았고 라디오도 가지고 살았다. 장인은 큰 부자일지라도 티를 내지 않았고 작은 부자인 사위는 자랑하기 위해 라디오를 동네가 떠나갈 정도로 크게 틀어 티를 냈다. 이렇게 재미나게 사는 그들에게 이상한 징조가 일어났다. 사회불안이 생긴 것이었다.

 6.25가 일어나기 전에 좌우익의 대결이 심해 혼란에 빠진 사회로 엄청난 갈등을 가졌고 김구의 죽음은 걷잡을 수 없을 만큼

민족주의자와 통일주의자에게 좌절을 가져다주어 복잡한 상황으로 치달아 복잡하게 얽혀갔다. 6.25가 일어나기 전에 전쟁이 난다는 소문을 듣고 명섭의 아버지는 작은아들이 노동당에 가입할까봐 일본으로 밀항을 보내 일본에서 공부하게 하기 위해 일본에 있는 동생과 상의했다. 그는 일본에 오가면서 전쟁이 터진다는 소문을 확인하고 공산주의에 물든 아들을 일본으로 보내기 위해 밀항선을 타게 했고, 아들은 숨이 막힐 정도로 답답한 상자 속에서 들킬까봐 숨을 몰아쉬지도 못하고 간신히 도착해 숨을 들이키면서 죽을 고비를 넘긴 환자처럼 살았다는 희망을 가지고 일본에 사는 작은아버지 집으로 갔다.

전쟁이 감도는 줄을 알면서, 김구의 죽음에 대한 애도가 1년이 지나면 괜찮겠지 하는 안일한 자세로 대처한 국군은 김구 암살에 대한 증거제거에 혈안이 되었고 여기에 매달리다가 김일성에 대한 첩보를 수집하지 못했다. 중국이 공산화되어 복잡하니까 공산권이 잠시 침략을 하지 않겠지 하는 막연한 기대를 했고 6.25가 일요일이라 토요일에 휴가를 많이 보낸 탓에 보초가 보초를 3시간 이상을 서다가 잠들어버리니 허수아비 방위를 하고 말았다. 국군은 너무나 죄를 많이 지었고, 김구를 죽였고 허수아비 방위를 해 국방을 책임지지 않았고 일본군대에서 있다가 먹고살기 위해 군대에 들어온 이와 김구 독립군 밑에서 있다가 군대에 들어온 이와 새로 미국식 군대에 적응해 들어온 이와 깡패로 살다가 군대에 들어온 이로 사분오열이 되어 뭉쳐지지 않았지만 인민군은 김일성 공산군을 그대로 이어받아 일사불란했다.

3

전쟁의 비극

　갑자기 6.25전쟁이 터져 명섭은 고향으로 피난을 갔고 애라도 고향으로 피난을 갔지만 선문은 친구의 집에서 집을 지키고 공부를 하다가 북한인민군에게 붙잡혀서 인민군 의용대에 입대할 것을 종용받았고 끝까지 거절했던 탓에 다행히 풀려났고 광주 고향집으로 피난가면서 차도 없고 먹을 것도 없이 고생고생 끝에 고향에 당도했다. 그가 광주에 와보니 부모는 곡성으로 피난을 가버려 텅 빈집에 혼자 있게 되었고 명섭 친구가 광주에서 인민군이 퇴각한 후에 나타나 위안이 되었다.

　명섭과 애라의 사랑은 전쟁시대를 피하지 못해 갈등했다. 소식이 두절이 되는 38선 근방은 너무 답답해 주민이 우왕좌왕했다. 선거에서 어떤 편을 택하는 것보다 전쟁에서 어떤 편을 택하는 것은 생사의 갈림길에 서게 되는 엄청난 것이었다. 명섭의 아버지는 서울대에 다니는 아들이 6.25때문에 군대에 끌려갈까

봐 머리를 짜 연구한 사람이었고 잡히면 돈을 많이 가진 반동분자로 몰려 죽을 처지이었으므로 피신하기 위해 일본을 수시로 왔다 갔다 했다.

현진의 아버지는 장인이 큰딸에게 해준 것이 많지 않아 서동에 있는 공장의 건너편인 월산동에 집을 사주어서 여유 있는 빈터에 작은 메리야스 공장을 차려 수입을 많이 올렸지만 갑자기 6.25가 터져 피난길에 오르는 어려움에 직면했고 행복을 앗아간 공산주의를 미워하면서 이를 악물었다. 고생을 너무 많이 해 이제 고생이 끝난 줄로 알고 기뻐했지만 이 행복이 사라진 원망을 전쟁을 일으킨 김일성에게 했다.

현진은 전쟁시대에 고생을 했다. 폐렴에 걸려 죽을 뻔한 그는 어머니의 지극한 간호를 받고 뒤늦게 피난을 가 전쟁의 아픔을 느꼈다. 희숙의 아버지는 사장으로 정직과 성실로 살았어도 작은 공장의 사장도 사장이니까 6.25를 만나 피난을 빨리 가느라고 정신이 없었다. 현진의 아버지는 공장을 정리하고 피난을 가느라고 분주해 인민군이 가까이 왔을 때 가까스로 고향으로 피신했다. 현진의 어머니는 둘째 아들을 낳아 6.25를 만났기 때문에 아들 둘을 데리고 피난 다니다가 고생을 많이 했다. 시댁 고향인 곡성군 죽곡면도 지리산이 가까워 밤이면 빨갱이가 내려와 먹을 것이 부족한 농가를 덮치곤 했기 때문에, 무서운 공포가 밤이면 밤마다 엄습했다. 밤이 오기 전에 주민은 바삐 집으로 돌아가다가 이상한 소리가 나면 온몸에서 김이 모락모락 나도록 뛰었다. 현진의 아버지는 공장을 폐쇄하고서 곡성으로 나주로 피난 다니면서 과거에 했던 초등학교 선생을 했다. 전쟁이 소강상태에 들어가 선생을 그만 두고 다시 공장을 가동해 돈버는 희망을 가졌다.

맥아더 장군이 인천상륙작전을 함으로 인민군이 38도선 위쪽으로 후퇴해가 전쟁이 일단락되는 줄로 알았지만 중국공산군이 남하해와 전쟁이 오래 지속되었고, 서울은 전쟁으로 인해 폐허가 되다시피 했고 명섭이 서울에서 살던 집도 부서져 서울로 올라가지 못한 채 지방에 피난해온 재향학생들이 뭉쳐 정부의 명령을 받아 학도호국단을 만들었고 명섭과 선문은 학도호국단의 간부로 인민군과 빨갱이 색출을 했다.

명섭의 아버지는 자신이 하는 공장이 북한인민군의 사무소로 사용되면서 피난하느라 괴로워했고 죽이고 죽고 하는 무시무시한 세상이라서 잘못되어 남한국군과 북한인민군의 공격을 받을까봐 그는 메리야스 공장을 포기하고 여천군 고향으로 내려가 염전을 시작했는데 염전을 해본 경험이 없고 다시 중국공산군이 쳐들어온다는 바람에 그 많은 자재를 두고 피했고 자재가 바다에 몽땅 떠내려가 엄청난 손해를 보면서 실패해 재산의 절반 이상을 잃었다.

6.25는 8.15에서 엄청나게 기회를 잡아 잘 나가던 명섭의 아버지를 시련 속으로 빠뜨렸다. 그는 염전을 실패한 좌절을 이기기 위해 몸부림쳤어도 메리야스 공장을 처분해야 할 입장이 되어 갈등했다. 갑자기 가슴이 답답해지고 현기증이 났다. 술집에 찾아가 시름을 잊고자 해도 넘실대는 그리운 바다가 걷잡을 수 없이 몰려와 휘청거리게 했다. 6.25는 민족적 비극이자 가족의 비극으로 이어지면서 이념적 갈등이 표출되었고 밤에는 부르주

아로 몰려 죽은 이도 많았고 낮에는 빨갱이로 몰려 죽은 이도 많았다. 많은 이가 서러움의 한을 품고 살았다. 명섭의 할아버지는 큰 공장이 인민군사무소로 사용되는 가운데 2층 양옥집에서 마누라와 함께 쓸쓸하게 집을 지키고 지냈고 마누라가 눈이 어두워지기 시작해서 병원을 찾았지만 의사가 없어서 치료를 놓쳤고 점점 눈이 나빠져 실명을 하고 말아 정말 전쟁의 고통을 몸으로 체험했다. 정체를 알 수 없는 수렁 속으로 빠져들어 어둠이 사납게 밀려왔다.

전쟁의 피해가 심한 서울 북쪽의 주민은 죽기 아니면 살기로 전쟁을 이기기 위해 발버둥쳤다. 38선과 한강이북 사이에 사는 주민은 쓰라린 전쟁 앞에서 먼 하늘만 쳐다보고 먹고 자는 일에 신경을 쓰느라 목련, 덩굴장미, 단풍, 담쟁이가 언제 자라고 꽃이 피고 지는지 몰랐다. 포천과 파주와 의정부는 뒤틀린 세상이 원망스러워도 인민군의 탱크 앞에서 비겁하게 도망치느라 내놓고 나서지 못하는 처지가 되었지만 엄청난 민간인의 희생을 당해 나중에 반공투사로 돌변했다. 포천에서 태어나 6.25전쟁의 아픔을 피해 포천을 떠나서 서울로 이사온 경기출신의 서울연고자이면서 표준어를 쓰고 우리나라의 표준이 될만한 김민식이 있었다. 민식은 전쟁시대에 태어나 전쟁을 몰랐다. 그는 38선이 가까운 경기도 포천군에서 김지현의 4촌 남동생으로 태어나 4촌 누나의 보살핌을 받았다. 전쟁의 비극을 너무나 겪은 민식의 친척은 피난을 다니느라 정신이 없었다. 그들은 전쟁의 공포 속에서 살았다. 전쟁의 슬픔을 너무나 깊게 가졌다. 친척의 절반이 죽어 엄청난 고통을 받아 6.25라 하면 이를 갈았다. 전쟁이 소강상태에 있어도 휴전이 되지 않아 두려움 속에서 그들의 가족들은 서울로 이사했다. 지현의 부모는 서대문방향으로 이사했고 민식의 부모는 동대문방향으로 이사해 그의 가족들은 명절에나 만났다. 이렇게 난리를 겪은 그들은 전쟁이 끝나 제자리를 찾아갔다. 민식은 우리나라의 보배처럼 자랐고 표준이 되는 중산층의 집안에서 대통령과 학자보다 더 표준이 되는 사람으로 살았다.

우리나라의 표준에서 벗어난 전라도에서 현진의 아버지는 아들들을 위해 처남처럼 공부할 수 있게 하기 위해 한문공부와 한글공부를 부지런히 시켰고 윤씨 종친 중에 꼬마 천재가 한문을 마스터했다면서 큰외삼촌과 꼬마 천재를 닮으라고 머리에 못이 박힐 정도로 얘기했다. 아버지는 어린 현진에게 회초리로 때려서 공부하게끔 하는 매서운 사람이었다. 엄하게 키우는 아버지로부터 자식을 보호하고자 하는 어머니의 자애가 있었어도 어머니가 아는 것이 적어 문제이었다. 학교에도 가지 않은 어린이에게 너무 엄격하게 다루다보니까 기가 죽은 현진의 모습은 애처롭기 짝이 없었다. 이렇게 압박을 받은 현진은 북쪽으로 한없이 가버렸고 다시 집으로 찾아오지 못해 한없이 울었다.

밤에 집에 들어오지 않는 아들을 탓하다가 그의 아버지는 마누라에게 손찌검을 했고 아들을 찾지 못한 서러움과 남편으로부터 맞은 서러움에 그의 어머니는 그만 울고 또 울었다. 그는 밤새 울다가 지쳐 파출소에 맡겨진 신세가 되었고 어떻게 연락이 되어 집으로 돌아가 맞기도 많이 맞았다. 시끄러운 공장의 환경 속에서 공부를 억지로 시키는 그의 아버지야말로 가련한 존재이었지만 그것을 몰랐고 6.25전쟁에 시달려 고아와 거지가 수두룩했어도 남들과 달리 먹고 살만한 처지이었음에도 불구하고 남은 죽도 먹지 못하는 처지라면서 짜게 먹게 하는 무식이 얼마나 건강을 상하게 했는지 참 한심했고 가족과 이웃의 비웃음을 받고도 그렇게 살았다. 이렇게 사는 현진의 가정은 밥을 먹을 때마다 김이 모자라 서로 더 먹기 위한 싸움을 했고 아버지는 "밥을 먹을 때 양반이 싸우면 안 돼."하고 나무랐다.

현진은 어린 가슴에 엄친의 무서운 구박을 받아 항상 식사를 맛있게 하지 못해 몸이 야위었고 부모는 살이 찌지 않는 아들에게 보약을 먹인다면서 난리법석이었다. 건강의 비결을 모르는 그의 아버지가 한심스러웠고 오기로 공부를 시키는 방식에 가족들도 치를 떨었다. 사랑으로 공부를 시키지 못하고 차갑게 강제로 공부를 시켜 초등학교 교사를 어떻게 했는지 궁금한 그의 마누라는 애들에게 공부하란 말보다 나가 뛰어 놀라고 해 애들이 어머니에게 더 큰 애정을 느꼈다. 그러나 화투를 너무 좋아한 나머지 애들과 화투를 치는 바보짓을 해 문제이었다. 그의 아버지는 처가의 식구보다 자기자식이 더 공부를 잘하길 고대했지만 잘 먹이고 조용한 공부방도 마련해 공부를 시키는 장인과 너무 대조적이었다. 그의 아버지와 그의 외할아버지는 성질이 급한 것이 같더라도 통이 작은 아버지와 통이 큰 외할아버지의 성품이 달랐고 이웃으로부터 아버지보다 외할아버지가 더 인기를 누렸고 돈을 빌려주기를 싫어한 아버지보다 돈을 빌려주고 돈을 갚지 못하면 대신 일을 시키는 외할아버지가 더 건전해 보였다. 사람은 일단 마음이 넓어야 인정을 더 많이 받는다는 평범한 이치를 알게 되었다. 넓은 마음을 품고 사는 이웃이 많을 때 서로 돕고 서로 이해해 정상대로 사는 길이 열리리라 봤다.

사랑이 얼마나 중요한지 사랑하면 모든 것이 제자리에 있고 탈선이 일어나지 않아 좋을 텐데, 사랑에 욕망이 따르다가 사랑과 욕망이 뒤섞여 혼돈의 갈등을 이기지 못했고 사랑이 깨지는 아픔을 느꼈다. 사랑으로 교육하고 사랑으로 키우고 사랑을 보여주는 자상한 모습이 그리워 사랑을 품고자 어머니의 젖가슴에 꼭 붙어 자는 사랑스러운 아기가 정말 행복하기에 그 아늑한 사랑이 지속되길 바라는 가정의 보금자리가 있어야 했다. 자궁에서 젖가슴으로 젖가슴에서 등으로 등에서 그네로 옮겨가는 사랑의 성장이 얼마나 정서를 안정시키는지 아는 사람은 알고 모르는 사람은 몰랐다.

4

사랑의 차이

서울과 경기도와 전라도가 전쟁의 위험에서 벗어나니까 피난 길에서 돌아와 명섭의 여동생들도 공부를 잘해 전라도에서 일 류여고인 전남여자고등학교에 다녔고 그의 막내 남동생은 막내 둥이라서 귀엽게 자랐다. 6.25라는 비극이 서울의 아름다운 공 기와 바람을 오염시켜 명섭과 애라는 헤어져야 할 운명에 처했 다. 사랑의 비극이 일어나는 순간이었다. 애라는 간신히 미국교 수가 많은 이화여대를 졸업해 미국교수의 추천을 받아 미국으 로 유학을 떠나면서 애틋한 감정을 억누르고 명섭에게 먼저 유 학을 떠나니 곧 따라오라고 하면서 애틋한 눈물로 이별했고 명 섭은 학도호국단의 간부가 되어 애라를 따라 가지 못하는 서러 운 사랑의 비극에 휩싸였다.

명섭은 애라에게,

"미국에 가지 않으면 안 돼. 우리 헤어지면 그리워서 어떻게 사나."

애라는 변명을 늘어놨다.

"미국교수가 추천해준 기회를 놓칠 수 없어. 잠시 헤어질 뿐이야."

애절한 사랑의 비극은 여기서부터 일어났고 명섭은 6.25때문에 정부에게 복종해야 할 의무를 진 가운데 첫 사랑을 간직할 수 없는 고통을 가졌다. 그는 정을 나눈 첫 사랑의 여인으로부터 미국으로 유학을 가 소식이 두절되어 애틋해졌고 첫 사랑에 대한 신념이 무너지는 가운데 여자가 그리워졌다. 그는 전쟁이 끝나는 가운데 아폴로다방을 하는 박 마담을 알았고 마담은 숙명여자고등학교의 농구선수를 했던 날씬한 미모의 신식 여성이었고 중매로 알아 결혼한 남편과 함께 살면서 아들을 낳고 살았다. 그녀의 시어머니는 명월관 기생집을 하니까 남녀문제에 자유로워 며느리가 다방을 하게 놔두다가 그녀가 문제의 여성으로 탈선하는 것을 막지 못해 아쉬워했다. 6.25전쟁이 끝나는 무렵에 광주에 내려온 서울대학생들은 피난처에서 시내로 몰려와 아담하고 크고 고상한 클래식 음악을 틀어주는 아폴로다방을 자주 찾았고 서울대학생이고 학도병간부이고 미남인 그는 늘씬하고 잘 생긴 박 마담의 호감을 샀다. 고전음악으로 다방을 하는 그녀를 광주의 엘리트청년은 다 알았고 남편이 있는 주부의 냄새가 나지 않아 많은 염문으로 소문나 있었고 명섭은 미모의 여성의 매력에 빠져 선을 넘었다. 마담이 유부녀인 줄도 모르고 깊이 사귀었고 마음에 없는 불륜의 정사까지 했다. 마담의 시어머니는 명월관 요정을 하는 요상한 여인이었고 마담은 진보적 신세대이라서 슬그머니 연애의 감정을 육체로 표현하기도 하는 성문란의 이상야릇한 집안 속에서 사는 자유부인이었다. 그녀는 집안이 좋고 돈이 많은 아버지의 아들이고 학력이 좋은 그를 놓치지 않기 위해 남편 모르게 여관으로 유인하기도 했다. 그들은 만나고 또 만났다. 명섭은 아버지에게 들통이 나 꾸중을 들었지만 아버지 모르게 그녀를 만나고 또 만났다.

"사랑에 미친 두 남녀를 누가 막을 수 있겠는가?"

두 남녀는 꼬리가 길면 잡히는 법이라서 정사현장을 목격한 그의 아버지로부터 불호령이 떨어졌고 다시 만나지 않기로 하고 헤어졌다. 그래도 떨어지지 않는 질긴 사이가 되어 그렇게 무서운 그의 경고를 아랑곳하지 않고 죽기 아니면 살기로 만났다. 정열의 밤은 잊지 못할 정도로 가슴을 부풀게 만들었고 갈수록 깊은 사이가 되니 그는 거기에 넘어가 물불을 가리지 못할 정도가 되어 여동생을 통해 그녀에게 연애편지를 보냈고 몰래 만나기로 할 정도가 되었다.

명섭이 마담에게 빠져 보낸 편지에서,

사랑하는 나의 님에게

나는 당신의 아름다운 사랑에 너무 빠져서 잠을 못 잤어요.

그렇게 아름다운 밤을 며칠동안 그리워하고 그리워하다가 온몸이 불덩이가 되었소.

당신은 어떻게 보냈어요.

우리의 사랑은 나이와 재산과 학력의 차이가 있을지라도 키가 비슷하고 얼굴이 잘 생겼고 날씬한 몸이 그렇게 쏙 맞는지 너무 너무 황홀해요.

아무리 부모가 반대할지라도 우리의 운명을 우리가 개척해 행복을 쟁취해야 합니다.

우리는 떨어질 수 없어요. 한 번 더 만나요.

우리가 어떻게 정열의 밤을 잊을 수 있겠어요.

당신의 열기가 내 방을 가득 채워요. 당신도 느껴지지요.

우리가 처음 만난 여관에서 내일 밤 8시에 만나요.

부탁해요.

그럼 몸 건강히 잘 지내요.

사랑하는 님으로부터

명섭이 먼저 보낸 편지에 너무 감격한 마담은 바로 이게 사랑이라면서 정말 제대로 만난 사랑의 인연을 놓치지 않기 위해 편지를 봉투에 넣었다가 다시 빼 읽고 넣었다가 다시 빼 읽기를 여러 번 하다가 당신의 열기가 내 방을 채워요. 당신도 느껴지지요. 하는 그 느낌에 몸을 가눌 길이 없었다. 밤 8시, 꼭 만나야 할 사람을 만나야 하기에 가슴이 저리는 기분에 들떠 하루종일 안절부절 했다. 이렇게 다시 만난 그들은 사랑의 정을 고도로 높여 육체의 향연의 경지에 오르고 말았다. 무언가 참 수상해진 아내를 바라보다가 불륜의 현장을 목격하지 못한 그녀의 남편은 애가 탈 지경이었다. 사랑이 식었는지 잠자리를 피하는 아내에게 짜증을 내보지만 치장을 멋있게 하는 미모의 여성으로 변해 있는 아내를 제어할 힘이 없었다.

아폴로다방에 자주 드나드는 대학생들은 섹시하고 잘 생긴 박 마담을 좋아했고 그녀의 인기는 대단했다. 그녀는 얼굴보다 몸매가 얼마나 잘 빠졌는지 하체에 집중된 매력으로 뭇 사내를 휘어잡았다. 그녀는 날씬한 신식 여성이라서 자유연애주의자가 되어 많은 남성의 연인이 되는 것을 낙으로 삼았다. 고전음악으로 유명한 다방을 하면서 엘리트청년을 손님으로 많이 끌어들이기 위해 남편이 있는 주부가 아닌 척하면서 많은 염문을 뿌렸고 거기에 넘어간 그는 그녀의 여우 짓을 막지 못하고 정을 통한 것을 후회했지만 이미 엎어진 물처럼 되었다. 6.25라는 비극적 전쟁은 성을 우습게 만들어 그 회오리가 그만 첫 사랑마저 삼켜버렸다.

6.25는 8.15에서 엄청나게 기회를 잡은 그의 아버지에게 시련을 주었다. 전쟁이 끝나는 무렵에 여천군에서 다시 크게 염전을 하다가 왕창 망하니까 염전을 헐값으로 팔았고 무역업을 포기하면서 광주 메리야스 공장을 처분하기에 이르러 심한 절망감을 가졌다. 전쟁은 광주의 아름다운 공기와 바람을 오염시켰다. 전쟁이 끝나 그는 박 마담과 헤어지기 위해 몸부림쳤고 그녀가 그를 놓아주지 않아 엄청난 부담을 안았다. 그녀는 진보적 신세대이라서 연애의 감정을 노골적으로 표현하기도 했고 그가 서울대학생이고 미남이고 부자의 아들이라서 그를 더욱 사로잡기 위해 몸부림쳤다. 그는 사랑한다는 편지와 표현을 자주 했어도 전쟁이 끝나는 상황에서 마음이 바뀌게 되었고 그녀와 헤어지고자 굳게 각오를 새롭게 했고 첫 사랑 애라를 찾아 미국에 유학을 가기로 결심했다. 부잣집의 장남이라 하고 싶은 유학을

아버지로부터 허락을 받아 그녀를 깨끗이 잊고 미국으로 건너 갔다.

그의 여동생은 남편이 6.25전쟁이 끝나면서 메리야스 공장을 가동해 돈을 많이 벌었는데, 귀가 어두우니까 인심을 사기 위해 여기저기 적선을 했지만 남편의 절약정신 때문에 마찰을 피하지 못해 집안싸움을 많이 했다. 그녀는 친정으로 자주 피신했고 아버지는 가정윤리가 철두철미해 피신해온 딸을 시가로 쫓아 보냈다. 그녀는 현진과 동생이 서로 잘 놀다가 싸우는 바람에 피를 속이지 못한다는 푸념을 했고 여러 자식을 키우느라 고생을 갑절로 했다. 이렇게 괴로운 생활이 지겹다는 그녀에게 남편은 가정부를 두게 해 일을 분담시켰다. 그녀의 아버지는 여러 자녀를 두어 대가족을 이루었고 박 마담은 미국으로 유학을 간 명섭의 주소를 알아내기 위해 남편의 제자인 전남여고에 다니는 그의 여동생을 유혹했고 주소를 알아낸 박 마담은 총각과 유부녀가 갈급히 연애한 감정의 위험한 뜨거운 사연의 편지를 보내 명섭의 마음을 사로잡고자 했다.

마담이 명섭에게 간절한 마음으로 보낸 편지에서,

사랑하는 명섭씨에게

모국에서 멀리 떠난 님은 안녕히 지내세요.

예쁘고도 귀한 당신은 전쟁의 소용돌이에서 나의 품에 안기고 나의 몸과 너무 잘 맞아 아무리 세상이 바뀔지라도 육체의 향연만은 영원할 거라 믿습니다.

빨갛게 익은 딸기처럼 너무 아름다운 당신의 육체의 열기가 그리워 잠을 이루지 못해요.

부드럽고도 탱탱한 감촉이 나의 몸에 엉길 때 아이스크림처럼 녹아버린 이 작은 몸을 다시 느끼고 싶습니다.

진한 향기가 어울려 호호 하하 웃음소리로 환해지는 우리의 만남을 꼭 잊지 말아요.

평생 당신의 부인이 되고 싶은 이 마음을 고이 간직해주세요. 소원입니다.

나와의 이별이 두려워 몰래 미국으로 떠나버린 당신에 대한 미움도 그리움이 되어 사랑에 미친 당신의 여인이 되어 누웠습니다.

나의 이러한 사랑을 아무 때나 받아주길 손꼽아 기다릴 게요.

유학생활이 힘들 때면 나를 잊지 말고 이 편지를 품에 안아주세요.

이 편지는 나의 분신입니다.

바다의 풍경을 그리워하는 당신의 향수를 달래줄 유일한 연인이 되고 싶습니다.

나는 당신의 속마음을 채워줄 아늑한 바다라고 고백한 당신의 밀어를 진실이라고 믿습니다.

반가운 당신의 목소리가 그리워 오늘도 당신의 그림자를 몸에 품습니다.

우리가 한 사랑은 불장난이 아니에요. 내면세계는 다를지라도 너무나 육체가 딱 들어맞아 절정의 기쁨이 시간과 공간 속에서 일치해버립니다.

깊은 밤은 우리를 위해 존재한 시간입니다. 우리는 분명히 이 시간을 놓치지 않고 어디에 있을지라도 확인하고 확인하리라 자신합니다.

당신도 분명히 동의할 것입니다.

유학생활을 마치고 돌아오면 항상 당신을 맞을 준비를 하겠어요.

몸 건강히 지내세요.

연락을 바랍니다.

당신의 유일한 연인으로부터

편지를 받은 명섭은 양심의 소리에 정신과 육체의 이상한 갈등이 생겨 편지를 버리지 못했다. 애라는 명섭과 떨어져 있었을 때 미국유학생을 사귀어 애인이 둘이 되면서 마음의 갈등을 많이 가졌다. 나중에 자기를 찾아온 그에게 마음이 기울어졌지만 우연히 박미순의 편지를 그의 하숙집에서 봐 복잡한 생각이 들었다. 그녀는 그와 첫 사랑의 잠자리를 한 잊을 수 없는 남자가 미순과 너무 짙은 애절한 사랑을 했나 싶어 불쾌해지기 시작했고 이 사실을 감추기 위해 변명하는 그를 싫어했다. 이 어처구니없는 사랑의 편지가 첫 사랑을 금가게 하는 결정적 동기가 되어 처절한 운명을 낳았다.

미모가 빼어난 박 마담은 기교적 섹스를 통해 남자를 사로잡았고 학벌이 좋고 예쁘장한 총각을 가슴 속 깊이 사모해 남편마저 내동댕이친 살벌한 여인이었다. 동성동본인 밀양 박씨끼리 결혼하지 못한다는 풍속을 뒤엎는 여인이었다. 성의 혁명을 시도하는 여권운동가처럼 여자도 남자처럼 바람을 피워도 된다는 감각 속에서 살았다. 명섭이 그만 편지하라는 부탁을 해도 소용이 없었다. 심심하면 미국으로 편지를 보내 그의 마음을 혼란스럽게 했다. 멀리 떨어져 살아 기억조차 희미해진 그는 박 마담을 깨끗이 잊어버리고 학업에 매달렸다. 그는 미국 시카고에서 어학원을 반년 다니고 난 다음에 대학교를 1년 간 더 다니고 대학원에 다녔다. 미국생활에 적응하기가 얼마나 어려웠는지 잠을 편히 자볼 수가 없었다.

애라는 미순과 명섭이 서로 동거하고 지냈던 사이라는 것을 편지로 알았기 때문에 그보다 미국에 먼저 와 자기와 사귀는 남자가 더 멋있게 느껴지는 것을 어찌할 수가 없었다. 그러한 와중에 파티가 있었고 미국에 유학을 온 유학생들의 모임에서 미국의 자유로운 연애 때문에 그녀도 또 다른 남자 친구를 알았고 그도 문경자라는 유학생을 알았다. 그는 애라와 경자라는 두 여인을 알아 이중교제를 했고 그녀는 미국에 먼저 온 유학생과 나중에 미국에 찾아온 첫 사랑 명섭과 그녀와 파티에서 새로 만난 유학생과 삼중교제를 했고 서로 사랑의 방종이 일어나 갈등을 했다.

미국은 참 자유로운 나라이었고 풍요로운 자원을 가진 나라이었고 한국에 원조를 많이 하는 좋은 나라이었다. 전쟁으로 폐허가 된 한국의 재건을 위해 힘썼다. 그러할지라도 잘살다보니까 풍기 문란한 남녀관계가 있어서 문제이었다. 세계에서 아주 자유로운 미국이 좋아, 명섭은 고국에 있는 동생들로부터 부러움의 대상이 되었고 고국에 있는 친척들은 미국을 동경했다. 미국바람에 빠져 미국에 의존하는 사람들로 가득해진 한국에 자유연애바람이 불면서 상상도 못할 이혼바람까지 닥쳐와 가정의 윤리가 조금씩 파괴되었다. 미국은 좋은 나라이지만 나쁜 문제가 도사리는 나라이었다. 풍요한 미국보다 가난한 한국이 성적으로 깨끗해 순수했다. 된장찌개와 김치에 익숙한 우리의 식탁이 너무 익숙해 우리의 맛이 달콤하고 시큼하고 담백했다. 느끼한 고기보다 싱긋한 채소에 길들어진 우리의 입맛이 우리에게 맞았다. 백합과 카네이션에 매료되어 꽃을 물통에 꽂아두는 여인네의 손길은 미국이나 한국이나 마찬가지이지만 동적인 서양보다 정적인 동양이 더 은근했다. 명섭의 생질은 광활하고 깨끗한 미국과 달리 공장에서 일하는 기술자 곁에서 으스대는 가운데 복잡한 환경에서 자랐고 삭막한 현실 속에서 살았다. 그는 유년시절에 교회에 나가 주일학교와 성경학교에서 예수를 좋아했는가 하면 희숙을 좋아했다. 아버지가 교회 나가는 것을 싫어해 예수가 멀어졌지만 희숙이 대성초등학교에 들어오니까 같은 반이 아니더라도 그녀를 좋아했다. 생일이 같은 현진과 희숙은 신앙의 차이가 생겨 그만 멀어졌다. 현진의 외할아버지는 외손자가 희숙과 친해져 친구처럼 지내길 바랐어도 엇갈렸다. 어른들은 애들의 장래가 밝고 명랑하길 바랐다. 애들은 복잡한 환경 속에서 미국의 구호물자를 과자보다 더 좋아했다. 현진의 아버지는 동네반장을 하면서 구호물자를 받아 나누는 재미가 좋았고 미국의 콩 통조림과 꽁치 통조림은 얼마나 맛이 좋은지 매달 동네식구가 기다렸다. 가난에 찌들어 이렇게 사는 한국과 달리 미국은 풍요 속에서 원조하고 살았다. 현진은 미국에 가고 싶은 꿈을 꾸었어도 갈 수 없는 어린 소년이었다.

미국에서 멋있게 사는 현진의 큰외삼촌은 인생을 즐겼다. 그는 애라의 방종 때문에 경자와 깊게 사귀어 연애를 했고 그녀가 박미순이 보내온 연애편지를 이해해주니까 그녀에게 너무나 고마워하면서 좋아했다. 그녀는 너무 잘생긴 그를 죽지 못할 정도로 좋아했다. 그는 돈이 많이 드는 미국의 생활일지라도 아버지가 많은 돈을 보내주어 여유가 있게 생활할 수 있었지만 그녀는 학비를 벌기 위해 아르바이트를 하면서 간신히 생활을 할 수 있었고 너무나 가정형편이 어려워 아르바이트를 하면서 겨우 대학원에 다녔다. 상류층과 하류층의 심미적 의미나 가치가 대중에게 얼마나 부정적이고 혐오와 멸시의 대상이 되는지 몰랐다. 시카고에 백인, 흑인이 사는 동네가 따로따로 있었고, 집에서 돈을 풍족히 받아쓰는 그는 백인이 사는 동네에 살았고 돈이 없어서 쩔쩔매는 그녀는 흑인이 사는 동네에 살았다. 미적으로 정적으로 분리된 도피주의가 저속한 문화를 만들어냈다. 그는 그녀의 눈물 젖은 빵에 대해 알 수가 없었다. 같은 동포이고 멀리 떨어져 외로운 사이라서 가까운 친구로 알고 사귀었다. 그녀는 갈수록 가정형편이 어려워 아르바이트로 나이트클럽의 서비스걸을 했고, 가슴이 저려오는 인생으로 명섭을 바라보지만 나이트클럽에서 돈을 버는 밑바닥 인생의 처참함을 감추었다. 서로 사랑을 느끼게 된 어느 날 그녀는 그에게 "술을 사주지 않겠느냐?"면서 넌지시 말을 건넸다. 그는 그녀의 요청에 너무 반갑다는 듯이 술집으로 향했다. 그러나 한편으로 첫 사랑 애라와 박마담의 얼굴이 떠오르면서 설레는 가슴을 품고 여자생각에 빠졌다. 그녀는 그에게 "고국에서 여자를 깊이 사귀어봤어요?"라고 물었다. 그는 "별로 깊이 사귀지 않았어."하면서 거짓말을 능청스럽게 했다. 남녀사이의 만남은 어디까지 진실인지 알 수 없는 호기심이었다. 그들은 세월이 갈수록 깊어져만 갔다. 서로 집을 드나들다시피 하다가 깊은 애무를 했고 아름다운 만남이 계속되었고 경자의 비밀이 하나씩 탄로나 비밀을 더 이상 감출 수 없어 서로 과거를 묻지 않기로 했다. 애달픈 사랑이 가슴을 저미게 하는 빗방울처럼 스며들어 고독의 안타까운 현실을 원망했다. 가난한 고학생의 아르바이트는 역시 손쉽게 돈을 벌어야 한다는 유혹으로 치닫는 것이었고 몸을 파는 부끄러운 일 때문에 창피하고 그늘진 것이었다. 돈이 없는 서러움은 무엇으로 표현할 수 없는 아픔이 되어 좌절과 모멸을 가져와 심한 스트레스에 빠지게 했다. 그녀는 그러할지라도 그에 대한 사랑으로 가득했고 사랑의 고백을 기다리는 꿈으로 스트레스의 압박으로부터 벗어나길 고대했다. 그녀는 육체적으로 타락했지만 정신적으로 깨끗한 사랑을 했고 그는 정신적 순결과 육체적 순결을 잃은 상태에 있었으니까 자신이 없을 것 같아도 돈이 있어서 자신이 있는 생활을 했다. 그들은 그냥 집에서 예전과 같이 친구처럼 얘기하다가 갑자기 서로 사랑하기에 바빴다. 그녀는 서둘러 옷을 벗고 살갗과 살갗이 마찰하듯 미끄러지는 육체의 신음소리에 저 작열하는 바닷가를 상상해봤다. 육지를 삼켜버릴 듯 거칠게 요동치는 집채만 한 파도에 육체가 하얗게 되었다가 얼마 지나 노랗게 물들고 잠시 후에 끊임없이 붉게 달아올랐다. 이렇게 알고 지내는 유학생활은 서로에게 위안이 되었고 낙이 되었다. 그녀는 그에게 가파른 호흡으로 다가와 그의 냄새를 잔뜩

맡는 쾌락의 감정을 가졌고 그의 스치는 손길이 열정의 몸으로 승화되어 탐닉의 감정에 빠져들었다. 어느 별이 이렇게 피워놓은 불이 되어 부둥켜안고 떨어지지 못하는 것인지 한참 후에나 의식했다. 그는 그녀의 피부에 부드러운 손자국을 내고 마사지하듯 흥분의 순간들을 즐겼다. 탐욕스러운 흡인력에 빠져 망각의 환희 속에서 쾌락의 진미를 맛보고 살았다. 욕심스러운 황홀감이 순간적으로 덮치는 무의식의 향연은 희열과 만족을 주었다. 이렇게 서로 떨어질 수 없는 깊은 사이가 되어 파도바람 휘몰아치는 해변으로 여행을 떠나 소중한 사랑을 확인하고 확인했다. 명섭은 그렇게 놀러 다녔고 세월을 즐겁게 보냈다. 아늑한 하숙집에 돌아와서도 샤워를 하고 그만 서로 함께 자고 싶었다. 어느 날인가 설레는 가슴이 뛰면서 정열이 솟구쳐 나이아가라 폭포에 함께 구경가다가 과속한 바람에 경찰의 단속을 받았고 벌금을 물게 되었다.

　명섭이 나이아가라 폭포 속과 어울린 쾌락 속에 빠질 때 명섭의 생질은 고향의 초등학교에서 공부에 전념했고 희숙은 전교에서 1등을 다투는 영특한 학생으로 유명했다. 생일이 같은 현진과 희숙은 생일이 같은 줄도 모르고 순진하게 공부만 하고 지냈다. 현진은 공부를 늦게 마치고 중앙계단을 내려올 때 해부인체 뼈의 조각 때문에 어린 가슴에 어마어마한 상처를 받았다. 친구가 가끔씩 초등학교를 지을 때 구렁이가 많이 나왔다는 둥 귀신이 나왔다는 둥 무서운 얘기를 하니까 그는 뛰어서 급히 서둘러 집으로 돌아가곤 했다. 어느 날 밤에 갑자기 집 옆에 있는 공장에서 불이 나 그가 깼을 때 불이야 하는 소리를 내도 소리가 나지 않았다. 문을 차고 그러니까 식구들과 공장일꾼이 일어나 불끄기를 시작했다. 이웃의 친척은 물을 날라 도왔지만 불을 구경하는 이웃도 있었다. 소방차가 와 완전히 불을 껐지만 온통 하루 내내 불난 조사에 시달렸고 그는 놀란 가슴을 진정시키느라 고생했다. 다행히 절반만 연소되어 공장복구를 신속히 해내 회복을 빠르게 했다. 그의 조그만 가슴은 더 좁아져 겁이 많아졌다. 그는 희숙이 그리워 그 집 앞을 서성거릴 때도 있었으니 생각만 해도 좋은 감정을 어떻게 해볼 수가 없었나 하는 아리송한 기분에 빠졌다. 그래도 희숙에게 더 가까이 다가가지 못하는 겁쟁이로 희숙보다 똑똑하지 못했다. 초등학교 5학년 때에 그는 전라남도에서 주는 과학상을 받아 조그맣게 신문에 나왔고 그녀는 정부에서 주는 이승만 대통령상을 받아 크게 신문에 나왔기 때문에, 그뿐만 아니라 그녀는 예뻐서 여러 친구의 선망의 대상이 되었다. 그녀에 대한 호감은 너무 좋아 초등학교를 졸업할 때까지 잊혀지지 않았다. 그는 선생의 지도를 받아 열심히 공부했고 밤에도 과외로 공부했고 밤 10시에 집의 어두운 골목길을 지날 때 너무 무서워 손살같이 대문을 두드리고 집으로 들어가 발도 씻지 않고 잠자리로 들어갔다. 소심한 그는 그녀의 오빠가 무서워 그녀에게 말을 건네지 못하고 초등학교를 졸업하고 말았으니까 무척 아쉬울 뿐이었다.

서툰 소년과 소녀는 사랑의 꽃봉오리도 피어보지 못하고 백조의 호수처럼 무지개의 빛을 추억으로 간직했고 육체의 재미를 느끼지 못할지라도 만화에서 대리만족을 느꼈다. 사랑의 테크닉을 통해 재미를 오락으로 삼고 사는 그의 큰외삼촌은 너무 여자와 동거하고 사느라 쾌락 속에 젖어들어 고국에 사는 부모를 잊고 지냈다. 명섭은 경자와 애정 속에 깊이 빠질수록 허전한 기분에 빠졌다. 그녀와 갈수록 애정에 빠져도 그는 백인 같이 크지 않아서 허무에 빠져 그만 육체의 피곤에서 벗어나고자 몸부림쳤다. 그녀는 나이트클럽에서 백인에게 접대하는 아르바이트를 학비 때문에 그만두지 못했다. 그는 첫 사랑보다 애절한 사랑으로 모험을 즐기는 박 마담이 생각났고 고국에 있는 부모가 생각이 나 미칠 지경이었고 박사과정의 공부는 너무 어려워 박사가 되겠다는 꿈을 접고 고국으로 향하기로 마음을 먹고 그녀와 상의했지만 그녀는 박사를 따 세상에 복수하고 싶다면서 귀국하지 말라고 하소연을 했다. 이래저래 세월이 지나 열정의 감정도 식어갔고 그의 고국에 대한 그리움이 막아지지 않아 서로 당분간 이별하기로 했다. 그녀는 머리를 돌리고 허공을 응시하며 한동안 침묵했다. 단념이 그리 쉽지 않아 얼마나 서글픈 나날을 보냈는지 한숨이 가라앉지 않았다. 아무도 존재하지 않을 것 같은 고요만이 하잘것없는 인생을 물방울처럼 만들었다. 비련의 사랑으로 끝나고 말 사랑을 왜 했는지 후회가 앞섰다. 심리적 좌절감과 상실감에서 벗어나기 위해 혼자 여행을 떠났고 경치를 즐기면서 성적 충동을 극복했다. 사랑! 바로 이러한 것이라면, 짝사랑으로 끝나지 않고 여기까지 온 것이 가치조차 없는 사치에 불과한 게임으로 느껴졌다. 친근한 느낌을 언제까지 지속할 수 있을는지 앞을 내다볼 수 없는 처지에 하루라도 빨리 걱정을 청산하고 싶었다. 그녀는 충격을 완화하기 위해 마음을 추슬렀고 그에게 가까운 여자가 생기기 전에 먼저 새로운 세계의 남자를 기다리고자 했다. 자신을 짓누르는 사생활로부터 완전한 도피를 꿈꾸고 있는 것인지 아리송했다. 긴 세월을 동거했던 사이로 막상 헤어지고 보니 잊을 수 없는 추억이 많아 완전히 지울 수가 없었다. 서로를 사랑했던 만남이 공간을 초월할 수 없어서 무척 아쉬웠고 당신을 잊는 소원도 눈물의 저 편에 도사리고 있었다. 세상의 현실에서 동떨어져 가는 우리의 사랑은 필연적 선택의 기로에 빠져들었다. 그녀는 사귀는 남자가 그 남자뿐이었지만 그는 세 번째 여인을 사랑한 열정을 품은 남자이었다. 그녀는 그가 고국에 가면 꼭 연락할 테니 걱정 말고 박사학위를 따 고국에서 함께 결혼식을 올리면 되지 않겠느냐고 했어도 무엇으로 믿을 수 있을지 의문이라서 믿지 않았다.

그가 고국으로 떠나는 날, 그녀는 눈물의 작별을 했다. 그는 공항으로 들어가 뒤도 돌아보지 않았어도 그녀는 애틋한 감정을 억누르지 못해 한참 서 있었다. 집에 돌아와 허전한 마음을 달래기 위해 술을 왕창 마셨어도 정신이 몽롱해지기는커녕 그이 생각에 정신만 또렷해졌다. 연민에 빠질 수 있는 사랑의 감정으로 무겁게 이별하고 만 추억의 영상을 매만질 때마다 푸르고 시린 안개처럼 우울한 눈물이 주르르 흘러나왔다. 그렇게 사랑 해봐도 소용이 없는 세상을 원망 해봐도, 세월이 흘러가니 진정이 되어 지독한 마음을 품고 학문탐구에 열중하고 만 그녀는 이미 눈물도 메말라 눈물은커녕 콧물도 나오지 않을 정도로 독해졌다. 그의 애절한 편지를 기다렸어도 무정하게 잊고 만 그를 잊어버리기로 했다. 홀로 버려진 고독감을 학문연구로 이겨나갔다.

그는 고국으로 돌아가 부모와 친척을 만나 즐겁게 보냈다. 첫 사랑을 놓치고 만 좌절감이 있었지만 박 마담에 대한 원망과 그리움이 자신을 이상하게 만들었다. 박 마담은 미국으로 유학을 가버린 총각을 사모하면서 보내는 미모의 여성으로 이 총각과 마음으로 이별하지 못했다. 그녀는 집안부모가 선을 보게 만들어 고등학교 교사와 중매결혼을 해서 자식을 두고 살았기 때문에 사랑을 느끼지 못했고 그녀가 만난 남자 중에서 특별히 명섭을 사랑했고 밤이면 밤마다 미국으로 유학을 간 그를 잊지 못했다. 그녀는 끊임없이 그에게 편지를 보내면서 그야말로 남편보다 더 그리운 정을 버리지 못한 이중적 사랑의 고민에 빠지니까 하염없는 눈물을 흘리면서 세월을 보냈다.

명섭의 아버지는 자식이 박사학위를 따지 못하고 귀국한 것을 애석해 했지만 고향으로 돌아와 함께 사는 것이 기뻐서 친척들과 함께 잔치를 벌였다. 자식에 대한 자랑을 온 동네에 알리다시피 하고 결혼시키고자 선을 보게 했다. 김현미와 선을 본 명섭은 마음에 들어 양가 집안이 모여 약혼식을 했고 이 소문이 아폴로다방의 마담인 미순에게 알려졌고 마담은 귀국한 명섭을 붙잡고 "왜, 연락을 끊고 내가 아닌 다른 여인과 약혼했느냐?" 하면서 아주 다그치니까 그는 말도 못하고 듣는 가운데 간사한 이 여인의 성화에 넘어가고 말았다. 박 마담은 현미를 만나 "나는 자식을 가진 유부녀이지만 남편과 이혼할 각오가 되어 있다."면서 자초지종을 얘기했고 협박도 하고 사정도 했다. 부도덕한 냄새를 풍기는 그녀에게 대들 수 없는 현미는 순진한 여인이라 정말 괴로웠고 "그러면, 남편이 될 그와 함께 만나 해결을 봐요?"라고 하면서 어려운 대답을 주고 말았다. 현미는 명섭과 함께 박 마담을 만났고 남편이 될 그가 우유부단해 쩔쩔 매면서 아무 말도 못했고 마담의 악쓰는 소리에 자신마저 기가 질렸다. 그녀는 낙천적이고 온화한 그가 한없이 야속해서 죽을 지경이었다. 그녀는 하늘이 노랗고 집안망신을 생각하니 아찔했다. 울어도 해결이 될 수 없는 불길 같은 증오로 몸이 떨릴 지경이었다. 그에게 이대로 물러설 수 없다면서 사정을 해봐도 우유부단한 그의 태도에 그만 질려버렸다. 그녀는 힘껏 그의 얼굴을 올려치고 분을 삼키면서 돌아가, 어머니에게 이 얘기를 하니 기가막힌 듯 어머니는 기절을 하다시피 했다.

이 소식을 전해들은 명섭의 아버지는 화가 머리끝까지 치밀어 올랐지만 자식을 때릴 수도 없고 속이 상해 죽을 지경이었다. 명섭은 육체의 부끄러움을 부끄러움으로 느끼지 못할 정도의 사랑의 환희에 물들어버린 속물이라서 좋은 인간이 되기는 틀렸고 행복보다 성공에 기대를 걸었다. 그는 박 마담의 성화에 못 이겨 목에 줄이 달린 개처럼 끌려가고 말았다. 그녀는 계속 명섭을 만나 여관을 드나들고 이러한 사실을 과장해 그의 약혼녀인 현미에게 알리니까 현미는 머리가 아찔하고 피가 거꾸로 솟으면서 눈물이 하염없이 흐르는 것을 주체할 수가 없었다. 사랑이 무엇인지, 전쟁보다 더 심한 질투의 광란을 가져왔다. 그녀는 입술을 깨물면서 파르르 떨리는 입술을 진정시켰고 그를 불러내 정식으로 파혼했고 조용히 살기로 결심을 했다. 이 사실을 부모에게 알리고 남편이 될 집에도 알렸다. 단 꿈을 꾸고 함께 살기로 작정한 남자가 중심을 잃고 흔들리는 것을 보고 속으로 병신이라고 욕을 했다.

　그는 박사학위를 따지 않고 미국유학에서 돌아와 핍박받는 장면의 비서를 해 어려웠고 자신의 유학비용으로 재산을 날려 버린 아버지를 위해 효도하고자 했어도 약혼마저 깨져 괴로웠다. 사랑을 해봤어도 책임이 따르지 않는 사랑은 나중에 큰 아픔으로 돌아온다는 것을 알면서 어떻게 마음대로 되지 않아 자신을 미워했다. 위기관리를 성숙하게 하지 못한 자신이 더러웠다. 하하, 웃기는 세상에서 큰 소리로 웃고 광대처럼 웃음을 파는 촌놈이 되어 익살스럽게 박자나 맞추고 비스듬하게 적당히 타협하면 되겠지 했다.

　광주와 서울을 오가면서 자유연애에 빠져 허우적거리는 명섭의 인생과 달리 아기자기한 가정생활을 하는 순수한 소년과 소녀가 서울에서 살았다. 법이 없어도 살 것 같은 순진한 4촌 사이의 남동생과 누나가 있었다. 탈선을 모르는 얌전한 소년과 소녀이었다. 한반도와 한국의 표준형인 인생을 사는 그들이 한국을 대표하는 경기도와 서울을 잇는 표준의 사람이었다. 한 소년은 민식이었고 한 소녀는 지현이었다. 민식은 유달리 소문을 좋아해서 지현의 가정사를 속속들이 물어봤다.

　누나는 슬며시 웃고 남동생의 이마를 쓰다듬으면서,

　"너는 커서 뭐가 될 거야?" 했다.

　남동생은 말이 아직 서툴러,

　"누나처럼 될 거야." 했다.

　"누나는 여자이고 너는 남자야."

　"그래도 누나처럼 될 거야."

"누나는 커서 기자가 되고 싶다."

"나도 크면 누나처럼 될 거야."

"누나는 착하고 좋은 일을 하고 살 거야."

"나도 누나처럼 될 거야."

어릴 때의 순수한 그들의 마음은 커가면서 더 커졌다.

그는 소문을 따라 남모르는 것을 알아내는 집착에 대한 집착을 갖고 싶어서, 참을 수가 없는 것을 자유롭게 파헤치고 그러한 생각을 어떻게 할 수 없는 어린 시절을 보냈다. 그는 군인 같은 생활을 하고 살고 있는 형을 보고 항상 맞을까봐 조심했다. 그는 형의 핀잔을 받으면 맞을까봐 그만 도망가 버리면, 심심해진 형은 아버지와 친해 진짜 법률가가 되겠다면서 아버지와 가끔 토론을 하기도 했다. 형은 남동생에게, "지금 라디오에서 나오는 프로 가운데 교육프로만 들어, 알았어."하면 남동생은 그런 척해도 형이 없으면 그냥 다 듣는 것이었다. 그는 공부만큼 라디오듣기를 좋아해 즐겁게 지냈고 자유를 사모했다. 그는 지현의 집에 가끔 들려 누나와 함께 놀았다. 누나가 그를 너무 귀여워 해주니까 누나의 예쁨을 받고자 심부름도 해주었다. 그는 형보다 사촌 누나와 자라면 자랄수록 친해졌다. 누나의 집에서 누나와 한 이불에서 자고 장난도 쳤다. 그렇게 아름답게 지낸 어릴 때의 우정도 커가면서 공부하느라 선생에게 빠지는 가운데 뜸해졌다. 누나가 자신보다 훨씬 행복하게 사는 줄만 안 철부지는 누나보다 공부를 잘해 누나를 가련하게 보면서 누나를 잊어버렸다. 그는 편을 갈라 칼싸움을 하는 꼬마아이들과 어울렸고 칼싸움에서 승리하면 흥분이 되어 동네친구들과 노는데 정신이 팔리고 말았다. 천재가 아니어도 적당하게 공부하고 표준말을 쓰고 표준의 환경에서 원만하게 보내는 순진한 소년과 소녀와 달리 세상재미를 다 느끼고 산 명섭은 정권이 바뀌어 무척 날뛰었다.

명섭의 여인들은 민주시대를 소극적으로 받아들였다. 첫 사랑 애라는 박사학위를 따 두 번째 사귄 남자와 결혼해 지내면서 고국의 소식을 접했어도 별로 관심을 기울이지 않았고 박 마담은 민주니 자유니 하는 정치 감각을 우습게보고 돈을 버는 일과 뜨겁게 사랑하는 감정에 집착했고 유학시절에 만난 애절한 연인 경자는 복수심으로 박사를 따내 악착같이 살면서 고국에 대한 머나먼 소식을 접하고 시큰둥한 반응을 보였다.

대학생은 4.19때 3.15부정선거에 대한 규탄을 했고 이승만 정권이 무너지고 허정 내각수반이 들어섰다. 이승만 정권이 무너지고 장면 정권이 들어서기 전에 현진의 아버지는 친척을 도와 그를 곡성 민의원으로 만들어 잘 나가는 사람이 되었다. 명섭은 미국유학 파이라서 서울에서 대단한 인기를 누렸고 현진의 아버지는 기술학교 출신이지만 돈이 있으니까 맑은 압록강이 흐르고 험준한 지리산과 가까운 곡성으로 사냥과 낚시를 하면서 신분을 과시했고 외박도 하니까 그의 아내는 바가지를 긁어댔다. 학생은 이승만을 부정선거를 저지른 독재정권으로 규정했고 정부는 학생의 사회참여를 허용했고 희생자에 대한 보상을 하기 위해 4.19묘지를 성역화하기도 했고 부상한 이를 국가유공자로 예우하기도 했다. 민주헌법을 만들어 양원의회선거와 자치단체장 선거까지 했으니 자유를 지나치게 가지고 말았다. 정작 실권총리와 명예대통령을 정하는 일에서 민주세력이 갈라서게 되는 암투가 생기면서 약속을 어기고 김도연 정권을 세우려다가 세우지 못하고 약속의 명분을 내건 장면 정권이 들어서면서 갈등했지만 현진의 아버지와 그의 큰외삼촌은 놀랄 만큼 성장한 정치적 득세를 했다. 그의 아버지는 친척을 도와 그를 곡성 민의원으로 만든 동기가 우스운데 윤씨이니까 맹목적으로 따르는 입장에서 그러했고 그의 큰외삼촌은 미국유학파이라서 친미파가 득세하는 세상에서 출세해야 한다는 강박관념을 가졌고 희생보다 영광을 차지하기 위해 신분을 과시했다. 명섭은 여천군에서 민의원이 되고자 하는 꿈을 꾸었고 가끔 주변에서 따르는 동지에게 앞으로 희망을 가지고 정치를 잘 해보자는 허풍도 늘어놨다. 그의 첫째 매제는 돈벌이가 너무 잘되어 처남에게 정치자금을 될 만큼 여유가 있어서 흐뭇하게 살았다. 나이가 많지 않은 매제의 아저씨는 전남대학교 토목과를 나왔지만 곡성 민의원과 매제를 연결해 잘 나가는 곡성 민의원의 비서를 했다. 그의 둘째 매제는 의회사무처에 근무하면서 의회에서 일어나는 정보를 친구인 처남에게 알려주고 정말 잘 나가는 가운데, 멋있게 살았다. 그는 허풍이 더 심해진 가운데 해남군 고향에서 민의원이 되겠다면서 사람을 끌어 모았다. 그의 셋째 매제는 서울대 석사과정을 밟으면서 대학교 시간강사를 했으니 즐거운 세월을 보냈다. 현진의 아버지는 윤보선이 윤씨라고 해서 그의 큰외삼촌은 장면과 가까워 너무 신나게 살다보니까 남들의 시기를 받았다. 선진국도 제대로 할 수 없는 내각양원제를 해냈고 얼마나 자유로웠는지 짐작이 안 될 정도이었고 미국으로부터 원조를 받고 사는 주제에 학생혁명을 만났으니 지나친 자유를 너무 누리고 말았다.

이렇게 세상이 돌아갈지라도 현진은 공부만 해 좋은 서중학교에 들어가 기뻐했고 같은 동네에 사는 김현아도 민주시대를 그냥 모르고 지냈고 공부를 잘해 전남여자중학교에 들어가 기뻐했다. 그녀의 아버지는 공무원이라 조용하고 안전한 분위기를 좋아했다. 현진은 부모가 학생의 데모에 관심도 없는데 윤보선이 윤씨라고 열렬하게 환호하는 이중성을 보고 순진한 마음에 상처를 받았다. 장면 정권도 잠시뿐 5.16쿠데타에 의해 박정희 정권이 들어서니까 얼마나 세상이 딱딱했는지 통곡할 지경이었고 명섭은 실업자가 되었을 때 메리야스 공장을 하는 여동생에게 돈을 빌려 쓰고 지냈고 매제가 알게 되어 여동생이 엄청난 구박을 받았다. 첫째 매제는 친척이 민 의회에서 쫓겨나니까 화려한 생활을 청산하면서 거래처의 수금도 잘 되지 않았고, 거래처에 화재가 발생해 돈을 못 받았고 둘째 매제는 의회 사무처에서 쫓겨났고 셋째 매제는 군대 미필자라고 해 대학교 시간강사를 하지 못하고 국가재건대에 끌려가 노역을 했다.

명섭의 남동생은 서울에서 자취하면서 고등학교를 다녔고 나쁜 친구와 사귀어 탈선 학생이 되었고 이렇게 옮기는 과정에서 탈선이 생긴 명섭의 여동생은 호랑이 같은 아버지가 무서워 가출하면서 고등학교를 중퇴했다. 그녀는 시골집이 싫고 매서운 아버지의 회초리가 무서워 그만 영영 돌아갈 수 없는 길을 갔다. 그녀는 타락의 길을 가다가 주한미군의 남자와 알아 동거하고 살았다. 명섭의 막내 남동생은 아버지가 경기도 잠실로 가버려 광주고향에 있는 누나의 집에서 제일고등학교를 다녔다. 그러나 매형의 눈칫밥을 먹는 가여운 신세가 되어 빨리 아버지 집으로 돌아가고자 했다. 매형은 무서운 장인이 광주에 없어서 춤바람이 나고 기생집에 드나들어 더욱 누나를 골탕 먹였고 이로 인해 가정불화가 일어나 갈등했다.

박정희 정권은 명섭 가족에게 엄청난 손해를 주었지만 그의 아버지는 박씨라고 박정희를 옹호하는 입장에서 흙벽돌을 손수 만들어 집을 짓기 시작했다. 박정희의 새마을 운동에 빠진 그는 잠실 섬에 앙골라토끼를 기른다면서 근면과 자조로 일을 너무나 많이 했다. 잠실벌은 서울 주택가의 주변의 섬으로 모래가 많았지만 아카시아나무가 많아 앙골라를 키우는데 적격이었다. 잠실 섬에 들어가려면 한강을 작은 배로 건너야 했고 워커 힐의 호텔이 너무나 반짝이어서 정말 야경이 볼만했고 한강에 비치는 워커 힐은 야경의 궁전 같았다. 앙골라토끼로 돈을 번 그의 아버지는 더 넓고 먹을 것이 풍족한 땅을 찾아 공기가 맑은 천마산 기슭으로 이사했다. 천마산의 바깥쪽은 스키장이 있어서 서울사람의 휴양지였고 천마산의 안쪽은 잣나무가 많아 너무 깨끗한 물이 흐르고 조용하고 맑아 별천지처럼 아름다웠다. 시내 물이 호수처럼 맑아 그냥 시내 물을 생수처럼 먹었다.

명섭의 남동생은 일본에서 대학교를 나와도 공직생활을 할 수 없는 가운데 일본인 여자와 결혼했고 음식점을 운영하고 살았다. 북한이 관여하는 조총련에 가입했다가 고국의 아버지를 만나기 위해 민단으로 전향해 경기도 양주군에 있는 부모를 잠시 만난 후에 일본으로 되돌아갔다. 이 때는 일본의 경기가 좋아 부모에게 용돈을 줄만한 처지로 융통성을 가지고 살았다. 명섭은 아버지가 잠실에서 어렵게 일하고 자신이 결혼도 못한 실업자이라서 먹고살기 위해 여동생에게 돈을 빌려 체신부 국제 관련의 과장을 하기 위해 노력했고, 아버지가 양주군으로 옮겨 살았을 때, 취직을 한 후에 최경희 여의사와 중매로 결혼을 했다. 그 결혼식에 가족이 모두 참석해 축하를 하지 못했지만 결혼식은 성대하게 치러졌다. 그의 남동생 하나는 일본에 있어서 결혼식에 참석하지 못했어도 새 며느리가 되는 최 여의사에게 알려졌고 그의 여동생 하나는 부모에게 짐이 된 존재가 되어서 새 며느리에게 감추어진 존재가 되었다. 그녀는 오빠의 결혼을 모른 채 숨어살면서 주한미군의 남자와 별 탈 없이 지냈다. 새 며느리는 시부모를 모시지 않기로 하고 새 집에서 남편과 신혼의 단꿈을 꾸었다. 그런데, 옛 사랑의 여인과 바람을 피운 남편의 행적이 박미순의 교묘한 편지 때문에 들통 나고 말았다. 그래도, 여의사는 병원 일을 하느라고 이혼할 생각을 하지 않았지만 옛 사랑의 여인이 자식이 있어도 남편과 이혼하는 용기를 내 명섭의 마음을 사로잡았다. 박 마담의 남편은 그녀에게 이혼을 해줄 수 없다면서 치맛자락을 붙잡고 사정했지만 경제권을 쥔 그녀에게 자식마저 빼앗기는 이혼을 당해 한을 품었다. 그녀는 체신부에 찾아가 퇴근 시간이면 명섭을 만나 다방으로 여관으로 끈질기게 유혹해 가정파탄에 이르게 만들었다. 마지막 설득을 하기 위해 어둠이 깃들어진 숲으로 유인해 우리 같이 죽자면서 독약을 꺼내 공갈을 하는 바람에 명섭은 벌벌 떨었다. 아아, 왜 자살하는지 상상을 했고 오열하는 여자와 비명이 터지는 광경을 연상하다가 겁에 질려 그만 여의사와 이혼을 하기로 약속했다. 여의사는 남편의 이혼얘기를 듣고 속으로 비탄의 아픔을 느끼지만 현실적이라서 위자료를 엄청나게 불러 남편을 휘어잡고자 했고 그 많은 위자료를 박 마담이 챙겨주는 바람에 큰 병원을 짓기로 하고 남편의 이혼을 받아들이면서 깨끗이 헤어졌다. 그의 아버지는 아들의 이혼을 인정하지 않았지만 명섭은 신식이라서 이혼을 강행했고 그의 어머니가 남편사랑을 제대로 받지 못하고 큰 소리조차 내지 못해서 아들에 대한 남다른 애정을 가지고 아들을 누구보다 더 사랑했기에 화병에 걸렸다. 양쪽 집안의 반대에도 불구하고 명섭도 미순과 재혼하기 위해 이혼했고 명섭의 아버지로부터 이혼이 용납되지 않는다는 경고를 받았지만 소용이 없었고 그의 아버지가 집에 찾아가 사정했으나 이혼을 돌이킬 수 없었다. 미순의 남편은 전남여고의 교감이라서 여학생들부터 잘 알려진 선생이었고 명섭과 아내가 그렇고 그렇다는 소문이 나 고통을 받았다.

명섭의 여동생은 주한미군의 남자가 본국으로 귀국하게 되어 그 남자와 국제결혼을 하면서 가족에게 이 사실을 알렸지만 아무도 참석해주지 않아 쓸쓸하게 미국으로 떠나버렸다. 이 소식을 들은 그녀의 아버지는 대노했어도 그녀의 오빠는 박 마담과 그렇고 그런 사이라 아무 말도 하지 못했다. 박 마담은 같은 성씨이라서 호적에 올리지 못하고 살면서 전 남편의 자식을 기르기 위해 모정을 가지고 살았지만, 그녀의 전 남편은 청와대에 투서를 해 명섭의 앞길을 막아버렸다. 사회통념을 깬 밀양 박씨끼리 결혼했다는 내용까지 곁들여 여러 차례 투서를 하니까 조사를 받은 그는 그래서, 체신부 국장으로 여자문제 때문에 진급하지 못했다. 그는 공직에서 쫓겨날 처지이었지만 영어실력이 좋아 쫓겨나지 않았고 승진을 못하는 아쉬움을 가지고 살았다. 한편으로 명섭의 아버지는 일본서적을 통해 은행나무에 대한 연구를 했고 가로수로 은행나무가 적당하다는 의견서를 청와대에 보내 청와대의 답신을 받았고 그대로 실현되는 기쁨을 안고 박정희를 좋아했다.

박 마담의 전 남편인 이씨와 현 남편인 박씨의 이상한 관계가 지속되는 가운데 정신을 차리지 못한 명섭은 약속대로 먼저 여동생으로부터 빌린 돈을 먼저 갚아야 했는데 갚지 않아 여동생이 광주에서 서울로 올라가 돈을 달라고 부탁하면서 재촉했고 얼마 있으면 갚아주겠다 했지만 잊어버리고 돈에 대한 관념이 희박에서인지 돈 문제를 일으켰다. 그의 여동생은 남편 모르게 아저씨와 다른 여동생과 다른 여동생의 남편을 동원해 돈의 일부만이라도 갚아달라고 하니까 돈이 없어서인지 그는 아내와 친구인 매제와 함께 비행기로 광주에 내려와 아내로부터 돈을 타 갚아주면서 비행기로 급히 올라갔다. 그는 경제권을 아내에게 빼앗긴 가운데 공처가처럼 사는 것을 가족들에게 보이고 말아 바보처럼 명해졌다. 가족이 돈 관계로 떠들썩하니까 여동생의 남편도 알게 되어 가정불화가 생겼다. 매제는 명섭이 빌린 돈을 아버지인 장인이 갚아야 한다고 하는 바람에 장인과의 사이가 벌어졌고 장인은 이사하기 위해 집을 판 돈 일부를 사위에게 약간 주는 어색한 사이가 되어 돈 문제로 속을 썩였다. 명섭과 그의 매제와 그의 아버지는 돈 때문에 한바탕 난리를 겪었다.

돈과 섹스를 꽉 쥔 박 마담은 부도덕한 행위를 덮고자 안간힘을 쏟았다. 그녀는 학창시절에 숙명여고의 여자농구선수로 육체가 단련되어 순결성을 우습게 여겼고 명월관 요정의 아들과 결혼한 후에 다방마담을 해 연애를 좋아하다가 연애지상주의자가 되어 남편의 질투를 받으면서 대학생과 어울리는 소문난 여인으로 알려졌고 동창들이 그녀를 입방아에 올리고서 맞장구를 치는 바람에 동창회에 참석을 못하는 외톨토리가 되었다. 미순은 동성동본인 명섭과 결혼할 수 없어서 호적을 바꾸어서라도 호적에 올리는 꿈을 꾸었고 나이 들어 자식을 날 수 없으니까 호르몬주사를 맞고 자식을 잉태해 딸을 낳았다.

아들을 버리기로 작정한 명섭의 아버지는 아들의 이혼을 생각하기조차 싫어해 이혼을 강행한 아들을 못마땅하게 여겨 집에도 오지 못하게 했다. 그는 손자가 딸이 아니고 아들이었으면 모른 척하고 아들의 아내를 받아들일 수 있었지만 딸에 대한 편견이 여전히 심해 용서를 모르고 묵묵하게 일하면서 살았다. 분노는 수렁처럼 깊었고 사업을 정리해서 아들을 위해 미국으로 학비를 보낸 생각을 하면 몸서리쳐질 정도로 치가 떨렸다. 그의 어머니는 고혈압으로 고생하면서 앙골라토끼를 기르는 가운데 열심히 일을 했고 쓸쓸하게 막내의 생일을 준비하다가 심장병으로 갑자기 죽었을 때 그의 아버지는 끓어오르는 감정을 삭이면서 눈물마저 마른 가운데 아내의 시체를 물끄러미 바라볼 뿐이었다. 명섭의 아내가 된 옛 사랑의 여인이 장례식에 참석했다가 결혼을 인정하지 않는 시아버지의 불호령 같은 진노에 방에서 쫓겨났고 시아버지는 사정없이 내동댕이치면서 박 마담의 하체를 짓밟아버렸다. 그의 아버지는 여러 가닥의 타협할 수 없는 분노가 엄습한 가운데 화를 되씹었고 그녀는 아프고 서러워서 그만 눈물로 뒤돌아섰다. 그녀는 남편을 사랑하는 마음을 이해해주지 않는 시아버지를 원망하면서 찢어질 듯한 가슴으로 한을 품었다. 명섭은 장례식이 끝나 가족회의를 하면서 자신이 가족과 인연을 끊을 수 있어도 아내와 이혼할 수 없다고 담담하게 얘기하고 서러움을 참지 못해 울먹이면서 돌아갔다. 그와 그의 아내와 그의 아버지는 서로 얽히고 얽혀 미움을 사랑으로 바꾸지 못해 떠도는 나그네처럼 허전하게 살았다. 그의 아버지는 옛 사랑의 여인이 미모일지라도 고등학교 교사의 남편 밑에서 어떻게 다방을 운영하고 아들을 유혹해 밀양 박씨끼리 결혼할 수 없는데 남편과 이혼하고 재혼했는지 용서를 죽을 때까지 못했다. 그녀는 미모를 갖추었지만 머리에 든 것이 없었고 그는 미남이면서 머리에 든 것이 있었다. 그의 전 아내인 여의사는 지성이 있고 얼굴도 잘 생겼지만 몸매가 뚱뚱해 육체미가 없는 여인이었다. 여의사는 퇴폐적이고 음탕한 박 마담을 경박하게 생각했다. 처참하게 괴롭고 고요한 이별은 사랑을 송두리째 잊게 했다. 인연은 끝났건만 희미하게 남는 추억이 아직도 그녀의 뇌리 속을 스쳤다. 명섭의 아내는 성이 같아 혼인신고를 할 수 없으니까 양주군 화도면장의 양녀로 입양해 이미순으로 혼인신고를 해냈고 남보라는 듯이 악착 같이 주장을 펼치고 살았다. 명섭의 여동생들은 전남여고에 다녔을 때 그의 옛 사랑의 마담이 오빠와 그렇고 그러한 사이라고 소문이 나 사춘기를 만난 여동생들의 가슴을 멍들게 했던 과거의 추억을 지울 수 없었고,

성을 아는 부인이 되었어도 성적 차이를 도무지 상식으로 이해할 수 없었기 때문에 죽을 때까지 오빠의 재혼을 인정하지 않겠다고 발버둥쳤고 옛 사랑 마담의 남편인 전남여고 교감도 괴로움에 빠져 지쳤다. 마담에게 오빠의 편지를 전했던 여동생은 자신이 그 때 실수했었다는 후회에 빠졌고 마담에게 미국으로 유학간 오빠의 주소를 가르쳐준 다른 여동생도 마찬가지로 후회했다. 오빠에 대한 얘기는 가족의 소문이 되어 친척의 주변을 맴돌았다.

명섭의 생질은 큰외삼촌에 대한 얘기가 들려도 무엇인지 모르고 영화 속에서 사랑을 했다.

현진은 최은희가 나오는 영화를 좋아했다.

최은희는 '사랑방손님과 어머니'에서 어머니로 나와 얼마나 어린 가슴에 감동을 주었는지 그녀가 어머니이었으면 했다.

그는 김지미가 나오는 영화도 좋아했다.

김지미는 '현해탄은 알고 있다.'에서 여주인공으로 나와 슬피 슬픈 감동을 주어 마음을 사로잡았다.

김지미의 아름다운 얼굴과 머리모양은 얼마나 가련한 여인의 향기로운 모습이 되어 잊혀지지 않았다.

사랑을 모르는 어린 나이에 영화의 주인공은 너무나 사랑스러웠다.

영화 속에 빠진 인생과 달리 소용돌이치는 인생과 시국이 이상하게 돌아가 세상이 온통 요지경 속이었다.

그는 서중학교에 다닐 때 사춘기가 오기 시작해 황당해졌고 엘리자베스 테일러를 너무나 좋아했다. '자이언트'의 영화에서 본 엘리자베스 테일러를 잊지 못해 밤이면 밤마다 그녀를 안는 꿈을 꾸었다. 영화에서 나오는 장면보다 그녀의 아름다움과 귀여움에 흠뻑 빠져 그녀를 누나로 생각하지 못하고 애인으로 생각하는 어처구니없는 사랑의 감정을 가졌다. 엘리자베스 테일러, 생각만 해도 온 몸에 전율과 환희를 느끼게 했다. "자이언트에서 그녀는 벼락부자를 꿈꾸는 남자의 사랑을 느꼈어도 건장하고 풍족한 남자와 결혼해 살았고 그녀를 짝사랑하는 남자는 끝까지 미련을 버리지 못하고 그녀의 언저리에서 서성거렸다. 그녀가 자식을 낳고 딸이 성숙한 여인으로 자라는 기쁨을 가지고 살았고, 갑자기 석유를 찾아내 거부가 된 자기를 짝사랑한 남자가 부러워지는 이중성을 어떻게 할 수가 없었다. 그녀의 딸은 이 내막을 모르고 자신에게 너무 잘해주면서 접근하는 거부가 된 남자를 좋아했고 부모에게 이 사실을 알렸을 때 그녀의 남편은 이글거리는 질투가 생겨 교제를 반대했지만 그녀는 반대하는 척만 했다. 그녀의 딸은 부모의 반대를 무릅쓰고 그녀를 짝사랑한 남자와 결혼하고 말았다." 이 얼마나 애처로운 집념의 사랑이었는지 그녀를 짝사랑한 남자가 더 멋있어 보였지만, 그는 엘리자베스 테일러만 연상이 되어 같이 살면 얼마나 행복할까? 하는 착각 속으로 빠져들었다. 그는 엘리자베스 테일러가 우상처럼 되어 자신 옆에만 있었으면 좋겠다는 감정에 그만 퐁 빠졌다. 그는 '클레오파트라'의 영화를 보면서 엘리자베스 테일러가 여자로 보이기 시작했다. 엘리자베스 테일러의 배꼽춤은 허리와 배의 유연함으로 그의 본능적 감정을 자극해 그녀의 몸매가 자신을 감싸 안고 말았으니 밤이면 밤마다 애매한 여자가 아니라 성적 여자로 접근해오는 것이었다. 그는 그녀를 너무나 좋아했고 그녀의 소문도 여러 남자를 알았다가 이 영화에서 만난 주인공과 결혼했다는 소문에 질투심이 생겼으니 이상할 노릇이었다. 그의 사춘기의 여자는 엘리자베스 테일러가 되어 자신을 옴짝달싹못하게 하는 전기 줄 같았다. 이 얼마나 어처구니없는 애정의 공상인지 참 영화 속의 배우를 애인처럼 생각하는 것인지 몰라도 그녀를 깊이 좋아한 나머지 엉뚱한 성적 모순을 낳았다.

통이 커진 그는 미성년불가의 영화를 사복을 입고 보는 불량학생이 되어 양심의 가책을 느꼈다. 그는 간혹 그러한 영화를 봐 들키지 않았지만 다른 친구는 자주 보다가 걸려 정학을 당하곤 했다. 해로운 금지된 영화를 기를 쓰고 보는 호기심은 탈선으로 이어질 수 있었고 정학을 받은 학생은 낙오자처럼 외돌토리가 되었다. 사고의 탄력성을 잃은 부족한 인간이 사회에 대한 반항으로 줄달음치면 칠수록 인생을 망쳤다. 혼자만 두드러지고 남에게 폐를 끼치는 뻔뻔스러운 존재가 되면 될수록 어처구니없이 인생의 실수가 생기는지 잘못하면 소년원에 격리되어 고통을 받을 위기에 처했다. 술집에 드나들고 담배도 피는 불편한 존재로 달콤한 긴장과 흥분을 낯선 소녀에게서 찾고자 하는 어리석은 방랑에서 돌이키지 못하고 헤맸다. 낯선 세상으로 뛰쳐나갈 만큼 담대해져 반성하지 못하고 불행한 길을 가고 만 소년은 저절로 이루어지지 세상을 향해 욕을 해댔다. 자신이 노력해서 이루는 방법을 몰라 폭력에 의존해 해결하고자 하는 원시적 방식에 빠져 비참한 길을 갈 수밖에 없을지라도 어른들이 무섭게 단속하는 것을 보고 어른들의 멸시나 모욕 때문에 제정신으로 돌아와 부모의 사랑과 관심을 인정하는 쪽으로 순종하는 길을 당분간 택하면서 학교로 돌아와 반항의 세월을 접었다. 징그러운 학교선생을 바라볼 용기도 없어진 소년에게 반가운 소식이 있었다. 국어점수가 매우 좋다는 칭찬을 받고서야 선생을 똑바로 바라볼 수 있는 학교생활이 되어 의기소침해진 자신의 처지를 훨훨 떨쳐버렸고 새로운 출발을 하겠다는 다짐으로 인생숙제를 풀어나갔다.

5

사랑의 갈등

명섭의 생질은 아직도 성적으로 깨끗했다. 사춘기를 겪을지라도 연애를 해보지 않는 순수한 남자이었다. 현진은 일고에 다닐 때 현아하고 교제하고 싶어 했다. 그녀는 전남여고에 다니는 같은 동네의 골목길 여학생이라서 관심이 많아진 가운데 자신이 그녀와 자주 스치니까 만나서 얘기를 건네 보고 싶었고 용기가 약해 크리스마스 계절에 크리스마스카드와 마음을 전하는 편지를 직접 주지도 못하고 그녀의 집에 넣어주는 졸장부의 짓을 했다. 생활백과사전에서 자궁과 질이 구분되지 않아 혼돈 속에 있어서 성적 개념도 혼돈 속에 있었다. 그녀의 어머니는 그를 마음으로 좋아했고 어머니를 닮은 그녀는 얌전하기만 하니 이럴 수도 없고 저럴 수도 없는 너무 아쉬운 상태로 세월이 야속하게 지났다. 동네골목에서 일어난 남녀사이는 비밀처럼 서로만의 관심사이었다. 그는 나른한 몸이 되어 여러 가지 병에 시달렸다. 이질에 걸려 한바탕 고생을 했고 소화가 잘 안되어 밥을 조금 먹고 이러다가 한약도 지어먹었으나 소용이 없었고 병원에서 준 약을 먹었어도 소용이 없었다. 꿀을 먹고 힘을 내려다가 도리어 혈담이 나와 X선 검사를 받았고 병원에 입원하는 신세가 되었다. 눈앞이 캄캄했다. 절망과 좌절을 마음껏 체험했고 아버지의 가세도 기울어졌다.

그의 친구는 선배의 광주 학생독립운동정신을 이어받자면서 데모할 때마다 힘차게 데모하는 그를 애석해했고 민주시대를 속으로 절실하게 원했지만 겉으로 원하지 않았고 공부를 잘해 선생으로부터 칭찬을 받았다. 친구는 일고에 다닐 때 1등을 했고 현진 이가 결핵의 중병에 앓아 제중병원에 입원했을 때 두 친구와 함께 위문을 해 병에 대한 경각심을 가졌다. 친구는 키가 비슷한 현진과 두 친구와 서로 번갈아 가면서 짝꿍을 했고 쉬는 시간에도 공부를 하는 공부벌레이었다. 그는 친구가 어려운 질병에 빠진 아픔을 공부를 잘해 훌륭한 의사가 되는 꿈으로 달랬다. 현진은 친구의 따뜻한 마음을 감사하게 받아들였고 병원의 간호사 가운데 친구의 누나가 있어서 친절한 보살핌을 받았고 누나의 친절에 누나가 좋아지기도 했고 얼굴이 예쁘고 풍뚱한 다른 간호사를 기다리는 야릇한 감정을 갖기도 했다. 결핵으로 몸이 약해진 그는 동네의 현아를 만날 용기조차 생기지 않아 잊어버렸고 나중에 안 사실이지만 동네 친구의 친척이라는 것을 알았고 이화여대를 다닌다는 것을 알았어도 그녀를 좋아하는 감정을 잊고 싶어 했다. 그가 만약 결핵이라는 무서운 병에 걸리지 않았으면 그녀와 속 시원하게 교제를 해 결혼까지 했을는지 모르겠다. 그녀와 같은 동네의 같은 길 주변에서 살면서 너무 고지식하게 살았는지 그의 가슴이 미어질 듯 안타까운 추억에 미안함을 느꼈다. 그녀의 어머니가 그의 오촌 고모와 그의 어머니에게 전해준 사연에서 윤현진 이가 너무 똑바로 학자같이 다닌다는 아쉬움을 나타냈지만 그는 몸이 약해져 어쩔 수 없는 처지가 되었다. 뒷집에 사는 그의 오촌 고모는 그를 영감 같다고 했고 골목 저편에 사는 그녀의 어머니는 그를 학자 같다고 했으니 여러 가지로 얽히고 말아 정말로 괴로운 환경이 되었고 오해와 착각이 혼란을 불러일으켰다. 결핵에 걸려 병원에 입원하고 퇴원해 요양한다는 소문이 친구와 친척에게 소문이 나 전화로 위로한 이와 직접 찾아와 위로한 이가 많았다. 스트렙토마이신 주사와 결핵 약은 독해서 정신이 멍해졌고 치료한 반년이 지나서야 차도가 있다고 해서 안심했다. 그의 아버지는 메리야스 사업이 사양길에 접어들어 현상유지를 하다가 자식이 결핵의 중병에 걸리니까 괴로워했고 자신도 결핵의 초기에 걸려 요양하면서 사업을 했고 거래처에 불이 나 동업하는 형태의 사업으로 축소되어 명맥만 유지했다. 그의 어머니는 큰외삼촌에게 사정이 어려우니 돈을 갚아달라고 해도 경제권이 없는 그는 나중에 보자는 식으로 대했다. 현진은 공부할 힘도 없고 나른한 몸이 되어 자리에 누워 있는 시간이 많았다. 친구들이 그립지만 집에서 혈담이 나올까봐 가슴을 움켜지는 가운데 조심을 많이 했다. 그가 너무 아파 괴로워하는 모습을 본 친구 서울대 의대에 들어갔고 두 친구도 마찬가지로 거기에 들어갔다. 그들은 서로 단짝이 되어 테니스도 치고 미팅도 했다. 정말 엘리트의 엘리트인 그들을 좋아하는 여학생이 많았어도 그들은 연애는 연애이고 결혼은 결혼이다. 는 철칙의 정신으로 탈선하지 않았다. 그들은 서울대 의대의 공부가 너무 어려워 무섭게 공부했다. 데모하는 의대생이 별로 없을 정도라서 공부에 매달렸다.

서울대와 달리 성균관대학교는 2류 대학이라서 적당히 공부하고 적당히 데모했다. 6.25전쟁에서 큰 피해를 받은 친척의 아픔을 잊은 지현은 성대에서 학생기자를 하면서 민주시대가 아닌 민주시대를 체험했다. 표준형의 그녀가 성대 신문사에 있으면서 단짝인 그녀 친구와 다닐 때가 많았고 표준에서 벗어나는 짓을 하지 않았다. 그녀는 교수들을 찾아가 인터뷰를 해 기사를 만드는 일에 전념했다. 그녀는 얼굴과 몸매가 보통이지만 아름다운 미소를 간직해서 교수들로부터 칭찬을 받았다.

현진은 전기대학교에 떨어져 실망했지만 후기대학교에 합격한 후에 영화를 봤다.

그는 문정숙이 나오는 영화를 좋아했다.

문정숙은 '만추'에서 고독한 여인으로 나와 쓸쓸한 가슴을 달래주었고 잔잔한 감동을 주었다.

그는 고은아가 나오는 영화도 좋아했다.

고은아는 '물레방아'에서 사랑하는 여인으로 나와 청순한 이미지에 빨려드는 듯한 기분에 빠져들게 했고 은은한 감동을 주었다.

그는 성대 오리엔테이션에서 성대신문사 기자인 지현을 처음으로 보았고 그녀의 미소에 너무 흠뻑 빠졌다. 오민수는 민주시대가 아닌 민주시대를 자유로운 연애를 하는 시대로 착각했다.

현진은 민수를 자주 만나 여자친구에 대한 얘기를 나눌 때마다 너무 대조적이라서 하늘과 땅 사이의 이상한 세계를 여행하는 착각 속에 빠졌다. 그는 너무 여자를 몰라 바라보는 재미로 살았고 민수는 여자가 마음에 들면 한 여자 만 정복하는 것이 아니고 닥치는 대로 정복했다. 그는 서중학교를 1등으로 입학했고 경기고등학교를 다니면서 연애를 너무 많이 하다가 서울대에 떨어져 재수해 다시 서울대를 지원했으나 떨어져 후기대학인 성대 철학과에 들어와 초등학교선생의 유교 식 예절을 연상하면서 살았다. 민수와 현진은 초등학교선생의 유교 식 예절을 배웠던 사이로 경쟁관계에 있었다. 민수는 현진보다 천재이었고 광주의 집을 떠나 서울의 경기고를 다니면서 너무나 여자를 밝혔다. 그는 부모의 지도를 받지 않는 성적 방탕을 줄곧 하다가 서울대 입학시험에서 떨어져 동창들로부터 멸시를 받았다. 현진은 일고 3학년 때 몸이 아파 1년을 쉬는 바람에 민수와 같이 성대에 들어왔고 학과가 요상하다고 서로 놀려댔다. 성대 심리학과에 정신분석의 상상에 빠져 입학한 그는 오리엔테이션 시간에 성대신문사 기자들이 나와 소개하던 중에 지현 기자와 눈이 마주쳐 지현 선배를 좋아하기가 후배이라서 어려웠지만 열광적으로 좋아했다. 그녀를 만나기 위해 수업이 끝나면 그녀를 성대신문사 앞에서 은밀하게 기다렸고 그녀가 나오면 말도 못하고 뒤따라가는 졸장부의 짓으로 처량한 신세가 되곤 했다. 그녀의 얼굴은 보드라우면서 분홍빛을 떴고 눈은 크고 아름다웠고 입술은 가느스름해 너무 아기입술 같았고 키는 보통이었고 허리도 보통이었고 다리는 날씬해도 약간 휘어져 엉덩이가 약간 흔들렸다. 그렇게 빼어나게 예쁘지 않아도 그녀의 미소는 모나리자처럼 아름다웠다. 눈에 뽕 가면, 어떻게 할 수 없는 지 남철 같이 되고 마는 감정을 누가 뭐라 해도 억제할 수 없었고 그렇게 그리워해도 얘기에 대한 자신과 용기가 없는지 말을 꺼내지 못하고 꽁무니를 따라가다가 버스정류장에서 돌아서는 짓을 했다. 벤치에서 하염없이 여학생을 기다리는 그를 향해 민수는 바보라고 놀려댔다. 민수는 여자 친구와 함께 손잡고 내려가면서 즐거운 표정을 지었다. 그는 민수가 부럽기도 했다. 그는 민수처럼 언제나 지현의 손을 잡아볼 수 있을까! 궁리 해봐도 용기가 나지 않았다. 민수는 그 좋은 머리로 여자를 꾀는데 정신이 팔렸다. 그는 여자를 사귀다가 싫증나면 갈아 치우는 바람둥이였다. 성대 철학과를 택한 이유는 부모가 좋아하는 유교철학을 택해 부모를 안심시키고자 하는 것이었다. 그의 부모는 부모의 전통을 답습해주는 아들이 신기해 아들의 방탕한 생활을 제지하지 않고 그냥 놔두었다. 그는 고향에서 올라온 여자, 고등학교에서 만난 여자, 대학교에서 만난 여자, 수십 명이 넘는 여자를 요령 있게 관리하면서 재미를 붙였다. 그는 정력도 대단했다. 현진은 여자 하나를 사귀기 위해 혈안이 되어 있는데 어떻게 민수는 많은 여자와 사귀면서 로테이션으로 잠자리까지 하는지 신기할 뿐이었다. 민수는 여자의 관심을 잘 알고 있었지만 현진은 여자의 관심을 몰라 어수룩한 처지로 사랑하는 여자와 대화마저 못하는 형편이었다. 누구는 이렇게 여자를 농락했고 누구는 여자 주변에서 맴돌았다. 철학을 좋아하는 성대는 정신적인 심리학보다 전통적인 유교철학을 좋아해 여자들마저 민수를 따라 하자는 대로하는구나 하는 생각이 번쩍 들었지만 현진은 거기에 동조하지 않고 꿋꿋하게 나아갔고 완치된 결핵이 재발되지 않도록 꾸준히 약을 먹으면서 외로이 지냈다. 민수는 가벼운 마음으로 여자를 사귀다가 잘생기고 순진한 여인에게 빠져 사귀는 여자들을 끊기 시작했다. 이별의 아픔을 간직한 채 헤어져주는 여인도 있었지만 죽자 살자 매달리는 여인도 있어서 갈팡질팡했다. 그래도 여러 명이 계속 잠자리를 요구하는 바람에 마음에 없는 교제를 해야 하는 벌을 받았다. 그는 한 여자만을 사랑하고 싶었지만 그렇게 하지 못한 육체적 비극을 안았다. 왕도 아닌 주제에 여러 명의 여자와 헷갈리는 사랑을 하자니 마음이 계속 황폐해졌다. 추잡하게 사랑도 없는 이성교제를 하면서 느끼는 절망과 허무는 그의 가슴을 썩게 만들었다. 어떤 친구는 여자가 줄줄이 많아 고민에 빠지고 현진은 여자 하나에게 죽자 살자 매달리고 있으니 참 불공평하게 느껴졌다.

아름다운 창경원이 바라다 보이는 경치 좋은 학교에서 자연과 더불어 호흡하면서 학과 학생과 농구를 했고 그냥 즐겁게 보내는 기쁨을 가지고 지내다가 그만 누가 창경원 담을 넘어 구경 가자고 해, 그렇게 해서 걸리지 않고 구경했다. 다음에는 더 담대해지고 아름다운 창경원 옆의 비원의 담을 넘어 학과 친구들과 야유회 비슷하게 즐겁게 보냈고 재미있게 정신없이 놀고 난 다음에 나오자마자 모두 수위에게 잡혀 족제비 같다면서 얼굴과 몸에 구타를 당했다.

다음 날 학교에서 얼굴이 부은 채 서로 아파 괴로워하면서도 재미있었다고 낄낄거렸다. 민수는 현진의 얼굴이 부은 것을 보고 힘도 없는 주제에 무슨 싸움을 했나 궁금해서 물어봤다.

"너, 어째서 그렇게 되었냐?"

현진은 창피해서 말을 못하다가 변명을 늘어놓았다.

"친구끼리 농구하다가 부딪혔어."

"그래, 많이 고생이 되겠다. 잘 가라."

민수는 속으로 은근히 얌전한 그에게 상처가 났으니 기분이 좋아지는 것을 느꼈다. 참 인간은 위로하는 척해도 알고 보면 속으로 은근히 좋아하는 속물근성이 있었다. 그는 한 여자만을 사랑해야 하겠는데 과거에 꽤서 정을 통한 여자에게 책임을 져야 할 일이 생겨 몹시 갈등했다. 아! 자신의 뜻대로 되지 않는 것을 알게 된 그는 세월 따라 바람 따라 물결 따라 살기로 했다.

현진은 바보처럼 여자를 기다리는 순수하고 마음이 약한 존재이었다. 1968년 8월 26일 밤에 꾹 참으라는 신비의 음성을 듣고 참회의 눈물을 흘렸다. 다음 날 아침에 갑자기 용기 있는 짜릿짜릿한 신비의 빛이 비추기 시작하면서 용기를 낼 수 있었고 용기를 내 그는 1968년 8월 29일 낮에 그녀에게 사랑과 전도와 고백의 시를 떨리는 마음으로 전했다.

님에게
사랑은 저 하늘에 영원히 존재해요.
님을 본 순간 영원한 사랑을 느꼈어요.
믿고 따르면 아름다우리라 생각해요.
저 구름 저 편을 바라봐요.
아름다운 형상이 보고 지오. 보고 지오.

평화로운 우리의 안식이 있어요.

이상향의 고향은 우리의 본향이야.

사랑하는 님으로부터

1968년 8월 31일 오후에 그는 그녀를 만나기 위해 기다렸는데 그녀가 기자동료와 함께 내려가는 바람에 뒤따라가다가 집을 향해 올라갔고 저녁에 갑자기 신비의 영광과 불과 신비가 나타났고 포도알맹이 같으면서 투명한 신비의 생명 빛이 비추기 시작하면서 사랑에 대한 꿈속에 빠졌고 그녀를 볼 때마다 용기 없는 사랑에 빠졌으니까 4일간의 사랑이 짝사랑으로 변질되고 말았다. 그녀는 아무 소개도 없이 색종이 위에 전해준 사연이 무엇일까? 하는 궁금증에 빠져 그 남자가 누구일까? 하는 자신과의 싸움에 돌입했다. 그는 그녀를 천사 같은 님, 누나, 선배, 애인으로 생각했지만 그녀는 성대 국문학과 3학년이고 성대신문사 기자인 누나나 선배로 느끼게 하고 말았고 그는 성대 심리학과 1학년이고 동생이고 후배에 불과한 존재가 되고 말았다. 그리할지라도 그는 그녀를 기다리는 것을 낙으로 삼고 학교 벤치에서 기다리기를 밥 먹듯이 했다. 그녀를 따라가, 성대가 이병철의 재단에 속하니까 성대신문사에 협력하는 중앙일보사까지 갔지만 그녀의 동료로부터 놀림감이 되었고 그녀가 남학생 기자 동료와 함께 사진을 찍으면 화가 나는 질투심이 생기는지 괴로웠고 언젠가 그녀를 따라가 버스 안에서 치근대니까 그녀는 자기의 친척 오빠에게 유도해 날벼락 같은 꾸중을 받게 했다. 집으로 돌아온 그는 화가 났어도 왜 그렇게 미워지지 않는

지 몰라 이상한 생각에 빠졌다. 그녀가 그러면 그럴수록 신비의 여인으로 느껴져 호기심이 생겼다. 비밀에 쌓인 그녀가 얼마나 신비스러운지 믿음의 대상이 되었고 현실과 맞지 않는 구렁텅이로 빠져들어 바보가 되다시피 한 자신이 불쌍했다.

그는 성대신문사 지현 기자에게 편지를 보냈다.

사랑하는 님에게

안녕하세요?

심리학과 1학년 윤현진입니다.

사랑의 감정을 감출 길이 없어 마음을 전하니 널리 양해해주세요.

님을 사랑하고 찬양하기에 가슴에 스며드는 기쁨과 환희로 다가섭니다. 살금살금 다가서는 발자취에도 사랑의 소리가 들리고 속삭이는 밀어 속에도 님이 찾아와 사랑의 노래를 들려준다면 감사하겠습니다. 떨리는 가슴으로 손을 어루만지면서 가슴에 손을 대고 확인합니다. 아! 다시 마음을 모아 흐트러진 자태를 가다듬고, 사랑의 용기가 저절로 나올 때까지 고요한 생각을 해봅니다. 찬란하게 빛나는 햇빛처럼, 광명의 하늘처럼, 도무지 알 수 없는 신비한 그리움을, 보고플 때마다 기다리겠습니다. 우러러봐도 좀처럼 가까이 할 수 없고, 님은 어디로 지나쳐 가버리는지 속이 상합니다. 아무리 불러봐도 소용이 없습니다. 참으로 님을 대면한다는 것이 이렇게 어려울 줄 몰랐습니다.

정말 미안합니다.

사랑의 답장이 오길 고대하면서 이만 줄입니다.

안녕히 계세요.

윤현진 드림

지현은 현진의 존재를 편지를 통해 대충 알게 되면서 현진에 대한 조사를 했고 아무리 생각해도 후배 주제에 선배를 무시하고 사랑하나 싶어 갈등했고 용기도 없는 후배를 깔보면서 답장을 하지 않기로 작정했다. 현진은 답장이 오지 않아 열 번 찍어 넘어지지 않을 나무가 없다는 일념으로 또 편지를 보냈다.

그리운 님에게

안녕하세요?

그렇게 기다려도 답장이 오지 않아 쓰라린 가슴으로 편지를 보내니 속히 연락을 주길 바랍니다.

어려운 만남에서 희생의 고귀함을 절실하게 깨달아, 주고 또 주면서 살고 싶건만 통하지 않는 사연 앞에서, 자신의 나약함을 바라볼 때마다 한숨이 나옵니다. 선량한 님의 자비가 주어지길 기다립니다. 베풀 수 있을 때 베푸는 인정이 얼마나 아름다운지 나날이 준비하는 심정으로 더욱 가까이 가고 싶습니다. 거친 세파를 이길 수 있는 길이 있다면, 얼마나 좋을까? 다시 마음을 가다듬고 님을 바라봅니다. 역시 힘차게 찾아와 용기를 주자 않아도 더욱 희망을 가지고 부딪칩니다. 아무리 발버둥쳐도 너무 약해서, 심리적 힘을 가지고자 애쓰지만 어렵습니다. 가까스로 몸을 활짝 펴 큰 동작을 해보니 몰라보게 힘이 솟아나, 감정을 쏟아 님을 찾습니다.

이번에는 꼭 답장을 주길 바랍니다.

안녕히 계세요.

윤현진 드림

지현은 현진의 편지가 성대신문사로 올 때마다 읽어보지만 조금 광적인 사랑에 빠진 현진을 지현은 육감에 의해 경계했다. 그럴지라도 현진은 끈질기게 편지를 보냈다.

아름다운 님에게

안녕하세요?

우리의 사랑은 순수한 만남이 되리라 믿어요.

사랑의 길을 찾아 오로지 님만 따르는 성실한 연인은, 묵묵히 친절과 봉사를 자진해서 해나가면서 열심히 살기 위해 마음의 허전함을 달래면서 사랑에 열중합니다. 떨리는 마음으로 뜨거운 마음으로 그의 놀라운 사랑에 흠뻑 젖고 싶습니다. 아름다운 손길로 자주 우리의 마음까지 응답해달라는 애절함을 가지고 몹시 당황하는 님의 옷자락을 놓지 않고 기다리겠습니다. 사랑스러운 님은 분명히 듣고 또 들어 응답의 비밀을 가르쳐주리라 믿습니다. 아마, 속히 우리의 희망이 이루어져 따뜻한 마음으로 이웃을 포용하는 사랑이 속히 왔으면 좋겠습니다. 내 뜻보다 네 뜻을 알아야 진정한 사랑이라 할지라도 건널 수 없는 강이 우리를 막아 애처롭게 기다립니다.

답장을 주지 않아도 이 사연을 보냅니다.

안녕히 계세요.

윤현진 드림

지현은 답장을 하기는커녕 기고만장해져 우쭐해졌다. 아무리 짝사랑을 해도 누나는 누나이고 동생은 동생이다 라는 신념이 변하지 않아 사랑의 미소 이상을 주지 않기로 다짐해 현진을 미소로 어루만질 뿐이었다. 즉 정신적 사랑 이상의 육체적 사랑을 도무지 받아들이지 않았다. 그럴수록 애타해 하는 그의 모습이 초라하게 되었다. 그녀는 만나고 싶어 하는 그를 귀찮아했다.

보고 싶은 님에게
안녕하세요?
정말 만나보고 싶어요.
인간의 완성을 위해 부단히 노력하는 학생도, 도덕의 결과를 알 수 없어 님에게 정신을 맡깁니다. 오! 놀라운 세계를 체험할지라도 티끌 같은 존재로 미미한 일을 할 뿐이고 온 인류를 생각한 선생의 희생을 마음에 품고 살고자 조용한 상상을 해봅니다. 보고 싶은 그녀의 모습을 온 몸으로 느끼면서 희망을 품고 살아갑니다. 평화롭게 살고 싶은 사랑의 실천을 누구나 가질 수 있지만, 쉽게 우리의 주변에서 타협이 없으니 답답할 때가 있습니다. 그리할지라도 열심히 사랑하고 살아가노라면 이루어지리라 믿습니다. 좋은 사랑의 만남이 오리라 희망하면서, 온전한 사랑을 안고 살게 되리라 믿습니다. 나는 님의 환상을 보았습니다. 얼마나 환호해야 그 기쁨을 채울 수 있을까? 표현을 해도 그 느낌을 제대로 할 수 없을 정도로 환희에 찬 기쁨을, 고달프고 괴로운 인생일지라도 오고 오는 세대에 전하고 싶습니다. 아름다운 환상은 영원히 내 기억 속에서 존재하길, 거칠고 거친 세파 속에서 어려움도 있지만 참고 기다립니다. 꿈에도 잊지 못할 님의 존재를 내 마음속에 고이 간직하게 합니다. 언제나 내 곁에 님의 그림자를 느끼게 하는 신비의 정체는 그리움입니다. 벌써 세월은 흘러 정리해야 하니 지나간 세월이 아쉽기만 하고, 이 시점의 정점에서 꼭 해야 할 일은 분명한 사랑의 고백입니다. 아름다운 12월의 계절이 크리스마스와 더불어 한껏 즐겁고, 아름다운 추억은 첫 사랑과 함께 우리의 곁에서 넘실거립니다. 오! 찬란한 빛이 거기에 멈추어 진리를 증거 해주고, 가득한 평화의 향기가 새벽녘의 희망을 일으킵니다. 사랑의 노래를 부르는 우주의 축제여, 온 천하가 님을 사랑할 수 있다면 좋겠습니다. 우리 안에 자리 잡아 동고동락하는 사랑이여, 머지않아 영원한 생명을 간직하도록 이끌어갈 것입니다. 찬미와 환희가 있는 그 평화의 세계에서, 영원한 사랑을 그리워하고 사모하면서 마냥 즐거워합니다. 즐겁게 춤추고 노래하는 연인처럼, 밝고 환하게 꿈꾸는 소녀처럼, 어찌나 그립든지 아무도 모르게 찾아가는 평화의 안식처에서, 얼마나 그리움을 달랬는지 밤의 이슬이 머리를 적신 줄도 몰랐습니다. 조용한 산천에서 느끼는 고마운 사랑의 속삭임, 언제나 들어봐도 즐겁기만 합니다. 비록 나약한 육체의 아픔이 몸서리치게 싫을지라도, 그 아름다운 사랑의 노래 앞에서 더욱 기쁨의 환희를 간직합니다. 사랑의 위대한 힘에 헤아리기 어려운 무궁무진한 뜻이 담겨 있고, 죽음마저도 저 멀리 떠나보내는 그윽한 생명의 사랑이 풍깁니다. 그리움에 지친

삶의 집념도, 어느 때인가 잊혀지고 마는 것을, 왜 그렇게 수선
스럽게 굴면서 짜증을 부렸을까? 아마 나도 모를 애착심에 사
로잡혀서 그랬나 봅니다. 내재된 부르짖음은 하나의 신념으로
애타게 기다리는 고백입니다. 있는 마음으로 사랑의 위대한 영
원성을 고이 간직하게 하소서. 우리의 곁을 지키다 못해 지쳐버
린 사랑하는 이의 정성을, 나도 알고 싶어 부단히 애쓰지만 육
신이 약해 알지 못해, 너와 내가 함께라면 혹시 사랑의 힘이 일
어나겠지. 강하듯 강한 사랑의 생명을 우리의 마음에 심어봅니
다. 자꾸만 보고 싶은 그 얼굴, 살아 있는 한 다시 볼 수 있습니
다. 영원히 살 수 있다면 천하보다 귀중한 생명을 위해, 생명이
라도 내놓을 수 있을까? 생명을 대신할 그 무엇이 있다면, 명예
가 아깝겠는가, 재산이 아깝겠는가? 주고 싶은 사랑의 고귀한
열매를 맺을 때, 아마 하늘도 감동해 찬미의 노래로 화답하리라
믿습니다. 늙어도 죽어도 서운하지 않을 인생을 가져봅니다. 님
을 감동시키는 사랑의 선택이 오래 남을 수 있습니다. 미리 보
는 미래의 환상에서, 얼마나 아름다운 광경을 보았는지, 그냥
이대로 영원까지 머무를 수 있게 되길 바랍니다. 차마 표현할
수 없는 좋은 그리움이 감동을 더 해주오! 찬연히 빛나는 놀라
운 사랑의 힘이 마구 떠올라 무척 행복합니다. 사랑의 고백이
마음의 고백으로 이어지면서, 따뜻한 손길을 내미는 사랑의 위
대함을, 아무리 찬미해도 끝이 없습니다. 쉬지 않고 공부하는
학생의 모습에서, 진정한 마음으로 사모하게 되어 행복합니다.
광활한 대지를 바라보면서 사랑의 숨결을 느낍니다. 얼마나 좋
은 뜻을 가졌기에 이리 고상할까? 갈수록 좋은 일이 일어나야

만족해하는 우리의 나약한 심성을, 어떻게 다루면서 인도하는지 알 수 없지만 마음으로 단련시킵니다. 볼수록 좋은 사랑의 신비에 도취해보지만, 늘 항상 우리의 중심에 자리 잡고 조절합니다. 범죄의 유혹에 빠지지 않도록 더욱 힘쓸 때마다, 사랑의 뜨거운 은혜가 우리를 조용히 감싸줍니다. 사랑의 인내를 통해 성숙한 경지에 이를 때마다, 보람찬 미래가 확실하게 보장되는 용기가 생깁니다. 미지의 세계를 알 듯한 기분에, 오로지 알고 의지하는 놀라운 사랑의 자세를 가지면서, 소망한 사랑의 경지에 이를 때마다 한결 마음이 가볍습니다. 일어나라, 내재된 마음의 힘이여, 사랑하는 님은 정말로 내 곁에서 영원히 함께, 사랑의 생명이 되어 존재할 것입니다. 머지 않아 마음을 바라볼 수 있고 보이지 않는 위대한 힘이 우리에게 있어서, 맑고 환한 웃음이 되어 즐겁게 노래하게 하고, 샘솟듯 피어나는 아름다움이 되어 멀리 퍼집니다. 매일 사랑하는 마음으로 살 때마다, 저 멀리 바라다 보이는 하늘에 무지개가 뜹니다. 마음의 평화를 가져와 행복해지는 기분에 빠지면, 얼마나 기쁜지 사랑의 은혜에 감사합니다. 인생이 존재할 목적은 님의 뜻에 맡기면서 사는 것입니다. 고요한 평화가 깃들어 있는 새벽을 열 때마다 산뜻한 기분이 듭니다. 오! 찬란한 기쁨의 환희가 오래 머물수록 더 큰 행복에 젖어, 활기찬 미래를 바라볼 수 있는 예지의 능력이 일어납니다. 고마운 이웃이 있기에 존재의 의미를 절실하게 깨닫고, 사랑 속에서 지혜의 힘이 넘쳐나 자신 있게 살아갑니다. 아름다운 노래로 화답하는 연인의 목소리가 너무나 그리워집니다. 어찌나 아름답게 울리는지 가슴마다 꽃이 피고, 너나 나나

할 것 없이 감동에 감동을 더 합니다. 고운 마음씨에서 우러나는 순수한 표현을, 금 항아리에 담아 영원히 간직하고 파 님을 찾습니다. 외로워도 슬퍼도 기뻐도 즐거워도 함께 가야 할 이웃이여, 언제나 행복을 가득 담은 대접을 마련하고 파 님을 바라봅니다. 소록소록 잠든 순진한 어린이에게 다가가, 사랑스러운 손길로 어린이의 속까지 매만지고 싶습니다. 고독한 나그네처럼 발걸음을 옮길 때마다, 그리운 님의 얼굴을 떠올립니다. 그 님은 너무나 오묘한 연인이고, 영원히 마음속에 고이 잠듭니다. 아! 님의 음성이 너무 가느다랗게 들릴 때마다, 사랑의 종소리를 벗 삼아 음미해봅니다. 시끄럽고 복잡한 소리 속에서도 울리고, 전쟁과 불행 속에서도 울리는 메아리여, 피어나는 장미 속에서도 우러나는 그리움이여, 해맑은 미소로 화답하는 순수한 사랑이 참으로 황홀합니다.

너무 사모하는 감정이 일어나 마음으로 전합니다.

안녕히 계세요.

윤현진 드림

이 편지를 받고 지현은 감동했어도 굳은 결심이 바뀌지 않아 현진을 친구로 받아들이지 않고 자기를 좋아하는 후배로만 인정했고 그는 그녀의 마음이 이렇게 차구나 하는 의심을 하게 되었다. 그녀가 그를 볼 때마다 너무 아름다운 미소를 짓고 그도 따라서 즐거운 미소를 짓건만 왜 이렇게 그녀의 마음이 싸늘한지 무서워졌다. 그래도 다시 용기를 내 편지를 보냈다.

친구가 되고 싶은 님에게

안녕하세요?

정말 친구가 되고 싶습니다. 아는 척이라도 해주세요.

바람 따라 살아갑니다. 오늘도 내일도 청춘을 그리워하면서, 그래도 지금이 좋아, 추억에 매달리지 않기 위해 몸부림칩니다. 자유로운 그대를 보면서 왜 이리 가슴이 뭉클해질까. 성인이 된 것 같은 상상에 그렇게 행복해지는지, 나의 포부는 나날이 새로워집니다. 그렇게 몸서리치는 충격적 사건이 있을 때에도, 초연한 입장으로 밤하늘의 별을 바라보면서 미미한 자신의 모습을 봅니다. 드디어 세월은 흘러 흰머리에 기억도 안개처럼 희미해지고, 그래도 뚜렷하게 남는 사랑은 세월이 흐를수록 더욱 돋보입니다. 가난해도 가난을 이해한 우주를 바라본 보람 때문에 참고, 가난을 좋아한 성자다운 성자로 참고, 부자를 좋아한 언어를 한 덕분에 노숙자가 되지 않아 다행입니다. 민주인사가 성공하면 민주화 투쟁의 보람 때문에 즐거워 기뻐하고, 그래도 살맛나는 세상이 그리워 유혹의 마수에 빠질 때가 있습니다. 이 가련한 인생의 소용돌이에서 벗어날 수 있는 길은 있는 것일까? 엄청난 시련을 겪고서야 비로소 인생이 무엇인지 알 것 같은 기분이고, 까다로운 문제를 풀어가듯 풀어나가야 평안은 찾아옵니다. 감당하지 못할 죽음의 비극을 언제나 안고 살아야 할 인생입니다. 평화와 행복이 주어질 때, 순간이 영원으로 이어질 수 있다면 좋겠습니다. 얼마나 기다리고 기다렸을까? 가만히 있을 수 없어 안절부절못하고, 속삭이는 인사 속에 그리움만 쌓입니다. 아! 바로 그 느낌 되도록 오래 간직하고 파 괴로워합니다. 사랑한다는 말 한마디에 얼음 녹듯 녹아버린 감정의 응어리를 상상해봅니다. 이제 소망이 채워지고 행복은 오래 갈 것입니다. 마음의 상처와 굴곡도 치유되는 순간에 고마운 감사가 절로 납니다. 사랑하는 우리의 인생은 더욱 알차게 맺어지리라 믿게 되고, 사랑의 환희를 가지고 남에게 으스대고 싶지만, 시기의 눈초리가 무서워 혼자 간직합니다. 매서운 바람이 부는 어느 겨울날, 한가로운 거리를 요란스럽게 만들고 맙니다. 움츠린 가슴으로 목적지를 향해 가는 우리의 젊은이, 그런데 왜, 나는 헤매는 나그네가 되어 서성거릴까? 영, 정신, 마음, 감정, 몸 가운데 고장이 나서 그러하겠지. 아무리 생각해봐도 겉만 보고 알 수가 없어서, 이리저리 궁리해보지만 결론은 나지 않고, 나도 모르게 한숨이 나오는 것을 제어하지 못하고 맙니다. 아! 슬프듯 슬픈 이 겨울의 끝에 서서, 아름답게 눈꽃으로 물든 먼 산을 바라봅니다.

　우리도 친구가 되었으면 좋겠습니다.

　널리 이해해 받아 주세요.

　안녕히 계세요.

　윤현진 드림

　이렇게 애절한 사연을 받고도 냉엄한 지현의 태도가 몸서리쳐질 정도이었다. 하소연에 가까운 현진의 구애를 인정하지 않고 그가 어떻게 나오나, 구경만 하는 얄미운 오리처럼 낯설고 예측하기 어려운 기운이 감돌았다. 차디찬 그녀의 마음과 뜨거운 그녀의 미소가 꽁꽁 묶인 상태로 계속되었다. 담담하게 지낸 그는 끝까지 해보겠다는 각오로 편지를 보냈다.

차가운 님에게
안녕하세요?
우리의 사이가 이렇게 차가울 줄 몰랐어요. 그런데 왜, 모나리자 같은 미소로 대하는지 모르겠어요.
어찌나 성가시게 따라다니는지, 귀찮아 못살겠다는 처녀의 이중성을, 누가 알아주겠는가? 잔잔한 바다에 돌을 던진다고 해서 바다가 요동칠까? 지나간 사연은 쉬운 것 같아 후회와 불만이 도사리는데, 앞일은 왜 이렇게 어려운지 고민이 따릅니다. 정작 필요한 것은 사랑과 생명입니다. 오직 바람 앞에서 흔들리지 않는 신념이 아늑한 희망의 빛을 주고, 안정된 생활의 기쁨을 마음껏 펼칠 수 있다면, 우리 함께 어울려 기쁨을 더욱 누리면서 살겠습니다. 날마다 어울리는 장식을 꿈꾸면서, 화려한 삶을 누리고자 욕망에 사로잡히고 싶습니다. 허무의 도가니에 빠져 허우적거리지 말고 욕망의 잔치에 들어온다면 좋겠습니다. 아무리 치장해도 겉은 겉일 뿐, 강한 의지로 불길 같은 욕망에서 벗어나 평안한 마음으로 살아가길 바라겠습니다. 낙원의 기쁨은 언제나 마음속에서 저절로 우러나야 제 맛이 납니다. 곰곰이 생각해서 좋은 길을 찾아 좋게 되길 바랍니다. 슬프듯 슬픈 죽음 같은 고통이 들이닥치기 전에 현명한 선택을 하길 바랍니다. 가시에 찔린 인생처럼 아픈 시련에 아무 것도 할 수 없는 때가 오기 전에, 고마운 친구의 충고에 환한 웃음이 깃들이길 바랍니다. 숨쉬는 생명마다 생명의 놀라운 힘이 있고, 생명을 다

할 때까지 그리워하는 목적을 채울 때까지, 필사적인 힘을 쏟아 욕망을 충족시킵니다. 얼마나 보고 찾았으면 죽음의 밤이 오는 줄도 몰랐을까? 가는 세월 오는 세월 어떻게 할 수 없는 대자연의 이치여, 흐르는 물줄기를 바라보노라면 세월의 흐르는 냄새가 납니다. 맑고 환한 거울 같은 잔잔한 물위를 바라보면서, 언제나 깨끗한 마음을 소유하고 싶은 집념을 가집니다. 차디찬 겨울이 오기 전에 아름다운 소자연의 경치를 보고 싶을지라도 겨울이 오면 더 청초하게 비추이는 외로운 잔상에 슬퍼합니다. 얼마나 그리웠으면 그렇게 목이 빠져라 기다릴까? 아! 서글픈 세월은 변함없이 흘러 오늘에 이르렀건만, 관심조차 보이지 않는 기막힌 사연 앞에서, 아무리 통곡을 해도 돌이킬 수 없는 그 때 그 얘기를 가슴에 묻었습니다. 날마다 지친 생활의 쌍곡선으로 희망이 절벽일 때, 위로의 숨결이 위로부터 내려와 간신히 생명의 영원함을 체험시키고, 자유로운 모습을 확인시키는 잠재적 힘이 온 몸을 따뜻하게 녹여줍니다. 가느다란 빛이 자신에게 원동력이 되어 다시금 일어나 살게 하고, 생명의 위대함을 절실하게 깨닫는 순간 모든 것이 아름다워집니다. 그렇게 요동친 갈등의 인생일지라도 생명은 사랑으로 영원해집니다.

애틋한 순정을 받아주었으면 합니다.

그럼, 안녕히 계세요.

윤현진 드림

아무 대꾸도 하지 않는 지현의 참 모습은 사랑과 현실의 괴리를 느끼는 아픔을 표현하고 싶은 충동을 억제하고자 두 눈을 꾹

감는 어색한 동작으로 이어졌고 말할 수 없는 이상한 고민에 빠진 가운데 현란한 불빛 속에서 행복을 갈망하듯 했다. 현진은 그녀의 꿈을 알지 못해 다짜고짜 편지로 그녀를 사로잡고자 했다. 그러면 그럴수록 그녀는 그를 우습게보고 순진한 어린이의 장난처럼 여겼다. 그러나 그는 최선을 다해 편지를 그녀에게 보냈다.

조용한 님에게
안녕하세요?
마구 김지현 님에게 관심이 쏟아지는 것을 막지 못해 절박한 심정을 전합니다.
샘솟듯 피어나는 젊음의 환희가 떠오를 때마다 자주 행복한 미소를 짓습니다. 너그러이 잦은 실수마저 용서하던 그 때 그 시절, 활기찬 생명의 순환이 있던 힘이 넘친 시절, 누구에게도 알리고 싶지 않은 비밀의 샘이 있건만, 아마 알 듯 말 듯한 아름다운 회상에 기분이 들떠 있습니다. 오래가지 못할 사랑이랑 하지 말란 누구의 말처럼, 사랑을 노래하고 그리워하면서 편한 휴식을 취하고 싶습니다. 넘치는 젊음도 불장난이 된다면 후회가 따르고, 깊은 상념에 괴로움만 더 할 뿐입니다. 조용히 살고 싶은 그리움이 이렇게 가슴을 애타게 합니다. 보드라운 손 길 위로 스치는 아름다운 순간을, 얼마나 짜릿하게 느꼈는지 모릅니다. 나날이 커지는 소망을 무엇으로 채울 수 있을지, 고마운 님의 떨리는 손길이 마냥 그리워집니다. 그윽한 향기를 품고 다가온 그 모습에서 환희를 느낍니다. 갈수록 커지는 만남의 따뜻한 대화를 우리의 꿈속에 담아서, 머지않아 생길 후세에게 전하고 싶습니다. 정말 필요한 사랑의 노래가 우리의 가슴속에서 울려 나고, 꿈같은 사랑의 메시지가 온 몸을 적실 때, 가눌 수 없는 열광의 기쁨을 고이 간직합니다. 이미 오래 전에 잊었는데 왜 이리 떠오를까? 새로운 각오로 새 힘을 받아 새로워지고 싶은데, 아! 내 마음대로 되지 않는 것이 많지만, 그래도 새로운 힘이 나를 새롭게 만들어줍니다. 우리 모두 함께 좋은 생각을 가지고 기쁘게 살고 싶습니다. 많은 시련을 겪고 난 선인장처럼 꿋꿋하게 살고 파, 아름다운 자태를 뽐내는 장미처럼 살고 파, 백합 같은 청순한 삶이 너무나 그리워 멋있게 다짐합니다. 비록 부족할지라도 넉넉한 포용력으로 감싸주는 서로의 애정을, 소중히 간직하고자 몹시 분주한 식탁의 즐거움에 젖습니다.

사랑합니다. 진정으로 사랑합니다.

널리 양해해주길 바랍니다.

안녕히 계세요.

윤현진 드림

아무리 노력해도 소용이 없지만 열 번을 시도해 후회가 남지 않을 만큼의 정성을 쏟고자 한 현진은 앞으로 세 번 더 편지를 보내고자 무척 힘을 쏟았다. 여덟 번째 편지를 보내면서 이를 악물었다. 늘 무언가 사색에 잠겼고 지현의 마음을 사로잡는 비결이 무엇일까? 하는 날카로운 상상을 해봐도 결론이 나지 않았다.

사모하는 님에게

안녕하세요?

기대고 싶은 님에게 편지를 씁니다. 어여삐 봐주세요.

바람이 불어와 오랜 잡념을 떨쳐버리고, 순수한 마음으로 돌아가 순진한 그 때를 그리워합니다. 아마 모르고 지내던 시절이 더 행복하게 느껴져요. 늘 항상 그대 곁에서 모름지기 순정을 바치지만, 또 다른 바람이 불어오면 어떻게 해야 할지 모릅니다. 나날이 자라나는 세대를 바라보면서 희망을 가지는데, 얼마나 아름다운 광경이 있어야 행복할 수 있을까? 고결한 사랑의 몸동작은 그래도 아름답습니다. 미처 생각하지 못한 세월의 빠름은 젊음을 단축시키지만, 먼 미래를 바라보기라도 했는지 순리에 몸을 맡깁니다. 사랑의 포근한 노래가 흘러나오고, 가장 두드러지게 펼쳐진 축제가 있을 때, 너무나 짜릿하게 찾을 수 있는 기막힌 만남이 있습니다. 그윽한 냄새가 코를 찌를 듯 좋은 향기가 있고, 먹음직한 음식마저 침을 삼키게 합니다. 입술에 물기가 오르고 몸에 전율이 일어나도 반듯한 마음을 가지고, 포근한 대화로 감정의 굴곡을 발산합니다. 언제나 우리는 반가운 손님으로 남을 거로 확신합니다. 기분 좋은 시간이 흐를수록 깊어지는 우정이여, 오로지 순수한 감정으로 멋있게 살아 숨쉴 것입니다. 최근에 일어난 사건에 매달릴 여유도 없이, 분주하게 살아가는 모습이 얼마나 애처로운지, 그러나 밝고 환한 미소가 어린이의 자태에서 풍깁니다. 그렇게 아름답게 살고 파 여기까지 버티고 있습니다. 찬란한 꿈이 언제까지 지속되는지 알 수 없어도, 아픔과 고통을 참아낸 희망의 신념이 포도송이처럼, 참으로 보송보송하게 느껴지고 행복합니다. 그런데 왜 가슴을 매만질 때마다 시리듯 시릴까? 환상이 깨지지 않길 마음속으로 깊이 바라면서, 오로지 좋은 일만 일어나길 바랍니다. 먼저 말을 건네고 싶지만, 왜 이리 떨릴까? 간혹 떠오르는 그대의 모습은 그렇게 아름다운데, 무엇이 우리를 그토록 애태울까? 슬며시 손목이라도 잡고 싶어도, 두려운 마음이 앞서니 참 가련하기도 합니다. 눈물조차 말라버린 시대의 추억을 잊어버리고자 앞만 바라봅니다. 세파에 시든 잔주름에 마음만 옹색해지고, 고요하게 파고드는 연민의 정은 왜 이리 그리운지, 밤마다 찬이슬이 되어 새벽을 기다립니다. 말 못할 사정이 있는 애달픈 인생의 종점에서, 누구를 바라보면서 용기를 얻을 수 있을까? 시대의 마지막이 온 것 같은 착각 속에서 몸부림 쳐봐도, 갈 곳 없는 인생의 그림자만 가득히 채워집니다. 재미있는 생활의 터전도 어디로 갔는지 알 수 없는 지경이 되었고, 굶주린 이웃의 절규가 스며드는 밤이 두려워집니다. 만약 밝고 환한 세계 속에서 마냥 즐거워한다면, 괴로움도 한숨도 멀리 할 수 있겠습니다. 마음속에서 더럽게 속삭이는 죽음의 절망아, 이제 영원히 사라지길 바랍니다.

아름답게 사귀고 싶은 심정을 글로 전하면서 답장을 고대해 봅니다.

안녕히 계세요.

윤현진 드림

현진은 그녀의 오만을 꺾지 못해 속수무책인 상태에서 묵묵히 먼 산을 바라보고 위안을 받았다. 물끄러미 거리를 주시해볼지라도 좋은 해결책이 떠오르지 않았다. 사랑한다는데 왜 이리 사랑이 어려운지 모르겠고 그녀의 까다로운 침묵의 응수에 치를 떨었다. 그럴지라도 최후까지 도전해보기로 하고 편지를 썼다.

무정한 님에게
안녕하세요?
사랑의 편지를 받아주세요.
간절히 부탁드립니다.
청순한 사랑에 동경의 그리움을 남기고, 만지고 싶은 충동으로 뛰어 노는 동심이여, 밀려오는 물결에 시원한 바람을 실어다가 외로이 떠있는 배를 향해 불어주길 바랍니다. 꿈꾸는 노래 속으로 스며드는 환상이여, 해 저문 저녁에 광명의 빛을 보여주길 바랍니다. 가까이 두고 싶은 열망에 아쉬움만 더 합니다. 차라리 잊어버리고 싶고 갖고 싶습니다. 슬며시 다가오는 님을 향해 불어주길 바랍니다. 터질 듯 그리운 마음을 향해 불어주길 바랍니다. 아름다운 추억의 샘을 찾아 올라가고 조용히 홀로 남아 그 자리에 있고 싶습니다. 애틋한 사랑에 동경의 그리움을 남기고, 아름다운 카드의 들뜨는 은은한 멋이여, 산뜻한 계절에 시원한 바람 실어다가, 그윽이 스며드는 꽃을 향해 불어주길 바랍니다. 즐거운 춤 속으로 스며드는 환상이여, 머나먼 동산에 희열의 빛을 보여주길 바랍니다.
태어나서 처음으로 사랑의 감정을 그대에게서 느꼈어요. 이

사랑의 감정을 꼭 받아주길 바랍니다.

안녕히 계세요.

윤현진 드림

진지한 마음으로 그가 그녀에게 다가갈지도 그녀의 문은 열리지 않고 따뜻한 미소와 차가운 마음만이 감돌았다. 쓸쓸한 가운데 열나는 감기에 걸려 한참 고생을 했다. 독감이 유행하면서 견딜 수 없는 신음소리와 기침소리가 병원을 진동했다. 병원에 입원하지 않고 다행히 통원치료를 해 독감을 고친 그는 이제 마지막으로 열 번째 편지를 보냈다.

묵묵한 님에게

안녕하세요?

그대의 온기가 그립습니다.

침묵만 지키지 말고 다가오세요. 제발 부탁합니다.

가볍게 열리는 청춘에 포근함이 더해지지만 도무지 망설여지고 잡히지 않습니다. 차라리 퉁명한 모양을 향해 불고 싶습니다. 펼칠 듯 떠오르는 구름을 향해 불어 그리운 추억의 샘을 찾아 올라가고 평안히 홀로 앉아 사색에 잠기고 싶습니다. 고상한 사랑에 동경의 그리움을 남기고, 가슴 아픈 추억의 쓰라린 말 못할 사연이여, 순박한 강산에 시원한 바람 실어다가, 지극히 향기로운 처녀를 향해 불고 싶습니다. 피어나는 구름 속으로 스며드는 환상이여, 넓은 공간에 환희의 빛을 보여 따뜻하게 하고 싶습니다. 설레는 조그만 심장에 포근함만 더합니다. 오로지 매달리지 않고 놓지 않습니다. 분명히 알려지는 뉴스를 향해 불어주며 좋겠습니다. 샘솟듯 활기찬 청춘을 향해 불어 반짝이는 추억의 샘을 찾아 올라가고 외로이 홀로 걸어 빨리 움직이고 싶습니다. 엇갈린 사랑에 동경의 그리움을 남기고, 나약한 마음의 실망 어린 연분홍 표정이여, 우거진 계곡에 시원한 바람 실어다가, 남몰래 피어나는 꽃을 향해 불어 짙은 하늘 속으로 스며드는 환상 속에서 고요한 저녁에 비추이는 황홀한 빛이 되고 싶습니다. 기억조차 사라진 영상에 괴로움만 더합니다. 분명히 알수 없고 버릴 수 없습니다. 차라리 무뚝뚝한 모습을 향해 불고 뚫을 듯 나는 새를 향해 불어 유쾌한 추억의 샘을 찾아 올라가고 즐거이 홀로 나타나 아주 머물고 싶습니다. 숨겨진 사랑에 동경의 그리움을 남기고, 얇은 치마 사이로 스며드는 못 잊을 님이여, 상쾌한 강변에 시원한 바람 실어다가, 예쁘게 피어오른 꽃을 향해 불겠습니다. 설레는 가슴속으로 스며드는 환상이여, 조그만 창틈에 은근한 빛을 보여주고 싶습니다. 허리 아픈 처절한 슬픔에 서글픔만 더합니다. 속 깊이 느껴져 오고 식어 옵니다. 저 멀리 흩어지는 안개를 향해 불어옵니다. 솟을 듯 영원한 소망을 향해 불어 숨겨진 추억의 샘을 찾아 올라가고 반가이 홀로 만나 그윽해지고 싶습니다. 정결한 사랑에 동경의 그리움을 남기고, 남몰래 흘리는 뜨거운 눈물의 향기여, 아늑한 샘터에 시원한 바람 실어다가, 진하게 물들어진 풀을 향해 불고 아늑한 숲 속으로 스며드는 환상 속에서 가까운 동산에 찬란한 빛을 보여줍니다. 상처 깊은 짜릿한 감정에 외로움만 더합니다. 슬며시 밀려오고 지치고 맙니다. 차라리 우뚝 솟은 바위를 향해 불어 깊을 듯 고요한 평화를 향해 불어주길 바랍니다. 고귀한 추억의 샘을 찾아 올라가고 홀연히 홀로 나와 흠뻑 느끼고 싶습니다. 영원한 사랑에 동경의 그리움을 남기고, 순박한 처녀의 가슴속으로 피어나는 꽃이여, 조용한 하늘에 시원한 바람 실어다가, 뜨겁게 타오르는 태양을 향해 불어주고 움직이는 눈 속으로 스며드는 환상을 향해 좁은 공간에 영롱한 빛을 보여줍니다. 아름답고 깨끗한 잔디에 아늑함만 더합니다. 은밀히 들어오고말고 멈추고 맙니다. 은은히 비쳐오는 별을 향해 불고 지칠 듯 고달픈 인생을 향해 붑니다. 뜨거운 추억의 샘을 찾아 올라가고 영원히 홀로 서서 고이 간직하고 싶습니다."

열 번째로 바치는 편지입니다.

생각이 나면 잊지 말고 기억해주세요.

안녕히 계세요.

윤현진 드림

지현은 그 편지를 받고도 도무지 요동치지 않았고 현진은 그녀를 만나지 못해도 친구인 이순석과 가까이 지냈다. 순석과 친해도 친구에게 지현 선배를 좋아한다는 속마음을 털어놓지 않았다. 순석은 민주시대가 아닌 민주시대에 대한 감각이 둔해 현실에 충실했다.

그는 성대 중앙에 있는 도서관에 자주 들려 공부에 열중해 장학금을 타 학비걱정을 안 하면서 대학생활을 했다. 도서관건물은 5층 건물이었고 5층에는 심리학과 사무실이 있었고 4층에는 도서관학과 사무실이 있었고 1,2,3층 전체에는 도서관이 있었다. 현진은 심리학과에 다녀서 도서관 앞에서 순석을 자주 만나 얘기하고 식당에서 같이 식사하고 재미있게 지냈다.

순석은 성대에서 자랑하는 경제학과를 다녔고 공부하느라 정신이 없었다. 그는 도서관학과에 다니는 박혜란과 도서관에 자주 오가다가 친해졌다. 혜란은 그와 이성으로 교제하고자 그를 사모했지만 그는 연애 같은 감정을 갖지 않았다. 그는 오로지 공부해 광주고향의 양동시장에서 고생하는 부모에게 효도하고자 열심히 공부만 했다.

대학교 2학년 때, 박정희에 대한 학생들의 감정이 좋지 않아 데모가 일어날 때도 끄떡하지 않고 도서관에서 공부했고 혜란 여자 친구와 잡담이나 했다. 현진과 민수는 데모가 일어났다 하면 신이 나가지고 교정 밖으로 진출하는 데모를 일삼았고 최루탄에 눈물, 콧물을 주르르 흘렸다. 현진은 대학교 2학년 때에 교련 군사과목이 생겨 반대하면서 박정희의 독재적 근성을 거부하기 위한 투쟁의식으로 교련 군사과목이 교양과목으로 필수과목임에도 불구하고 교련을 수강하지 않고 거부했다. 그는 지현 선배를 좋아하는 감정을 뛰어넘어 사랑했는데 자신의 힘으로 사랑하는 것이 아니고 신의 힘으로 사랑하는 것이라서 지현보다 신을 먼저 생각했어야 했지만 신 보다 더 사랑하니까 허리를 다치고 말아 몸에 힘이 약해져 사랑의 용기가 약해졌다.

방학 때 광주 집에 내려가 지내는데 낮잠을 자다가 깨면서 손잡이를 헛잡아 뒤틀린 허리통증에 시달렸고 지현 선배를 기력으로 사랑하지 못하는 절름발이적 사랑을 했다. 그는 그녀의 능동적 사랑을 기대하면서 쫓아다녔는데 그녀가 그녀의 친척을 통해 그에게 큰 주의를 주게 해버려서 얼마나 서운했는지 정말 괴로웠다. 그녀의 환영은 자신을 사로잡아 아찔한 기분에 빠졌다.

순석은 데모를 질색했고 혜란과 건전한 대화를 나누면서 현진에게 소개했다. 그는 우리 함께 친구가 되어보자면서 도서관 앞에서 자주 만나 인사하는 정도의 사이가 되었다. 그는 여자에 대한 깊은 감정이 없었고 역시 현진도 여자를 잘 몰랐다. 그는 경제에 빠져 경제를 알기 위해 몸부림쳤고 현진은 정치에 빠져 김대중을 환호했다.

현진은 사랑하는 지현의 졸업이 가까워질수록 초조해졌다. 얼굴도 보지 못한다면 어떻게 사나. 하는 미칠 것 같은 기분에 빠졌다. 그녀가 졸업할 무렵 다방에까지 따라가 치근거리니까 그의 친구에게 괴롭히지 말라고 부탁했다면서 친구로부터 핀잔을 받았다. 그녀가 졸업하는 졸업식장에서 심리학과를 폐지시키고자 한 이병철에게 멀리서 삿대질로 항의했지만 서글픈 이별 같은 아픔을 간직했다. 그는 결핵이 완치되어 약을 끊었고 한결 가벼운 기분을 가졌고 그녀에 대한 감정을 버리고자 노력했지만 도무지 잊기가 어려워서 산란한 마음을 가졌다. 왜, 그녀가 졸업했는데 그녀가 가끔 학교에 나타났는지 알 수 없었지만 그 때도 기다리는 어설픈 행동을 했다. 그 뒤로 그녀가 보이지 않아 영화로 마음을 달랬다.

그는 문희가 나오는 영화를 좋아했다.

문희는 '언제나 타인'에서 차갑고 따뜻한 여인으로 나와 아리송한 기분을 주었고 신비스러운 감동을 주었다.

그는 윤정희가 나오는 영화도 좋아했다.

윤정희는 '포옹'에서 인형 같은 여인으로 나와 귀여웠고 짜릿한 감동을 주었다.

그는 사랑하는 지현의 미소가 머리 속에서 사라지지 않아도 영영 그녀를 볼 수 없어서 외로웠다. 마찬가지로 하숙하는 이모 집도 괴로웠다. 그의 이모는 아기를 낳지 못해 불안한 결혼생활을 했고 남편과 남동생과 남편의 남동생과 언니의 아들들을 데리고 하숙을 치면서 사는 형편이 되어 지냈고 시부모가 자식이 있어야 한다고 강짜를 부리니까 그녀의 남편이 어떠한 여인과 사귀어 자식을 두었으니 애증이 불타오르지만, 남편이 아내를 너무 잘 달래어 그냥 세월이 흘러갔다. 명섭은 친구인 매제와 헤어지지 말라고 여동생을 다독거리는 이중성을 드러냈다. 여동생은 큰오빠가 그렇게 연애를 많이 해놓고 헤어지라고 하기는커녕 남편이 친구라고 감싸는 것을 보고 위선자가 따로 없다는 생각을 가졌다. 그러나 명섭의 여동생은 그렇게 호탕하고 자상한 남편이 첩을 두어 서서히 자식이 있는 여인에게 빠지고 생활비도 끊고 집에 들어오지 않는 경우가 많아지면서 불화가 심해져 별거를 했다.

명섭의 생질은 이모의 집에서 대학교를 다녔고 이모부가 아내가 아기를 낳지 못한다고 첩을 통해 자식을 두고 이중살림을 하니까 잉꼬부부 같은 가정에 엄청난 불화가 생기면서 가슴이 떨리는 가운데 심장에 이상이 생길 정도의 불안감에 빠졌다. 명섭은 여동생에게 참아야 한다면서 달랬지만 여동생의 가정은 자식문제로 갈라서다시피 했고 여동생은 먹고살기 위해 동방생명보험에 다니면서 악착같이 살기 위해 눈물을 삼키면서 일에 몰두했다.

명섭은 생질의 괴짜연구를 우습게 생각했고 다른 생질이 어렵게 대학교에 다닐 때 과거에 첫째 여동생에게 너무 신세를 진 탓에 국제전신전화국장을 하면서 임시직을 다른 생질에게 주어 돈을 벌게 해주었고 학비에 보태 쓰도록 해주었다. 생질은 성대 심리학과에 다니는 색다른 연구가이었고 다른 생질은 건국대학교 국문학과에 다니는 말솜씨가 있는 청년이었다. 그는 아내가 돈을 모아 빌딩을 지어서 행복하게 살았고 아내가 아기촉진제의 주사를 맞아가면서 임신해 얻은 딸을 보화처럼 떠받들면서 살았고 아내에게 푹 빠져 아내의 응석을 받아주면서 살았다. 그의 막내 남동생은 아버지가 앙골라를 키우기 위해 경기도로 이사했기 때문에, 광주에 있는 누나 집에서 일고를 졸업해 서울에 사는 누나 집에서 고려대학교를 다니면서 여자 대학생과 어울렸고 유네스코 한국지부의 클럽인 KUSA클럽에서 만난 두세 명의 여인이 집에 찾아올 정도의 깊은 사이를 만들어내 연애를 재미있게 했다. 그의 누나는 큰오빠처럼 남동생이 바람둥이가 될까봐 감시를 유달리 했다. 그는 막내 남동생을 가끔 불러내 식사를 하면서 학비를 전해주곤 했다. 그렇게 남남처럼 살지라도 최소한의 염치가 있어서 약간의 보답을 했다. 그는 가족끼리 큰 상처가 아물면서 조용한 세월을 보냈다.

현진은 대학교 3학년 때에 졸업한 지현 누나가 가끔 나타나다가 나타나지 않으니까 지현 대신에 사랑스러운 신비를 열광적으로 사랑했다. 그가 정부를 싫어하고 삼성그룹을 싫어하니까 교련을 좋아하는 공군을 갖다온 선배이면서 동기인 복학생의 미움을 샀고 어느 날, 다음 일요일에 야유회를 가야 한다면서 회비를 내라고 해 그는 일요일에 갈 수 없어서 회비를 낼 수 없다고 하니까 느닷없이 주먹으로 코를 박살내는 바람에 코가 휘어지고 코피가 흘러 얼마나 고생했는지 지금도 코가 시릴 때가 있었다. 코가 아플 때마다 복학생에 대한 원망을 했지만 신앙으로 용서하면서 위로를 받았다. 복학생은 군대를 갔다 와서 교련 군사과목을 얼마나 좋아하는지 전국 교련대회에 참석해 씩씩하게 리드를 해나갔다. 그러나 그는 정부를 좋아하고 이병철을 좋아하고 교련 군사과목을 좋아하는 복학생에 대한 감정이 그대로 남아 있어서 고통스러울 때가 한 두 번이 아니었다. 복학생을 용서하고 지내는 자신의 모습이 정말 맞는지 의심스러울 때가 있었다.

이병철은 심리학과를 폐지시키고자 했고 학내문제로 데모가 번지니까 심리학과 폐지를 유보한 척 했지만 나중에 폐지시켜버렸다. 이병철을 돈병철이라고 놀리는 시대이었고 성대 재단 이사장인 이병철 이가 심리학과를 정신사상의 민주 중도좌파적 학과라는 것을 알지 못했고 비서가 정신세계에 몰입하면 돈이 든다는 바람에 실용적 돈벌이를 위해 폐지시켜버렸다. 심리학과가 정신분석과로 알려지면서 신비스러운 세계로 비하되는 현실세계에 대해 섭섭하게 느꼈지만 이해했는데 심리학과가 폐지되었으니까 무척 안타까웠다. 추상적인 학과가 몇 군데 폐지되면서 학생의 투쟁은 날로 거세어 몇 년 지나서 이병철 이가 쫓겨났고 나중에 이병철의 아들인 이건희가 삼성의료원을 앞세워 다시 성대 재단 이사장에 도전했으니 바보 같은 세상이라 아니할 수가 없었다.

모난 현진과 표준인 민식은 현실을 바라보는 눈이 달랐다. 그러나 서로 공감한 것이 있었고 현진은 민주화투쟁을 물불을 가리지 않고 감정적으로 했는데 민식은 민주화투쟁을 감정에 치우치지 않는 가운데 이성적으로 지성적으로 조절하면서 모범적으로 해냈고 민주시대가 아닌 민주시대에 민주를 키우기 위해 노력했다. 민식은 라디오를 듣다가, 정말 권력과 돈에 팔려 나오는 프로라고 생각하는 것이 들리면 꺼버렸고 광고가 나와도 꺼버렸다.

형은 동생에게, "뭐, 그렇게 신경을 쓰고 사니." "그냥 대충 살아라." 하면서 라디오를 가지고 씨름했다. 어느 날 시내 한 복판에서 민식은 현장을 주시하면서 무슨 사건이 일어나고 있나 다시금 주시했다. "세상은 바보 같은 생활을 하고 살고 있단 말이야." 그는 세상을 향해 외치고 싶어 했다. 그는 엘리트코스를 밟아 멋있게 살았지만 현진은 병 때문에 쳐져 학식도 떨어졌고 연애도 제대로 해보지 못해 자존심이 망가졌다. 결핵의 중병에서 벗어났어도 후유증이 남아 허약한 몸을 지탱하기 위해 발버둥쳤다. 참, 건강을 한번 잃으면 이렇게 자신이 없어지는 것인지 모르겠다. 평범하게 살고 싶었지만 왜, 앞서갔는지 모르겠다. 이렇게 망가진 현진은 새로운 정신적 위안이 되는 신비를 찾았다. 님을 찾아 사랑의 순수한 감정을 고이 간직했다. 애틋한 사랑의 감정을 승화시키는 길을 가기 위해 님에게 마음을 맡겼고 거기서 평안을 느꼈다.

6
이상한 사랑의 미완성

현진은 님을 신으로 느끼는 신념을 갖고 님을 신뢰했다. 님에 대한 환상은 날이 갈수록 깊어져만 갔다. 님은 지현을 대신해 자신을 완전히 사로잡고 말았고 천사 같아 자신을 안심시켜 주었고 자신의 깊은 마음의 사랑을 이해해주는 것 같았다. 신비는 민주시대가 아닌 민주시대가 다시 활기를 찾도록 도왔다. 사랑은 육체적인 것보다 정신적인 것이 더 중요하다고 가르쳐주고 영적인 신에 대한 사랑이 정말 고귀하고 아름답고 영원하다는 것을 가르쳐주었다. 사랑스러운 님은 정신적 사랑의 동반자로 너무나 좋은 자신의 님이 되었고 사랑스러운 평화의 길을 주는 선구자처럼 아름답게 살아가도록 인도했다. 냉엄한 현실을 이기기 위해 분투노력하는 청춘에게 희망과 평화를 듬뿍 안겨주니 너무나 황홀했다. 비록 선민도 아니고 부족한 사람일지라도 사랑의 동반자를 끊임없이 해주는 사랑하는 님에게 청순한 사랑을 마음껏 노래했다. 갈수록 그리워지는 님의 정숙함을 여인의 모델로 삼고 싶어 조용히 묵상해봤다. 마음을 지배하는 그 무엇이 감쌌기 때문에 지금까지 삶의 고뇌를 이길 수 있었으리라 여겼다. 어른스러운 사랑의 향기가 방안에 가득해 순간순간 이 알알이 여물어 사랑의 시를 읊고 춤을 추면서 신나게 노래했다. 조마조마한 사회의 혼란과 역경이 있었을지라도 여전히 거기 서있는 그대의 잔잔한 미소가 너무나 황홀했다. 살며시 다가와 자신을 위로까지 하는 님의 참 모습은 누구나 느끼는 그러한 체험은 아니었다.

인생을 송두리째 맡겨도 될만한 그의 참 여인일 수 있는 인자한 님은 늘 항상 자신의 곁을 지켜주었다. 세월이 흘러가도 너무나 좋은 그대의 진정한 사랑은 보이지 않는 이상야릇한 향기이었다. 육체적 사랑이 없을지라도 마냥 즐거운 것을 무엇으로 표현해나갈 수 있을는지 시간이 흐를수록 참 포근함을 느끼게 하는 그러한 만남이었고 수치와 허물이 감추어지도록 도와주는 안내자이었고 어리광을 부려도 받아줄 것 같은 그러한 것이었다.

순수한 사랑의 경지에 빠지면 정결한 생활이 가능할 수 있겠구나 하는 수덕의 정신을 간직하고 싶은 굳은 결심은 있지만 자신의 마음을 자신도 몰라 어리둥절해 했다. 그의 자신이 할 수 있는 한계에 도달할 때 자신의 무능함을 무어로 대신할 수 있을는지 모르겠다. 까마득한 옛 얘기에 매달려 좋은 세상을 꿈꾸지만 조용히 생각해보면 욕심에 불과한 공상일 수 있으리라 봤다. 도피적 은둔자로 살면서 정결하게 살고 싶은 충동을 느끼지만 그래도 이 사회의 빛과 소금이 되고자 헌신하기로 했다. 가만히 정신을 들여다보면 알듯 말 듯한 이상야릇한 생각이 드는데 신비적 사랑이 꼭 필요한 사랑인지 모르겠다.

사람이 사랑으로 태어나서 사랑으로 만나고 사랑을 위해 이별을 하지만 영원한 사랑으로 산다는 믿음이 사랑을 계속 간직하리라 봤다. 님의 존재를 깊이 생각하면 할수록 안타까운 자신의 부족을 채울 수 없기 때문에 정신적 사랑의 한계에 빠질 때도 있었다. 님은 자신의 애인이라서 자신의 진정한 애인이 생긴다 해도 자신을 떠나지 않으리라 봤다. 님의 품은 너무 아늑해 태평스러운 모습으로 서로 사랑을 속삭일 수 있으리라 봤다.

인간은 혼자 살 수 없는 존재이기 때문에 누군가를 사랑했고 사랑해야 될 대상이 올바르고 아름답고 깨끗한 존재이었으면 했다. 님을 자신보다 더 좋아하는 이가 많았다. 자신도 님을 좋아했다는 사실을 많은 이가 알아주었으면 하는 편협한 생각을 갖지만 그래도 좋은 감정을 어떻게 표현해야 좋을지 모르겠다. 종종 그는 묵상했다. 님이 누구인지 자신의 애인인지 착각할 정도로 님을 사모하는 감정을 감출 수 없었고 님을 부른다는 것이 혹시 맹신에 빠진 짓이 아닌지 몰라 절제하기로 했다.

님은 순수하게 사는 많은 남성으로부터 사랑을 받고 있었다. 창녀는 바람둥이 남성으로부터 사랑을 받지만 고결하지도 행복하지도 않은 욕정을 채우기 위한 쾌락덩어리로 돈에 굽실거리는 존재로 전락되면서 성병에 걸려 고생하기도 하고 요즈음 에이즈라는 끔찍한 성병에 걸려 참혹한 인생을 살기도 했다. 성은 아름다운 것인데 왜 그리 추하게 되었는지 인간 욕망의 무절제로 오는 서글픈 현실에 절망감을 갖지만 그래도 성은 사랑의 아름다운 표현으로 우리에게 다가왔다. 말세적 추악한 범죄가 있을지라도 아름다운 성적 관리로 아름다운 자식을 선물로 받아 열심히 살아갔다. 고상한 척하는 위선자가 많이 있지만 속으로나 겉으로나 깔끔한 인생을 꾸려나가는 착한 사람도 많이 있었다. 괴로운 인생에 대한 위안의 대상이 님인지 성적 도피인지 몰라도 성적 쾌락을 이길 수 있는 마음자세가 되어 있다면 분명히 어려운 난관을 극복해서 좋은 감정을 소유하게 되리라 봤다. 가장 선명한 좋은 대상은 성이 인간지체의 일부로 상대를 필요로 하는 것이지만 코가 냄새보다 공기에 대한 고마움을 느끼고 입이 맛보다 말에 대한 고마움을 느끼고 성이 배설보다 그리움에 대한 고마움을 느끼면 정말 환한 세상이 되리라 봤다. 성은 아름다워야 할 이유가 분명히 있었다. 청결한 관리로 아름답게 해주면 그만큼 즐거운 기분을 주어 너무 상큼한 감정으로 돌아왔다. 님은 성을 초월해 우리에게 다가오는 너무나 기쁜 역사의 존재, 하늘의 실상일 수 있어서 얼마나 행복했는지 몰랐다. 님에 대한 상상이 어려웠지만 님의 생애는 참 초라했다. 님의 역사를 찾아 대충 알아보면 좋은 옷, 좋은 음식, 좋은 집을 가지지 못한 깨끗하고 순진하고 정결한 여인으로 천한 일을 한 여인이라서 님은 세상으로 따지면 보잘것없는 그러한 사람이었다. 님은 그러한 여인이었지만 세상에서 가장 많은 애인을 둔 여인이었고 애정적으로 상처받은 이의 피난처가 될 수 있는 비밀의 보금자리를 마련해준 여인이 되어 언제나 우리의 좋은 이웃으로 남았다. 학식이 많다고 님을 좋아하는 것도 아니고 권력이 많다고 님을 좋아하는 것도 아니고 돈이 많다고 님을 좋아하는 것도 아니었다. 자신의 감정을 송두리째 휘어잡아 옴짝달싹 못하게 하니 참 재주가 좋은 여인이 아닐 수 없었다. 님은 남편에게 순종을 잘 했고 아들에게 사랑을 잘 했으니까 너무나 조그만 훌륭한 일을 해낸 정숙한 자신의 여인일 수 있었다. 감명 깊은 좋은 장면이 연출되지 않더라도 마음속 깊은 곳에서 님을 찾는 마음이 이렇게 그리울 줄이야 정말 예전에는 몰랐다. 그를 사로잡는 여인의 향기는 무엇일까? 정말 알 수 없지만 모르는 그 무엇이 이렇게 그리울 줄이야 예전에는 몰랐다. 가정의 평화가 근본이 되어 큰일을 해내는 것이 얼마나 소중한지 몰랐다. 누구나 가정의 평화를 그리워하면서 안정된 생활을 하고자 힘쓰지만 님의 가정만큼 좋은 가정을 만들 수 없으리라 봤다. 님은 자신의 곁에서 좋은 사람이 되라고 양심대로 법대로 살도록 인도했다.

현진은 대학교 4학년 때 고생을 많이 했다. 필수과목을 마구 빼먹고 하다가 졸업하기 위해 다시 수강해 공부하느라 벅찬 공부를 했고 남들이 취직시험을 대비해 공부할 때 졸업하기 위한 공부로 뒤쳐진 인생을 살았나 하는 회의마저 생겨 갈등했다. 대학교를 졸업한 후에 막상 취직하자니 군대를 갔다 와야 학교 교사라도 할 수 있는 처지이었고 군대에 대한 악감정이 생겨 미칠 지경이었다. 취직 시험공부를 해보았고 그렇게 쉽게 풀리지 않아 괴로웠지만 군대를 면제받고자 했고 이상하게 얽히고 얽혀 군대를 가게 되었으니 정말 억울했다. 신체검사를 받을 때 무조건 입대시키려는 요식 행위의 신체검사를 받는 교련 군사과목을 거부한 데모주동자와 함께 받게 되어 면제받지 못하고 갔으니 정말 그도 한심한 세상을 살아가는 나그네처럼 무척 고달픈 인생행로를 가고 말았다.

그는 논산 훈련소에서 만난 순석 이가 서로의 친구로 위로하는 사이가 되었고 고등학교 동창이고 대학교 동창이고 훈련소 동기인 순석의 위로를 지금도 받았다. 몸이 약한 그는 군대생활을 어떻게 할 수 있을는지 난감했고 부대에 신고하자 말자 반쯤 죽을 만큼 두들겨 맞아 긴장과 공포 속에서 졸병생활을 했고 부대 밖의 교회를 생명을 걸고 다니니까 처음에 많이 두들겨 맞았지만 졸병생활에서 벗어나면서 더 편한 고참생활을 했고 요령을 피우지 못해 유격을 빠지지 못한 가운데 군대에서 5일 씩 받는 유격을 두 세 번이나 받았고 고참이 되었어도 졸병을 때려보지 못한 바보이었다. 그는 충성과 복종을 강요하는 군대체질이 아니라서 군대가 싫었지만 어쩔 수 없으니까 죽지 못해 하는 시늉을 했고 죽기 아니면 살기로 군대생활을 했다.

고달픈 인생살이를 하는 현진과 대조적으로 친구는 세계적 엘리트연구를 했다. 그는 늙지 않고 오래 사는 비결이 무엇일까? 하는 연구를 많이 했고 그의 다른 친구는 노력 형이라 의사의 사명을 가지고자 힘썼고 그의 또 다른 친구는 존경받는 의사가 되고자 했다. 현진과 가까운 친구가 된 순석은 무난히 군대생활을 해내 어엿한 군대를 제대한 씩씩하고 남자다운 남자가 되어 사회로 돌아왔다.

현진은 제대해 학교 교사라도 하고자 했고 교육법이 바뀌어 학교 교사를 할 수 없으니까 고향인 광주에서 얼마 동안 학원 강사를 해봤지만 말이 서툴러 제자의 집중력을 키우지 못해 그만 두고자 했다. 아버지가 담배를 너무 많이 피워 폐기종으로 죽는 바람에 그는 이상하리만큼 아버지에 대한 정이 깊지 않아도 눈물을 다른 가족보다 유난히 흘렸다. 모르는 가족은 화병으로 죽었다느니 별 얘기를 늘어놨다. 잘살았던 이가 이렇게 전셋집에서 세상을 마감했나 하는 서글픔과 자식을 대학교까지 보냈건만 마지막이 이 모양이야 하는 친척의 나무람을 슬픔 속에서 느꼈다. 귀에 거슬릴지라도 말이 서툰 그는 조용히 지내다가 강사를 그만 두었고 서울로 올라와 회사의 일을 해봤지만 신통치 않았다. 암울한 시대에 사는 고통 속에서 회사의 일을 충실하게 하면서 먹고살기 위해 열심히 살았다.

동창 중에서 제일 잘 나가는 친구는 대학원까지 졸업하고 군의관을 거쳐 대학교 시간강사를 했다. 다른 친구는 전문의를 따 부모가 미국으로 이민을 갔기 때문에 재주껏 병역의무를 하지 않고 미국으로 건너가 의사를 했다. 또 다른 친구는 원호병원에서 군의관을 하면서 인생의 아픔을 간직한 채 병든 이웃을 위해 병을 고쳐주고자 최선을 다했다. 친구는 시간강사로 있으면서 대학교총장의 딸과 건사하게 결혼했고 정식 교수가 되면서 생명의 원천을 찾고자 유전자에 대한 연구를 했고 제자들에게 혹독한 교육을 시켜 매서운 교수로 알려졌다. 그렇게 연구에 연구를 거듭한 결과 장수의 비결을 알게 되었고 술을 조금 하되 담배를 일체 하지 않았다. 그는 연구를 너무 많이 해 외국에 나가 논문발표를 많이 했고 국내에서 아주 권위 있는 교수로 유명해졌다. 현진은 그들보다 많이 쳐져 서민으로 살아갔고 돈을 걱정하면서 살았다. 돈을 벌어도 건강관리에 돈을 쓰다보니까 저축이 되지 않아 미래를 야무지게 설계할 수가 없었다. 돈이 최고가 아니라는 신념으로 살았다. 그는 일도 하고 정치도 하고 글도 쓰면서 깊이 있게 하지 못하고 넓게 하는 통 큰 사람이었다. 그는 친구처럼 건강하지도 못하고 연구하지도 못하고 행복하지도 못해 아쉬워하면서 살았다. 그는 동창회에서 친구의 대단한 얘기를 들어주면서 기가 죽은 가운데 살았다.

그는 서울로 올라와 직장에 다니면서 여유가 생겨 지현에 대한 신상을 파악해봤다. 그녀에 대한 학교성적기록과 동사무실 기록을 머리를 쓴 신청을 통해 찾아봤고 그녀와 철수의 결혼과 아들까지 있어서 믿을 수 없다는 듯이 확인하기 위한 몸부림이 시작되었고 그녀는 보라는 듯이 결혼예복을 걸어놓고 만나주지도 않았고 그녀의 아들은 영문을 몰라 무척 경계하는 듯했다. 그가 대문을 넘어 들어갔다가 그녀의 아들이 소리치는 바람에 무서움이 느껴져 잠긴 대문을 열고 손살같이 도망쳤다. 거리에서 그녀의 남편과 부딪혔을 때 그에 대한 확인을 해보고 싶었지만 서로 싸우고 말았으니 서로의 오해에서 온 불행으로 후회가 되었다. 그녀의 남편에 대한 질투심이 생길 때 그녀는 다른 곳으로 다행히 이사하고 말았고 그는 이사한 다른 곳을 바라보면서 질투심을 버리기로 했고 그녀와 그녀의 남편이 행복하길 기원했다. 지현은 2년 선배이었고 나중에 알아보니까 철수는 1년 선배이었고 정신사상에 빠진 현진보다 돈에 빠진 철수가 훨씬 현실적 존재이었다. 그가 경제과를 나오고 은행에 취직해 사는 돈 벌레가 아닌가. 의심스러웠어도 그냥 그렇게 여기고 신경을 쓰지 않았다. 현진은 사랑이 마음대로 되지 않는 좌절을 몸소 체험했고 현실도 너무 불만스러워 투쟁을 일삼았다.

현진과 그의 큰외삼촌은 대조적이었고 그는 정부에 대들어 만신창이로 살았고 큰외삼촌은 정부에 순응해 체신부의 외국통으로 판공비를 물 쓰듯이 하면서 선물을 얼마나 아내에게 바쳤는지 아내의 사랑을 듬뿍 받았다. 그런데 큰외삼촌의 가정에 경제바람이 회오리처럼 불어오기 시작했다. 그의 작은아버지가 낳은 딸의 남편인 원 사장이 신 사장과 함께 무역회사를 했고 돈 문제 때문에 신 사장과 갈라서서 명그룹을 했고 명건설이 자금난으로 어려우니까 체신부 국제전신전화국장을 하는 큰외삼촌을 사장으로 스카우트해서 경영했지만 어려웠고 서울대병원과 성산대교의 큰 공사를 할 때 신 회장이 하는 율남그룹보다 먼저 부도나 무너졌다. 명그룹이 부도나 무너지니까 그들의 가정은 엄청난 시련에 빠져들었고 뒤치락거리는 큰외삼촌이 하면서 사회적 물의를 수습하느라고 밤을 새워가면서 해결을 했지만 원 회장은 중형에 처해졌고 그 가정의 재산을 모두 날렸고 원 회장의 아내가 감추어둔 아파트도 이혼한 사이로 있었지만 나중에 은행의 차압을 받아 모두 날려버렸다. 원 사장과 신 사장이 손잡고 일을 했다면 부도나는 일이 없었고 원 사장은 머리가 없는 중앙정보부 중동지역담당자로 사우디아라비아와 쿠웨이트의 귀족과 친하게 지내면서 회교를 믿고 회교사원을 한국에 짓고 사우디아라비아와 쿠웨이트의 무역신용장을 많이 가져와 머리가 좋은 신 사장과 함께 무역회사를 하면서 한참 근대화운동이 활발할 때, 새마을운동이 결실기에 오르는 유신을 거치면서 급성장했고 중동지역의 신용장을 삼성그룹과 현대그룹과 대우그룹에게 커미션을 받고 넘겨서 무역의 활성화를 가져왔고 돈이 무엇인지 탐심이 생겨 더 많이 가지려다가 따로 갈라섰고, 신 회장이 율남그룹을 크게 번창시키니까 원 회장도 지지 않으려고 빚을 내 크게 사업을 벌였고, 자금줄이 막히면서 어려움을 겪었고, 큰외삼촌은 사장으로 은행융자를 받기 위해 노력했지만 높은 사람을 만나도 담보가 적어 많은 융자를 받지 못해 자금압박을 막지 못했고, 권력자는 딸을 신흥재벌이고 총각인 신 회장에게 권유해 결혼시키려다가 뜻대로 되지 않았고, 신 회장은 연애하는 여인과 사랑을 찾아 결혼하면서 은행의 자금줄이 막혀 자금압박을 받아 어려움을 겪었고, 먼저 명그룹이 부도나 사회적으로 엄청난 화제를 만들었고, 나중에 율남그룹이 부도 나면서 세계적으로 국가적으로 사회적으로 엄청난 파문을 가져 왔다. 신 회장은 회사를 살리기 위해 부단히 노력했지만 추락한 이미지를 돌이키기가 어려워 재기의 꿈이 그대로 꿈으로만 남 아 허공을 맴돌았다. 그는 사랑을 위해 돈을 버린 용기 있는 사 람이었지만 세상은 그를 알아주지 않았다. 5촌인 현진은 명그 룹에 취직하려고 5촌 이모에게 부탁을 했지만 5촌 이모는 몸이 약하니까 어렵고 예수를 믿으니까 곤란하다면서 회사가 잘 되 면 그 때 가서 보자 했고 현진은 나중에 율남그룹에 취직하려고 서중일고 동창에게 부탁을 했지만 다음에 보자고 해서 포기한 상태에 있었고 율남그룹과 명그룹을 화해시켰다면 회사가 잘 돌아가 부도나는 일이 없었을 텐데 하는 예감과 희망을 떨쳐버 리지 못했다. 현진의 큰외삼촌은 낙천적이라서 자기 앞으로 재 산이 없었고 아내 앞으로 재산이 있어서 4촌 여동생의 회사가

망해 친척이 마구 쓰러져도 손해를 보지 않았다. 그의 아내는 이 부도사건이 터진 후에 더 큰 소리를 치고 살아 거꾸로 되고 말았다. 그의 아내는 빌딩을 가진 부자로 돈이 있으니까 전 남편을 우습게 취급했고 현 남편의 가족에게 용돈을 조금씩 주면서 큰 소리를 치기 시작했다. 돈을 꽉 쥔 그녀는 그렇게 부도나 어렵게 된 친척을 돕지 않고 손해나지 않기 위해 돈을 악착같이 챙겼다. 일본에 있는 현진의 작은외삼촌은 아내와 음식점을 하다가 남녀관계와 빚 때문에 별거했고 아내가 참지 못하고 자살소동을 일으켜 돌이킬 수 없는 병으로 인해 이혼을 했고 그의 아들과 딸은 이혼한 결손가정에서 자라다보니까 일류학교를 나오지 못해 음식점을 이어받아 먹고사는 처지가 되었다. 그런데 현진의 큰외숙모는 돈이 궁한 일본에 있는 남편의 남동생에게 돈을 빌려주는 여유를 보이면서 가족을 구워삶았다. 명섭은 아내의 존재가 친척 중에서 돈이 제일 많아 인정을 받기 시작하니 이상해졌고 돈이 무엇인지 그의 아내가 돈을 가지고 남편을 휘어잡고 남편의 가족까지 휘어잡기 시작하니 이상할 노릇이었다. 그는 명그룹이 잘 되면 생질과 약속한 것이 있어서 생질이 먹고 살 수 있도록 도와주고 싶었어도 뜻대로 되지 않아 괴로워했고 낙천적이라 빨리 잊고 말았다. 사업에 운이 있어야 한다는 큰외삼촌과 그렇지 않다는 생질과 언쟁을 하지 않았어도 성격의 차이가 있었다.

7

설레는 자유

명섭은 공직을 물러났고 회사가 부도나 회사를 그만 두었어도 아내와 돈이 있으니까 재미나게 살았다. 그의 딸은 이화여대 영문학과를 다니면서 서로 영어로 의사소통을 하는 부녀사이가 되어 재미를 붙였고 할아버지가 집안출입마저 못하게 해 할아버지를 만나지 못해도 혈육에 대한 애정을 늘 가슴속에 품고 살았다. 그녀의 할아버지는 할머니가 죽은 몇 년 후에 새 할머니를 맞아들여서 큰아들에 대한 감정을 억누를 수 있었고 늙어갈수록 자식에 대한 애정을 가지고 살았다. 그녀의 아버지는 명절에 가끔 할아버지를 만났고 이제 할 일이 없어진 퇴직자라 할아버지와 화투를 두고 지내면서 소일을 했다. 명섭의 인생은 신념이 약해 변화시대에 적응하도록 만들어졌다. 그는 가족끼리 오가면서 지내는 것만으로 만족했고 아내와 딸을 가족에게 데리고 와 소개하지 못해도 자신을 받아주는 가족에게 감사했다. 현진은 돈을 쥔 큰외숙모에게 기대고 싶은 생각이 들었어도 외할아버지가 무서워 항상 조심했다. 큰외숙모는 본의 아니게 친척과 가까이 할 수 없었다.

　현진의 친구들은 일류고 출신이라서 일류직장에서 많이 활동했다. 가까운 친구 가운데 순석은 실력이 좋아 회계사시험에 합격했고 증권회사에 들어가 잘 나가는 남자다운 남자라 여교사와 기분 좋게 결혼했고 그는 혜란과 여자 친구일 뿐이지 그 이상이 아니라서 혜란의 축복 속에서 행복하게 살았다. 과묵하면서 유순하고 성실한 그는 매사에 책임 있는 일을 했고 실수가 많지 않아 사회로부터 인정을 받고 지냈다. 경제에 빠진 그는 평탄하게 살았지만 정치에 빠진 안태수는 고생을 했다. 자유를 외치다 죄수가 된 이가 많았다. 죄수가 아닌 자유인은 변화시대에 너무 많은 변화를 요구했다. 태수는 현진이 결핵으로 아파 많이 방황했을 때, 다른 반의 학생이라 잘 몰랐고 휴학해 요양하는 현진의 고독과 아픔을 이해하지 못하고 동정을 하느라 그의 집에까지 잘 인도해주는 의리 있는 친구이었고 5.18 광주민주화운동에 앞장섰다가 감옥에 갇힌 신세가 되었다. 그는 서울대 법대에서 데모하느라 바빠 사법고시에 떨어져 한국은행에 들어갔고 거기서 후배를 많이 알아 광주에서 일어난 비극을 서울에서 유인물을 통해 알리다가 의로운 고생을 했다. 그는 계엄령이 해제되어 감옥에서 풀려났지만 세상을 원망해 정의를 연구했다.

　누가 이 땅의 정치를 바로 세울 수 있을는지 모르겠지만 현진과 태수는 박정희와 이병철에 대한 감정을 가진 비현실적 존재이었고 민식은 박정희에 대한 감정을 가진 현실적 존재이었다. 민식은 이 땅의 표준으로 살았다. 그는 라디오를 좋아한 덕에 언어실력이 좋아 서울대 영문학과에 들어갔고 거기를 나와 군대에 가 고생을 했어도 군대를 무사히 마쳤고 비평문학을 연구하다가 시사평론을 연구하는 평론가가 되어 예리한 판단력을 길렀다. 그는 민주주의를 정도대로 원칙에 따라 차근차근 풀어나가 선배들처럼 감옥에 가지 않았다. 그는 직장에서 지혜롭게 민주와 자유를 펼쳤다. 그는 평범하게 연애로 사귄 여자 친구와 함께 결혼해 즐거운 나날을 행복하게 보냈다. 가정의 행복과 사회의 갈등 속에서 가정과 사회를 모두 챙기면서 바쁘게 살아갔다. TV에 펼쳐지는 프로가 진짜 TV 본연의 프로인지 굉장히 분노하고 있는 다중의 소리를 들으려고 소문을 따라 매일 남모르게 경청했다. 시간은 자꾸 흘러갔다. 옛 생각을 하면서 이제 정착해야지 했지만, 이상과 현실을 조화시키면서 살아야지 하는 향수 감으로 어찌할 줄 몰라 해 했다. 그는 자유 출판사에서 동료와 함께 나와 진 다방에 들어갔고 어두컴컴한 분위기가 좀 엉큼하게 느껴졌으나 동료와 차를 들고 있으려니까 옆자리에 누군가가 알듯알듯하게 눈앞에 다가서는 것 같아 응시해보니 전부터 알고 있는 장교이었고 우연히 여기서 그를 만났고 어설프게 아는 체한 후 동석을 요청해서 서로 얘기를 주고받았다. 얘기가 깊숙이 전개되다 보니까 국가나 문화나 시대나 역사에 대한 대화를 나누었고 장교는 별로 흥미가 없다. 고 느껴서인지 말을 무뚝뚝하게 했다. 재미없는 가운데 어색하게 되어 한참 정적만이 흘렀다. 그는 먼저 "가봐야겠소." 하면서 "헤어지자."고

했다. 그래서 서로 헤어져 각자 일을 찾아 나갔고 사무실로 돌아온 그는 무언가 사색에 잠겼다. 그는 착각의 혼돈 속에서 벗어나려고 몸부림을 쳤다. 그는 무척 예민한 태도로 사무실을 나와 연세대학교를 향해 바삐 갔다. 대학교에서 시간강사를 맡은 지 오래 되었지만 오늘은 유난히 다른 기분으로 강의를 했다. 대학생들도 여간 엄숙하고 매서운 강의에 침묵과 긴장을 잔뜩 했다. 그는 강의를 마치고 대학교에서 나와 긴장과 해이가 교차하는 거리를 지나 사무실로 돌아왔고 사건이 없는 나날이 되길 바라는 마음으로 일과를 마치고 집으로 돌아와 머리를 식힌 다음에 메모와 일기를 정리했다. 번민함과 허공의 길을 떨쳐버리고 사람과 하늘의 구조를 연상하면서 잡념을 없앴다.

사회에서 희망찬 미래를 건설하자는 붐이 일고 있어 좋지만 가치관의 혼란이 올 수도 있다는 생각이 들어 참으로 안타까웠다. 그러나 사색의 의미를 지닌 생각을 가지고 세계를 품고 싶은 열망을 가지니까 근심이 사라지는 기쁨을 누렸다. 또 밤은 지나고 새벽이 왔다. 그는 상쾌한 아침을 맞았고 가뿐한 마음으로 하루의 계획과 준비를 했고 갑자기 친구인 교수한테서 "만나자."는 전화를 받았다. 교수는 전화로 김 평론가에게 "출판사로 찾아 갈 테니 기다려달라."는 것이었다. 김 평론가는 일찍 사무실에 출근해 무슨 일로 만나자고 하는 것인지 궁금해 했다. 그가 사장실로 불려 들어갔을 때 교수는 출판사로 찾아와 김 평론가를 찾았고 여사무원은 "김 평론가가 사장실에 불려 들어갔으니 기다려주십시오."라고 했다. 교수는 소파에 앉아 신문을 봤고 사장실에서 돌아온 평론가는 "미안해요"라고 인사했다. 교수는 "괜찮소."라고 인사했고 친구들 얘기를 하고 찾아온 용건을 말했고, 그 용건은 조선호텔에서 국제세미나가 열리는데 참석해보자는 것이었다. 평론가는 책상으로 가 약속메모를 살피더니, 다시 돌아와 "좋아요. 그 때 참석하지요."라고 약속했다. 교수는 화제를 돌려 "요즈음 학계의 흐름이 심상치 않아요." 하면서 특별한 정보를 그에게 주었고 그는 말을 돌려 "우리 재미있는 건사한 얘기를 나누자."면서 친구들 소식을 묻고 넘어갔다. 서로 얘기를 나누다보니 점심시간이 되는 줄도 모르다가 배가 고파 시간을 보니 점심시간이 한참 지났고, 재촉해 서울음식점으로 가 식사를 했다. 음식은 맛있고 깔끔해서 만족한 점심을 하게 되었고 교수는 "맛있는 음식을 대접받았다."면서 만족해했다. "우리 국제세미나가 열릴 때 다시 만나요." 하면서 다정한 악수를 하고 헤어졌다.

평론가는 수없이 많은 언론사건의 현장을 찾아 뛰었지만, 정치사건이 터질 때마다 어쩔 줄 몰라 하면서 즐거워했다. 화합과 투쟁이 있는 현장을 눈여겨보고 어떻게 이해해야 좋은지 바른 생각을 가지기 위해 좋은 결론으로 만들고자 무척 애썼다. '아는 것은 알고 모르는 것은 모른다.'는 명쾌한 결론이 만들어지길 기대하면서 분명한 사건전개를 참고하기 위해 사가를 찾아가 만나기로 했다. 역사적 의문이 생기면, 서슴없이 사가에게 찾아갔다. 그는 고등학교 선배인 사가를 전에도 자주 찾아가 자문을 구했지만 오늘처럼 특별하지 않았다. 그는 사가를 찾을 때는 빈손으로 방문하지 않고 조그만 선물을 가지고 방문했다. 사가는 정성어린 선물을 좋아했고 방문해주는 것을 반갑게 여기고 기뻐했다. 그는 사가한테서 역사에 대해 많이 배우고 있었고 역사의 진행이 지루하게 서서히 되는 것 같지만 돌이켜보면, 아주 짧은 것 같이 느껴진다는 것이었다. 5감에 민감한 그는 사가의 표정을 유심히 쳐다봤다. 그러면 사가는 빙그레 웃고는 "뭘 쳐다봐, 늙으면 주름살뿐인데."라고 언짢게 대꾸했다. 그는 "주름살에도 역사가 깃들어 있어 아주 엄숙해 보여요."라고 존경을 표시했다. 그러면 사가는 "어허허, 하면서 농담 말게나." 하고는 웃었다. 그가 궁금해지는 현대사조를 물었을 때, 사가는 "진보를 이어 진보로 가는 길이네."라고 설명했고 그가 "진보란 무엇인지요?"라고 되물어보면 사가는 "진보란 진보자체가 보수로 되는 과정이므로 진정한 진보란 없네."라고 했다. "그러면, 진보할 필요가 없지 않겠어요?"하고 따졌지만 "시간이 머물지 않듯이 역사의 정체는 없네."라는 것이었다. 아! 그렇구나. 느끼면, 사가에게 "참, 고맙습니다."라고 감사해했다. "가볼 시간이 되어, 이제 가봐야겠습니다"라고 하면 그 때부터 갑자기 예의를 차리느라 단정한 자세로 인사를 받았고 둘은 은은한 멋을 남긴 채 작별하면서 인사를 품위 있게 했다.

정치의 발전은 경제의 발전으로 이어졌고 정치의 모방이 경제이기 때문에 경제보다 정치가 중요했고 전쟁이 일어나고 사고가 발생했지만 평화는 궁극적으로 지켜졌다. 그는 의문을 풀 수 있는 지식과 지혜를 쌓기 위해 도서관을 찾았고 책에서 의문을 찾다보면 엉킨 정보가 차근차근 풀려지는 순간에 희열의 기쁨을 느꼈다. 대단한 발견을 한 것인지 몰라도 자신도 모르게 자신감이 커져갔다. 그는 요즈음 신문에서 나왔던 외국에서 찾아온 승려를 만날까 말까 하다가, 생각을 정리해보니 만나는 것도 무방할 것 같아 신라호텔 707호에 머물고 있는 승려를 만나기로 작정했고 회교혁명에 대한 의문점을 풀어보기로 했다. 회교혁명에 고취된 열광자인 승려가 어떠한 사람인지 한번 부딪쳐보기로 했다. 그는 승려를 만나기 위해 택시를 타고 신라호텔을 찾아갔고 707호에 올라가서 노크하니 안에서 "누구냐?"고 다그쳤지만 명함을 내밀어 무사히 통과해 안내를 받아 만났다. 그는 승려가 이상한 몸차림을 하고 있어서 꺼림칙한 느낌이 들어 혼났고 망설이는 가운데 엉겁결에 서툰 대화일지라도 말하게 되었다. "안녕하세요?" 하니까 "안녕하세요?" 하지만 긴장된 마음이 풀리지 않아 어색했다. 승려는 손짓과 발짓을 동원하면서 의사소통을 하기 위해 열정적인 표현을 자꾸 했지만 잘 통하지 않으니까 오로지 신께 경배하는 시늉만 할 뿐이었다. 그는 야릇하게 느껴져 다음에 올 때 꼭 통역과 동행해 오겠다는 각오를 하고서 "굿바이" 하고 헤어졌다. 그는 속으로 군주의 회교에서 군주탈피의 회교로 바뀌는 회교혁명에 어떤 의미가 있는지 아리송해했다. 고달프고 씁쓸하기 짝이 없는 경험을 한 그는 승려가 어처구니없는 주장을 신문에서 밝혀 몹시 불쾌한 감정을 가졌지만, 승려가 예의를 깍듯이 지키면서 대하는 점이 좋았다. 신라호텔에서 나온 그는 택시 타는 것보다 걷는 것이 좋아 걸어 내려오면서 사색에 잠겼고 고달픈 인생을 달래봤다. '수고하고 무거운 짐을 짊어진 자여 다 내게로 오라. 내가 너희를 쉬게 하리라.'는 말씀을 연상하고 마음을 정리해보니, 한결 발걸음이 가벼워졌다. 승려를 만나 봐도 별로 그렇고 후회만 남았고 앞으로 결심을 단단히 해 쓸데없는 호기심을 가지지 않기로 했다.

그는 도서관을 찾아 매스컴을 찾아 비평하고 인용하고 하는 일에 시달려도 재미있어해 했고 세상물정 돌아가는 꼴이 한심 스러울 때면, 혼자 외로이 고독하게 며칠이고 글 쓰는데 정열을 쏟았다. 그는 쉬고 싶어 아내와 카페에서 만나 즐거운 시간을 보냈다. 춤을 추는 스테이지에 희고 붉은 빛이 쉴 새 없이 쏟아 져 화려한 환상 속으로 빠져들었다. 카페 안에서 흘러나오는 노 래에 장단을 맞춰 흔들어대는 모습 속에서 춤추고 싶은 열정이 생겼으나 가벼운 와인을 들이켜고 아내와 함께 집으로 돌아갔 다. 그들은 환희에 찬 기분으로 밤을 즐기기 위해 잠자리로 들 어갔다.

"아름다운 밤을 우리의 것으로 만들자."

"그래, 알았어."

"재미나게 보내는 힘을 가져요."

"어떻게 하면 그렇게 특별한 밤을 만들 수 있을까."

"야한 책도 보지 않았나, 그렇게 몰라요."

"야한 잡지는 봤어도 섹스에 대한 책을 보지 않아 모르겠어."

"그러면 내가 하자는 대로 해요."

"알았어."

그 날 밤은 너무나 황홀했어도 아침에 일어나 보니 허리가 뻐 근해 기분 한 번 더 내면 허리병신이 될까봐 희한한 성생활보다 편안한 성생활이 더 좋다는 의견을 마누라에게 얘기했더니, 벌 써 그렇게 늙었어요. 하면서 운동 좀 하라고 하는 바람에 야! 정 말 정력이 약해 문제로구나. 하는 열등감을 가지고 말았다. 우리의 성생활은 그런 대로 괜찮은 편에 속한다고 자부했지만 이렇게 마누라 앞에서 쩔쩔 매게 될 줄이야 몰랐다. 인생은 어차피 만족의 최종단계에 오를 수 없는 법이라 적당한 성생활이 건강에 유익하리라 생각했지만 마누라의 성욕도 대단하구나. 하는 생각이 들어 역시 나이가 들면 마누라의 등쌀에 혼나게 되는 줄 이제야 알았다. 젊었을 때는 마누라가 잠자리를 조심했는데 이제 거꾸로 마누라의 정욕을 피해야 할 판이니 참 세월이 빠르기도 했다. 그래도 우리는 남이 알아주고 자신도 그렇게 느끼는 가운데 의심할 여지가 없는 행복덩어리이었다. 행복한 밤은 지나고 일하는 낮이 그를 기다렸다.

한편으로 치우친 어떤 군중은 세상이 지나치게 싫어 순박한 자연보호에 물들었고 마을을 향해 손짓하면서 신호를 보냈다. 그는 이런 군중의 열풍에 놀라와 그 속사정을 파 헤쳐보고 싶어했다. 농촌에 군중대회가 있다 하기에, 농부를 찾아 농민의 소망과 여론이 무엇인지 물어봤다. 농부는 농촌의 근대화에 젖어 흠뻑 자연에 물들어있는 유지라고 볼 수 있었고 마을 지도자라고도 불러졌고 그는 농부의 의식주를 해결해주는 것만이 최고라고 생각했고 도시처럼 농촌도 잘 살아보고 싶다는 의식으로 가득 차 있었고 그의 생각은 매우 단순하기 짝이 없었다. 관 주도형과 민간주도형의 마을운동이 있었고 계획경제와 관계가 있었다. 그러나 모방이란 창조에서 올뿐이었고 진화도 역시 창조에서 왔다. 정신적 고뇌에서 벗어나는 길은 위선과 위증과 허위에서 떠나는 것이고 포괄적으로는 진리를 아는 것이었고 경쟁 위주로 훈련하고 속이는 연습을 마냥 거침없이 하다보면 속은 텅 비고 겉만 치장된 결과를 초래하고 말았다. 현실 생활에서는 건강과 체력이 무척 중요하고 튼튼하고 날씬한 몸매가 참 매력이 있고 아름다웠다. 농부의 심정은 비가와도 걱정이었고 비가 안 와도 걱정이었다. 바빠도 무표정이었고 한가해도 무표정이었다. 세월이 가르쳐 주어서인지 안정을 추구했다. 농부는 묵묵한 표정을 풀면서 얘기했다. 그는 탁월한 지도자가 질서 있게 통치해주길 바라고 자치도 인정하여 협동하는 가운데 복지를 이룩하고 노인후생도 책임지는 정책이 구석구석까지 펼쳐지길 바란다는 것이었다. 실천의지가 있어야 구석구석까지 펼쳐질 수 있다는 운동가처럼 열심히 일했고, 전시효과를 통해서라도 강력하게 추진해줬으면 하는 생각에 젖었다. 농민 스스로가 할 수 없는 일이 있을 때면, 상부상조하여 공공사업을 할 수 있도록 정부가 지도해주길 바랐고 재해대책에도 만전을 기해주길 바랐다. 고생한 보람을 찾기 위해 주고받는 식의 공동체를 만들기 위해 노력했다. 이론보다 실천을 강조해 일을 해보지 않고 아는 척하는 지식인을 경계했다. 평론가는 이론과 실천의 차이 때문에 농부와의 대화가 빗나가고 있었음을 깨달았고, 그에게 "이만 가봐야겠소."라고 하면서 되돌아섰다. 농부는 형편에 따라 순종과 방종을 잘 하는 방관자처럼 보여 무척 순박했다. 사람의 뜻을 하늘의 뜻에 맞추는 경향이 짙어, 자꾸 독백이 터져 나왔고 거칠었다. 평론가는 이러한 상황에서 내적 격론을 겪기도 했으나 다행히 마음의 싸움을 피하게 되었고 한편으로는 섭섭한 기분이 들었고 야속한 감정을 억누르기 힘들어도 참았다.

출판사로 돌아온 그는 타력에 의하지 않고 자력에 의해 좋은 작품을 만들겠다고 다짐하면서, 원고지와 씨름하듯 창조의 위대성을 이루기 위해 창작에 열중했다. "원만한 성품을 지닌 우리가 미적 감각으로 창조의 멋을 품는다면 모든 사물이 아름다워 보일 텐데…" 아름다움으로 인해 온유해지고 겸손해진다면 참 좋겠다.

그는 일요일을 맞았고 일주일 중의 하루만이라도 예배보고 싶은 심정이었다. 정성스럽게 예배보고 기도했다. 예배가 끝나면 친한 교인끼리 만났고 자주 만나는 교인은 교수이었고 언젠가 교수가 소개한 적이 있는 건실한 장로를 만났다. "안녕하세요?" 하니까 그도 답례했고 그와 대화를 나누는 가운데 친교를 두터이 하려는 훈훈한 말의 그리움으로, 속삭임이 무르익었다. 장로는 청교도 정신을 강조한 나머지 "결단력 있게 교회 재정을 청교도 정신으로 해결해야 좋겠소."라고 말했다. 그는 너그러우면서도 축복을 바라는 마음으로 가득 찼고 교회 일에 충성하는 습관을 기르는 것이 무척 인생에 도움이 되었는지, 늘 기뻐했다. 하는 일없이 시간은 많이 흘렀다. 서로 교회에서 나오면서, "안녕히 가세요? 또 만납시다." 하고 헤어졌다. 사려 깊은 헤어짐이 퍽 인상 깊었고 무슨 일이고 개척하면 안 될 게 없는 것같이 느껴졌고 개척하여 할 일이 무척 많았어도 게을러 못하는 경우가 많았다.

집으로 돌아온 평론가는 아내와 함께 TV를 틀어 쇼프로를 즐겁게 봤고 노래와 춤이 즐겁기만 했고 아슬아슬한 표현은 유희를 연상하게 했다. 밤이 그리워지는 밤에 마누라의 잠옷이 이날 따라 너무 예쁘게 보였다.

"여보, 오늘 신나게 놀자."

"전번처럼 허리가 아프다느니 하지 마세요."

"그럼, 요령 있게 잘 할 게."

"좀 잘 해봐요."

"너무 지나치게 하지 말고 적당히 하자."

"그래요, 사랑해."

"나도 사랑해."

"여보, 더 깊게."

이렇게 즐기는 시간이 아깝지 않았다. 성생활을 적당히 하니 그렇게 좋을 수가 없었다. 우리는 정말 천생연분 같아서 너무 행복했다. 사랑하는 사람끼리 사랑의 밀어를 나누는 기쁨이야 말로 행복의 높은 단계가 되어 죽지 않고 살 수 있었으면 하는 욕심이 생겼다. 아름답게 사는 우리의 가정을 시기해 유혹의 파탄이 오지 않길 기원하고 기원했다. 죽음을 생각하기 싫었다. 사랑하면 죽음도 유혹도 이기리라는 아내의 의견에 전적으로 동의했다.

다음 날 그는 나른한 몸을 똑바로 세우고 새 출발을 위해 메모와 일기를 훑어봤다. 메모 가운데 이사의 초대 약속이 있었다. 이사는 줄기차게 떠오르는 아이디어로 산업의 변화를 통해서 부의 축적을 누렸고 인심 잘 쓰기로도 유명했고 그는 만사 행복하듯, 신을 향해 감사했다. 그래서인지 이웃에게 친절과 봉사를 도맡아하려고 했고 그의 감사는 정말 꾸밈이 없어서 우리로 하여금 감사를 연발하게 했다. 새롭게 시작되는 날, 사무실에서 더 나은 오늘을 갖기 위해 성실하게 사무를 봤다. 사무를 마친 후 이사의 집을 향해 나갔고 그의 집에 들어서자마자, 그의 영접을 따뜻하게 받았고 여러 사람이 모여서 서로 안부를 물었다. 부유한 층의 모임이라 무척 호화스러웠고 유난히도 그의 부인의 치장이 돋보였고 여러 사람과 친교를 맺는 중에 얼큰하게 술에 취한 이도 있어 요란스러웠다. 이사는 "여러분과 이렇게 자리를 같이 하여 즐겁소."라고 하면서 "자주 들려 달라."고 부탁했고 "저녁도 깊어가니 이만 마치고 다음에는 부회장이 초대하게 될 텐데, 많이들 모입시다."고 권했다. 그는 지도자 모임의 회장이라서 지도력을 발휘했다. 기분 좋은 대접을 받고 돌아온 평론가는 만족스럽기만 했다.

  새롭게 시작되는 다음 날 외국 손님의 방문을 받았고 느닷없이 찾아온 이라, 갑자기 만났고 도저히 피할 수 없는 손님이었고 외국 손님의 성명을 물었고 "뭐 하러 찾아왔소?"하고 퉁명스럽게 물으니까, 그는 "철학자요."라면서 "용건이 있어 왔소."라고 했다. 철학자라는 엉뚱한 손님을 만나 좀 초조해진 평론가는 물끄러미 창 밖을 쳐다본 후, 그를 응접실로 안내했고 안내 받은 그는 무턱대고 본론을 끄집어냈고 그는 조예 깊은 철학자로서 국제에서 인정받는 인물이라면서 자랑했고 "도처에서 환영받는데, 자유 출판사에서도 호감을 가져달라."는 것이었다. 대충 이해한 평론가는 어처구니없다는 표정을 지었다. 그의 주장인즉 유물론의 문화 혁명만이 정의를 지킬 수 있다는 것이었고 어처구니없는 망상에 사로잡힌 자 같았고 전율을 느끼게 하는 공갈을 일삼는 자 같았다. 그렇지만 그는 태연히 자세를 고쳤고 꿋꿋하게 얘기했고 "잘 모르지만, 별로 유익한 만남이 되지 못한 것 같소."라고 얘기했다. 그런데도 철학자는 계속 떠들어댔다. 평론가는 꾹 참고, "무슨 목적으로 방문했소?"하고 물었고 그의 방문목적을 알아보니 여간 배짱이 좋은 청이 아니었다. 사연인즉, 철학자는 기사를 만나서 노동활동에 대해 조사하고 싶다는 것이었다. "당신 말이야, 왜, 찾아와 말썽부리려고 해요?"하고 따졌고 형사문제가 개입된 안보문제를 들고 나온 심각함을 이루 표현할 길이 없어 그만 자지러졌다. 기사는 노동조합 지도자로서 노동문제에 깊이 관여하고 있었을 뿐만 아니라, 문제인사로 주목받고 있는 모난 인물이었고 감옥에 다녀온 전과자이었고, 전과자라 할 수 없는 사상범이라 할 수 있었다. 철학자에게 "사상범에 대해 조사한다는 것은 무리이니 돌아가 달라."고 부탁했다. 그런데, 철학자는 꼭 기사를 만나 보겠다니 기가 막힐 일이었고 난색을 하고 거절하자, 그는 화를 잔뜩 내고는 "다음에 또 오겠소."라고 하면서 돌아갔다. 평론가는 위기를 모면한 것 같은 기분이 들어 숨을 몰아쉬었고 제 자리로 갔다. 곰곰이 생각하니 이 문제에 개입해서는 안 되겠다는 것이었고 혹시 다시 찾아오면 어쩔까 하는 두려운 마음이 들었다. 그런데, 며칠 후에 철학자가 다시 찾아와서 사정하며 부탁했고 어려운 청이니 "없는 걸로 해달라니까." 발짝 뛰면서 꼭 알아봐 달라는 것이었다. "왜, 나를 찾아와 괴롭히오? 다른 이를 찾아가 부탁하면 되지 않소?"하니, 그는 "김민식 평론가만이 할 수 있는 힘이 있는 것 같아 부탁해요?"하는 것이었고 "신라호텔 606호에서 머물러 기다릴 테니 꼭 만나게 해 주세요."라는 것이었다. 평론가는 어쩔 수 없이 휘말리고 말았다. 그러나 "주의

할 게 있소."라고 경고를 주었고 "당국과 협의하여도 제한된 장
소에서 면담이 가능할 뿐이니 그리 알고 있으세요."라고 전해
줬다. 하루, 이틀 그리고 열흘이 지나간 어느 날 철학자로부터
전화가 왔고 "기사를 좀 만나게 해 달라."는 것이었다. 그는 당
국에 연락을 취해, 이러한 부탁이 있는데, "어떻게 했으면 좋겠
소?"하고 물었고 당국에서 "만나도록 해 줄 수 있으나 주의 사
항이 있소."라고 했고 주의 사항 중에 까다로운 것은 "안보 사
항으로 비밀리에 만나게 해야 해요."라는 것이었다. 머뭇머뭇
미루고 싶어 그냥 버티었지만, 철학자가 또 사무실로 또 다시
찾아와서는 "정말 너무 해요."라고 힐책했고 변명하고 싶지 않
아 "그럼 좋으니, 당국에 연락을 한 후에 만나도록 해주겠소."
라고 하고서, 문을 쾅 닫고 뒤돌아보지도 않고 제 자리로 돌아
왔다.

　수많은 인파 속에서 서성거리는 군중을 선도하는 새로운 비
전이 있어야 하겠다는 일념을 가지고 사무를 계속 처리해나갔
다. 휴식처로 돌아온 그는 아찔한 생각을 떨쳐버렸고 눈을 사뿐
히 감았고 벌거벗은 추태의 영화장면이 떠오르면서 나상은 지
워지지 않고 5감을 적셨다. 아내가 아닌 영화의 여자주인공이
더 멋있어 보이니 이상해졌다. 매일 반복되는 생활은 권태와 짜
증을 주었지만, 이성과 의지로 극복했고 지성인으로서 품위를
지키려고 긴장과 해이를 조절했다. 사무실에 출근한 그는 평론
가로서의 본분과 사명을 다했는지 아리송하게 느껴져 천장을
바라보며 한숨을 지었고 평론이 마음에 들어 하는 일이고 그래
서, 마음을 다시금 정리했다. 출판사에서 나오는 정보 분야는

사상과 신문, 잡지에 대한 일반 정보정리 등 다양했고 통신 분야에서 다루는 신속하고 정확한 특수정보는 쉴 새 없이 활동하는 기자의 호흡에서 엮어졌고 매스컴의 역할은 사건을 원만하게 처리하도록 유도했고 평화를 가져오도록 했으며 문화 정의를 실천하기 위해 노력했다. 자유 출판사에서 쓴 비평이 독자를 감동시키고 있었다는 얘기를 들었고 매스컴에서 쓴 기사가 독자에게 많은 영향을 끼쳤음을 경험했다. 그는 언제나 다름없이 꿋꿋하게 업무를 수행했고 그는 교수와의 약속을 지키기 위해 국제 세미나에 참석하려고 집회장을 향해 떠났고 가는 도중 사가를 만나 인사와 안부를 나눴고 그는 사가에게 "어떤 일로 집회장에 오게 되었어요?"하고 물었고 "교수가 청하여 오게 되었네."라고 하면서 "만나 반갑네."라고 했다. "함께 국제 세미나에 참석하니 퍽 인상 깊어진 것 같네."라고 하면서 즐겁게 얘기했고, 사가도 역시 그에게 물어봤고 "역시 그래요."라고 응답했고, 집회장 앞문에서 교수가 불쑥 나타났고 그의 인사와 안내를 받았고, 집회장 문안으로 들어서니 꽉 차 있는 군중의 모습이 환히 들어왔다. 분위기에 압도된 군중은 중요한 메시지를 기대했고 세 친구는 안 쪽으로 들어가 자리를 잡았다. 주위를 살펴보니 청중은 대단한 수준의 지식인들이었고 민주의식을 이해했다. 앞을 보니 '평화와 자유'라는 표제가 확 띄었고 그것은 국제 세미나의 주제이었다. '평화와 자유'란 우리를 포용하고도 남는 제목이라 할 수 있었고 대단한 제언이요, 선구적 표현이요, 위대한 길이라 볼 수 있었다. 저 높은 곳을 향하여 간 선구자와 저 낮은 곳을 향하여 간 선구자를 생각하고 싶었고 감옥을 각오한 선구자와 병원을 보살핀 선구자, 모두 다 사랑하고 싶었다. 연사가 강단에 들어섰고 집회장은 조용해졌고 숨을 죽일 듯한 고요함이 있었고 옆에 있는 사회자가 연사에 대해 소개를 했다. 연사는 외국기자라고 했고 외국기자는 수줍은 듯한 모습을 보이며 자기소개를 했고, 바로 옆에 통역기자가 통역을 했고 외국 기자의 강연을 통역하기 전에 직접 아는 이도 많아 바로 전달이 되었다. 외국기자가 통역기자와 함께 나란히 서서 열변을 했고 기자의 강연내용은 훌륭했으나 연사다운 점이 약하여 장내 분위기가 산만했다. 권위가 떨어진다 할 수 있었으나 참 자유로운 표현이 우리의 마음을 움직였고 딱딱하지 않았고 부드러워 현대 감각에 알맞았다. 웃기는 면이 있어 지루하지가 않았고 비록 힘은 약하나 보이지 않는 힘이 작용했고 그는 유별나게 중요부분을 반복해서 설명했다. '평화와 자유'의 표현적 감각 면에서는 명 강연이었고 성실과 정성을 다하고 있는 것만은 틀림없는 사실이었고 비폭력의 저항을 웅변으로 나타냈다. 평화와 평등과 자유와 정의 등에 관해 서술했고, 요약해보면, 변혁 과정에서 필연코 사랑과 진리가 승리한다는 것이었다. 주종관계에 빠져 노예로 전락했던 침체의 역사 속에서 자유를 갈망했던 선구자의 외침과 더불어 자유는 왕성해져 드디어 근대에 와서 자유를 찾았다는 것이었다. 자유를 위해 희생한 수많은 선구자의 발자취를 살펴보면, 한결같이 자유가 아니면 죽음을 달라는 기가 막힌 혁명이었다는 것이었다. 생명을 걸고 모험한 이도 많았고 수많은 선구자의 희생으로 군주 제도와 국가주의는 무너지고 있었고 군주 제도로부터 서서히 민주 제도로 바뀌고 국가주의에서 조금씩 국제주의로 바뀌고 있는 현상을 역사가 증명해주고 방송이 규명해주고 있었다. 고통과 아픔을 겪고 일어선 자유인에게 칭송을 보내는 양심의 소리가 우렁차게 전 세계에 펼쳐나가 우리 모두 똑바로 알 권리를 찾자는 것이었고 격앙된 표현을 할 때는 얼굴이 붉으락푸르락했고 감정이 풍부하여 청중에게 부담을 주지 않았다. 자유의 표현을 마음대로 할 수 있는 자유가 세계 구석구석까지 전개되어야 한다는 것이었고 자유의 신봉자가 많아질수록 자유가 토착화되고 정착화 되어 자유를 규제하고 마비시키는 죄악은 멀리 사라지고 평화롭게 되리라는 것이었다. 역사의 전환점에 선 우리는 새롭고 알찬 본체를 파악하는 지혜가 필요했고 그렇게 하다보면 자연히 알게 되었고 역사의 큰 사건을 파악하면, 감추어진 비밀을 약간 이해할 수 있게 되었다. "역사의 큰 사건 중에서 유명한 것은 프랑스 혁명과 한국 혁명이고 프랑스 혁명은 사상적 자유의 승리이었습니다. 북대서양 시대에서는 시민 혁명이 루소 작가의 영향을 받아 프랑스 혁명이 이루어졌었고, 북태평양 시대에서는 학생 혁명이 임어당 교수의 영향을 받아 한국 혁명이 이루어졌고, 앞으로 북반구 시대에서는 언론 혁명이 자유 기자의 영향을 받아 국제 혁명이 일어나고야 말 것입니다." 갑작스럽게 터진 주장이 청중에게 커다란 충격을 주었고 청중의 표정이 심각해지고 말았다. 정말 암시하고 있는 정신이 터질 듯한 감정을 억누르고 있는 양, 너무 심각한 반응을 이지적 의지로 감추었고 과거의 역사는 알고 있으나 미래의 역사에 대해서는 모르고 있는 미지의 세계임으로 말미암아 더욱 알다가도 모르겠다. 언어 식 정치를 하고 있는 이상정치가 역사의 전환점에서 언론 식 정치로 된다는 참으로 어려운 예견을 이해하고자 했다. 여성이라면, 귀족 정치에 대해 불만을 터뜨리는 천민을 좋아했고 핏줄을 따지지 않는 부드러운 감정을 가졌고 이러한 현상이 일어나 남성의 귀족정치가 새로운 도전에 직면했다는 점을 이해하고자 했다. "언론 혁명이 다가오면 더욱 더 자유로워지고 사상도 소수의 군중에서 다수의 군중에 의해 다루어질 것이고 자유의 물결이 밀려오는 현대의 문화는 드디어 전성시대를 맞이하게 되고 진보가 벌써 보수가 되고 혁신이 곧 진보가 되며 진보는 구식이 되는 재빠른 시대를 맞이하게 될 것입니다." 미래의 사건에 대해 예견하다보니 좀 어리둥절해하는 분위기가 되었고, 그는 화제를 돌려, 구석기 시대에서 철기 시대 사이의 고고학적 흥미를 재치 있게 표현했고 그 당시는 힘센 자가 지배했던 시대였다면서 고고학적 발굴자료에 의해 힘의 과시가 증명되었다는 것이었다. 고대에 있었던 사건이 발굴자료에 의해 재미있게 풀어질 때마다 역사의 비밀이 하나씩 공개되고 마는 것을 알게 되었다. 우리의 조상이 남긴 유산이 사랑스런 후손에게 물려질 텐데, 오래 남을 수 있는 것은 정신적 가치가 있는 문화라고 봤고 짐승은 가죽을 남기고 사람은 이름을 남긴다는 속담이 있듯이, 정말 이름을 남기기 위해 문화를 창조하고 계승해야 했다. 아무리 좋은 계획이라도 실천이 따르지 않으면 소용이 없었고 우리의 이상도 현실화하지 않으면 안 되므로 역사와 학문을 이해하고 방송을 통해 널리 알려야 한다는 것이었다. "인류 사조를 고찰해 보면, 문예부흥사조가 일어나 서유럽을 한바탕 휩쓸 당시에 인문사상의 인본주의 문화가 인기를 끌었고 언어부흥사조가 일어나 서유럽과 북미를 한바탕 휩쓸 당시에 자유사상의 계몽주의 문화가 인기를 끌었고 문물운동사조가 일어나 동아시아를 한바탕 휩쓸 당시에 개화사상의 전체주의 문화가 인기를 끌었고 과학운동사조가 일어나 동유럽을 한바탕 휩쓸 당시에 좌익사상의 사회주의 문화가 인기를 끌었습니다." 마음의 변화를 일으키는 요인이 많아도 자유사상의 계몽주의 문화야말로 가장 믿을만한 것 같다는 것이었다. 자유롭게 생각하고 행동하는 광장이 마련되는 역사가 이루어지도록 모두 함께 구체적으로 계획을 세워 실천해야 한다는 것이었고 마지막으로 그는 인류사상은 진보를 통해 성장하고, 문예부흥사조에서 문물운동사조로 서양과 동양을 이어가고, 언어부흥사조와 함께 과학운동사조는 국제화하고 있다는 것이었다. 오! 놀라운 의미를 띄고 내재의식을 밝혀주고 정의의 등불이 마음을 환하게 해주고 통합의 길이 열리고 사랑의 지혜가 넘쳐흘렀다. 국제화하고 있는 시대에 사느니 만큼 자유가 더욱 절실히 요청되었고 사랑과 자유가 마음속으로부터 우러나와 깊이 있게 스며드는 역사가 요청되었다. 요약된 내용 중에서, 감동을 주는 것은 강조하고 강조해도 지나치지 않을 만큼 찡하지 않으면서 은근하게 스며드니까 마음의 변화를 일으키는 요인이 많아도 자유사상의 계몽주의 문화야말로 가장 믿을만한 것 같다는 것이었다. 사랑으로 받아들이는 아량이 요청되는 가운데 서로 화합의 길을 찾았고 자유와 행복이 이루어지길 바랐고 자유가 구속받는 일이 없는 신세계를 위해 온 천지에 자유가 가득하도록 이제 구체적으로 실현하는 시대가 되어야 하겠다. 외국 기자의 강연은 매우 인상적이었고 입가에 웃음을 머금은 겸손한 모습은 진실 그대로이었다. 그는 박수갈채를 받으면서 자연스럽게 퇴장했다. 국제 세미나에 참석한 자들은 자리를 정리하고 일어섰고 그 중에서 몇몇은 모여 좌담을 나누었다. 끼리끼리 나가는 광경이 매우 평화스러웠고 서로 헤어질 때 아쉬움을 못 버린 채 악수를 나눴고 교수와 사가는 야릇한 표정을 지으면서 평론가에게 다가와 "정말 우리는 너무 몰랐소. 앞으로 만날 때마다 분발하여 정신변혁을 가져봅시다. 우리가 앞장서야 합니다. 이번 집회에서 느낀 바, 우리의 각오는 새롭게 되어야 한다는 결론을 얻게 되었소."라고 강조했고 "오랜만에 들을 것을 들었소. 앞으로 자주 만나요."고 하면서 헤어졌다.

밤이면 밤마다 아내와 더불어 만들어지는 우리의 행복은 이렇게 세월 속에 간직되어 쌓이고 쌓였다. 남이 허물 수 없는 행복의 경지에서 서로 껴안았다.

"여보, 정말 좋아."

"여보, 나도 정말이야."

"나는 당신 생각에 항상 머물고 싶어."

"나도 당신과 이렇게 영원히 머물 수만 있다면 좋겠어."

이렇게 짜릿한 순간을 확인하고 확인했던 행복이 늘 그리웠다. 그리울 때 언제나 만날 수 있는 아내가 있기에 너무 행복했다. 우리의 가정은 참 행복하고 행복했다. 사회가 시끄러워도 가정의 행복에 묻혀 사회의 아픔을 잊어버렸다. 사회와 국제의 골치 아픈 문제도 머리 속에서 가라앉았다. 낮이나 밤이나 이렇게 만족할 수 있는 행복은 우리에게 준 최대의 선물이었다. 평론가는 행복한 가정의 온기가 출판사까지 이어져 보람을 느끼면서 사무를 계속했고 오늘따라 무척 기분이 가벼웠다. 잠깐 메모를 살펴보니, 철학자와 기사와의 면담 주선을 하기로 되어 있었고 거절하려다 인도주의적 입장에서, 서로 만나게 해 주는 게 좋을 것 같아 당국에 보고한 다음 기사에게 연락을 취했다. 그가 자리에 없고 해서, "자리에 돌아오면 자유 출판사의 김민식 평론가에게 연락을 주라"고 전했고 시간은 흘러 사무는 마감되었고 바쁘게 마감처리를 하고 있었고 그때에, 기사로부터 연락을 받았다. 아주 요점만 얘기해주고는 "철학자를 신라호텔 606호에 가면 만날 수 있으니 만나보고 싶으면 만나세요."라고 알렸고 "당국에 보고하기 싫으면 만나지 않아도 좋으니 알아서 하라."고 했다. "당국에는 꼭 잊지 말고 보고해 말썽이 나지 않도록 해 달라."고 권고했고 인도주의란 무엇인지, 입장이 곤란했지만, 간청을 거절할 수도 없었고 참 난처하기만 한 그는 아무리 딱딱한 세상일지라도 인간끼리 인간냄새를 풍기고 살고자 했다. 이렇게 까다롭게 푼 지나간 문제를 그만 잊으려고 가슴을 펴 숨을 몰아쉬었고 긴장과 해이가 교차되는 순간이 연이어 계속되는 가운데 살았다. 창 밖을 보니 아득하고 검은 물체들이 보였고 고요한 정적을 느끼게 하는 밤의 물결을 의식했다. 어두움을 달래줄 집이 그리워 그만 자리를 떴다. 늦게 집으로 돌아온 그는 일찍 잠자리로 갔고 아내의 따뜻한 기운에 마음이 얼음이 녹듯 녹았다. 가슴에 비가 내리고 거리에 비가 내리듯 피로와 미움이 사라졌고 가슴에 아픔과 슬픔도 사라졌다. 설레는 듯 아내의 가슴이 자신을 지탱해주는 희망이었다. 입술과 가슴과 하체가 마찰하듯, 눈감고 아내를 바라볼 때마다 행복한 기분에 빠지는 것인지, 그렇게 좋은 아내가 옆에서 존재하고 있는 것만으로도 즐거웠다. 이렇게 반복될지라도 권태를 느끼지 않았다. 연일 바빠 또 늦게 집으로 돌아왔던 그는 일찍 잠자리에 들어 자려고 했으나, 잠이 잘 오지 않아서 정신통일을 해봤고 정신통일을 열심히 했던 덕인지 잡념이 사라졌고 평온해졌다. 자고 일어나 보니 늦은 아침이었다.

사무실에 출근한 그는 사고력과 판단력을 기르고 생각하고 느낀 것을 읽어서 문맥이 서게 하고 상대방에게 공감을 줄 수 있게 하는 문장력을 기르는 습관을 어렸을 때부터 갖게 해야 좋을 성싶어 '아동 문장교육'의 글을 썼다. 너무 집중하다 보니 쉬고 싶어 동료끼리 시간을 내 웃음과 농담을 하면서 아름다운 글을 훑어봤고 마음은 순간적으로 무엇에게 동요되어 진정으로 미적 감흥을 느꼈다. 그러나 아름다운 글만 있지 않았고 세계화에 걸림돌이 되는 문제의 글이 있었다. 그러나 무엇에게 동요되어 자유롭게 상상했고 보고 싶은 책과 팸플릿은 언제나 볼 수 있었고 너무나 많아 볼 수 없는 처지이었다. 흥미위주로 꾸며진 책도 있어 즐거울 때도 있었지만 너무 지나친 책은 어색한 자태를 나타냈고 매우 즐겁고 유쾌한 자태, 즉 아름다운 정경은 각양각색의 조화를 이루었고 여기서는 행복과 향락과 망각을 상상하게 해주었다. 아름다운 모델의 반나체는 화장에 의한 것인지 치장한 옷에 의한 것인지 몰라도 흥분되게 했고 이렇게 알게 모르게 보는 즐거움이 어린이처럼 순진하지 못해 아쉬웠다. 문화는 세계화를 가져오기 쉬운 소통언어로 번역되기 쉬워 더욱 그러했다. 남보다 더 번역을 잘 한다는 자존심이 강하게 작용할 때마다 이러한 구실로 자존심을 부풀게 하기란 더 없이 민망스러웠고 자존심을 꺾고 상대방에게 양해를 요청할 적이 있었고, 매우 큰 상처와 진통을 주는 경우가 아니라면 대충 이해했다. '아동 문장교육'의 글을 완성하겠다는 집념은 어디로 사라졌는지 진 다방으로 그냥 쉬기 위해 내려갔고 다방에서 그는 반가운 손님을 만나 얘기하다가 여자 친구를 만나 얘기했고 여자와 얘기하다보면 분위기 때문인지 아내가 있는 남편임에도 불구하고 왜 여자의 하체를 물끄러미 쳐다보면서 씽긋 웃게 되는지 민망한 생각이 들 때도 있었다. 이성을 잃지 않고 원만한 생각으로 이겨나가 정상으로 돌아왔고 여자에게 사랑스런 결혼에 대한 조건을 제시하는 가운데 우리는 언제나 정말 아름답게 친구로만 지내자면서 돌아갔다. 희망을 품고 기약 없는 방랑자처럼 외로운 길을 가는 가정생활이 더 행복해지니, 행복을 가정이라는 그릇 속에 담긴 보배로 알아야 좋았다. "여자! 여자! 여자! 참 그리운 존재이지." "남자! 남자! 남자! 참 그리운 존재이지." 남자는 여자를 뒤로하고 여자도 남자를 뒤로하고 각자 볼 일을 봤다. 일에 열중하다 보면 피로가 갑자기 몰려와 쉬고 싶고 쉬기 위해 모든 것을 잊고 자리에 멍하니 앉아서 약간 졸아봤고 시간을 잡을 수 없어서 시간이 되면 집으로 향했다.

차안에서 그는 휴식처가 마련된 머나먼 곳을 향해 상상의 날개를 펴봤고 강과 바다를 꿈꾸다 보면 산도 그리워지고 산을 그리워하다 보면 출렁이는 바다와 시원한 강이 머리를 스쳐갔고 강이 있고 바람이 있고 시가 있는 낭만의 휴식처를 찾아 언젠가

가보고 싶어 했다. 자유와 사랑이 넘치는 아늑한 그곳을 향해, 건강하고 아름다운 몸을 가꾸기 위해, 한번 신나게 춤추고 멋있게 보내고 싶은 감정을 억누를 길이 없었다. 집으로 돌아온 그는 마음을 정리하고 올바르고 진실한 가치관을 심어보겠다는 각오로 유혹을 물리쳤고 우리보다 못한 가난하고 억눌린 민중을 생각해보면, 우리는 너무 행복했고, 여러모로 좋은 일을 실행해 보겠다는 착한 뜻을 갖고 싶어 했다. 사랑스러운 아내가 있고 자식이 있는 정겨운 집을 잠시라도 잊으면 인간이 아니라는 신념을 가졌다. 아내는 참 미인도 아니었고 몸매도 그저 그러한 여인이었어도 얼마나 다정다감한 여인인지 남편만이 비밀을 간직하도록 지혜와 향기를 풍기는 고상한 여인이었다.

 가정에서 직장으로 오가는 중에, 무수히 많은 일이 수없이 쏟아져 세계는 더욱 좁아지면서, 엄청나게 불어나는 일로 인해 빠른 정보는 계속 난무했다. 그런데 이상하게도 더욱 정확하게 척척 풀려나갔고 큰 고통 후에는 큰 기쁨이 있듯이 물밀 듯이 밀려오는 일도 빠르게 처리되었다. 한줌의 흙으로 돌아갈 인생들이 왜 이리도 바쁘게 설치는지 모르겠고 앞으로 가면 더욱 그러할 텐데 생각만 해도 현기증이 났다. 앞일을 단순하게 예측하기가 어려워졌고 전문화의 과정을 통해서만이 가능할는지 선배들이 남겨 논 업적으로 과거는 쉬워지고 미래는 어려워지고 있었다.

 집으로 돌아와 아내와 정겨운 시간을 가지는 낙은 무엇으로도 바꿀 수 없는 기쁨이었다. 식사를 아내와 마주보면서 자식과 함께 한다는 행복은 너무나 좋았다. 잠자리도 늘 야릇한 향기로 채워졌다. 보드라운 음성과 손길은 우리의 가슴을 설레게 했다. 가정에 너무 몰두하다보면 일에 허점이 생기는 법이라 일의 실수에 대한 편집하는 이의 지적을 받아 조심하기로 했다. 날은 또 쉴 새 없이 바뀌었고 평안히 지내고 싶었다. 고통스런 아픔에서 상대방을 이해하고 자신의 평안을 되찾기 위해 무척 애쓴 흔적은 기억에 두고두고 남았지만 당장 필요한 것은 아니었고 무더운 여름에 사무를 보기란 짜증스러웠고 권태를 느끼게 했다. 휴가를 기다렸고 누구나 마찬가지로 자유를 바랐다. 영혼의 자유와 정신의 자유와 육체의 자유를 위해 지혜를 짜냈다. 휴가를 얻어 피서를 떠나니 홀가분하고 가벼웠고 자유로운 환경을 찾아 한바탕 웃고 즐겼다. 쓰라린 머나먼 추억을 깨끗이 청산하고 건강과 행복을 누리고 싶어 바다와 함께 노래했고 출렁이는 바다소리에 사르르 잠이 들었다. 아내도 어느새 바다가 되었다. 아내와 자식과 함께 시간 가는 줄도 모르고 지내다가 짙은 향락에 빠졌다. 며칠을 즐겁게 보내다보니 한결 가벼웠고 바다가 고향처럼 느껴졌고 너무 나태해지고 보니 걷는 것도 싫어졌다. 좀 더 쉬자는 마음을 가지는 피동적 생각이야말로 지성인으로서 참 나약한 생각임에도 불구하고 하루를 더 쉬니 육체에 이상이 오기 시작했고 나른한 육체에다 무기력이 겹치니 휘청거렸고 불쾌감에 젖었다. 인간의 체력은 한계가 있어서 그 이상 적당하지 않으면 고장이 나는 기계처럼 되었고 이러면 안 되겠다는 생각이 들어 가벼운 체조로부터 시작하여 서서히 동작을 크게 해봤다. 규칙적 습관이야말로 건강을 유지하는데 중요하구나 하는 체험을 갖게 되었다.

절제하는 지혜가 필요하고 방황하지 말고 결단하는 의지를 갖는 이성이 있어야 다시 돌아와 정상대로 행동하게 되는 것 같았고 돌아온 그는 계획대로 활동하기 위해 노력했다. 아무리 욕심을 부려도 안 되는 세상임을 자각하고 명예욕과 출세욕과 탐욕과 정욕을 절제하기로 했다. 주도적 문화를 펼칠 수 있는 기회로 만족해 욕심을 품지 않기로 했다.

사랑의 방식이 현저히 다른 현진과 김 평론가와 큰외삼촌은 인생의 교차를 몸소 체험했다. 현진은 지도적 역할을 하는 김 평론가와 달리 남의 창작물을 선전하는 입장에 있었다. 혼자 살지도 않고 그렇다고 바람둥이로 살지 않은, 순결하고 건강한 김 평론가는 의식주문제를 해결해 남에게 아쉬운 소리를 하지 않았다. 현진은 착실하게 사는 김 평론가를 동경할지라도 주변의 환경이 너무 애처로워 절망 속에 빠졌다. 아쉬운 소리를 하지 않기 위해 발버둥치면서 험난한 인생을 극복했다. 그는 공상을 좋아해 아내가 없어도 떠오르는 여인의 나체를 지우려다가 지우지 못해 양심의 갈등을 가졌다. 사랑하면 기억력보다 무섭게 작용해 욕망의 굴레에서 벗어나지 못했다. 왜 여인의 아름다운 부분만 머리 속에 깊이 남는지 몰라도 아! 여자는 일단 아름다워야 남의 시선을 끌었다. 신비스러운 남녀의 상상은 언제까지 계속될까하는 의아심 속에서 인간의 저질적 속성에서 벗어나지 못한 속물근성이 미웠다. 아무리 발버둥쳐도 욕망의 근성을 바꾸지 못해 잔잔한 물결 속에서 애무를 느끼면 되겠지 하는 안일한 성도덕을 품고 용서와 자비만을 구했다. 그의 큰외삼촌은 실제적으로 여자를 체험할 만큼 했어도 그렇게 행복해 보이지 않앗다. 잘생기고 실력이 있어도 우유부단해 결단력이 없으면 인생을 즐기다가 허무 속에 빠지구나 하는 느낌이 확 들었다.

명섭은 광주고향에서 일어난 엄청난 비극을 알면서도 모른 척했다. 선문은 1980년의 5월 민중항쟁의 교수협의회 회장을 하다가 감옥에 갇히고 교수직마저 빼앗겼다. 얼마 되지 않아 풀려났지만 할 일이 없어서 설레는 시대를 품고 서울에 올라와 옛 친구인 명섭과 만났다. 서로 할 일이 없는 터이라 다방에서 지나간 얘기를 나누었고, 선문은 "너 예전에 내가 잘 아는 애라와 살지 않고 이혼녀인 박 마담과 사는지 정말 사랑이란 모를 일이야? 하면서 안타까워했다. 명섭은 "지금은 박 마담이 박씨가 아니고 박미순이 동성동본은 혼인신고를 할 수 없다고 해 경기도 양주군 화도면장의 양녀로 입적해 이미순으로 바꾸었고 지금 이씨로 되어 있는 처로 그저 그래."라고 설명을 하고 나서 한참 멍하니 생각에 잠겼다. 그의 눈에는 눈시울이 적셔 있었다. 선문은 명섭에게, "너 대단한 연애를 했다." 명섭은 별로 생각하고 싶지 않는 표정을 지으면서, "우유부단한 나로서 여자에게 끌려간 신세로, 후회를 하지 않지만 부끄럽기도 해."했다. 선문은 의아한 표정을 짓고, "나는 네가 장면 정권 때 장면의 비서로 들어가 뭐 한가락 할 줄 알았어."했다. 명섭은 아찔한 심정을 내보이면서, "5.16쿠데타가 없었으면 한가락을 할 수 있었지만 다 지나간 일이 아닌가?"했다. 선문은 지그시 눈을 감고서, "나는 네가 학창시절에 나를 돕고 다른 친구들에게 많은 적선을 해 분명히 잘 될 줄 알았어."했다. 명섭은 이상한 표정을 지으면서, "아니야, 다 여자 때문이야, 여자는 참 요상한 존재야."했다. 선문은 만족한 기분을 가지고, "나는 소박한 고향후배를 만나 순결하게 살았어. 내 처는 너무 정결해 멋있는 연애를 못해 봤지만 은근한 정이 듬뿍 담겨 있어."했다. 명섭은 다섯 여인을 거쳐 사랑해본 터이라 친구의 소박한 사랑이 너무 그립기도 했다. 가끔 만나기로 하고 둘은 헤어졌다.

어두운 시국이 점차 풀려 기지개를 펴기 위해 민주인사들은 새벽을 기다렸다. 선문 선배, 태수 후배, 현진 후배는 변화시대에 민주주의를 위해 각자 주어진 환경에서 열심히 투쟁했다. 그래도 태수는 먹고사는 문제에 부딪혀 한국은행에 복직해 살면서 기회를 봐 반기를 들고자 했다. 마누라가 한국일보 기자이라서 마누라의 적극적인 호응을 받았다. 그는 너무 억울하게 죽은 이를 생각할 때마다 자신의 비겁함을 용서해달라고 속으로 반성하면서 더욱 열심히 일을 충실하게 했다. 현진은 건강해지고 싶은 의지를 가지고 일상생활보다 치우친 절제생활을 많이 하면서 대충 일을 하고 살았다. 그의 성실성과 정직성이 지나치게 절제의 길을 가져와 몸의 건강을 위해 술, 담배, 커피, 콜라를 하지 않았고 조용히 쉬었다가 연약한 몸이 우선해지니까 과거에 했던 회사의 일을 다시 했다. 암울한 시대에 사는 고통 속에서 회사의 일을 했고 먹고살기 위해 꾸준히 일을 하고 살았다. 그는 좋은 세상이 언제 오려나. 기다려도, 한없이 세월은 흘러갔고 의로운 벗과 친구는 위험을 무릅쓰고 민주화의 대열에 동참했다. 태수는 법률적 자유인이 되기 위해 노력한 끝에, "정치를 구성하고 운영하는 권리로서의 참정권, 정치적 집회, 결사활동의 자유는 인간의 생활을 위한 수단으로서의 제도이다."는 일반적 정치 법률의 상식을 가졌음에도 불구하고 정부로부터 짓눌림을 받는 고통을 간직하고 말아 좋은 세상이 언제 오려나. 기다렸다. 현진은 태수와 달리 법률상식이 부족해 용기를 가지다가 경찰만 보면 용기를 잃는 나약한 존재이라서 회사에서 환영을 받는 존재이었지만 회사가 정부의 압력에 시달려 그에게 많은 불이익을 주었다. 그는 어느 날 갑자기 회사로부터 엄청난 압력을 받아 또 경찰서의 신세를 질 뻔했어도 경찰이 벌벌 떠는 모습을 보고 가련해서 풀어주었고 인권에 대한 저항이 학생들로부터 일어나니까 자신에 대한 감시가 소홀해지면서 자유의 몸을 지킬 수 있었다.

그는 혼자 사는 몸이라 동료인 여자로부터 결혼하고 싶다는 제의를 받았지만 왠지 질겁했다. 그녀의 기분을 상하지 않게 하기 위해 독신주의로 평생 살기로 했으니 다른 남자를 찾아 아름다운 결혼을 해달라고 했다. 그는 지현의 얼굴이 떠올라 미칠 지경이었다. 남의 여자인 그녀가 왜 자신을 얽어매는지 모르겠다. 한참 정신을 차린 후에 영화 속으로 자신을 몰아갔다. 혼자 영화를 보는 고독한 인생을 즐겼다. 왜 영화 속의 여주인공은 혼자 사는 자신을 꽉 잡아 옴짝달싹 못하게 하는지 모르겠다. 이렇게 상상의 여인을 마음속에 품고 사는 어리석은 존재로 사랑의 미로 속을 헤맸다. 그가 아는 여자 주인공이 한둘이 아니었다. 공상과 상상과 영화의 환상이 뒤섞인 머리 속은 실제와 달라 공허한 사랑의 유희에 불과한 망상에 빠졌다. 정신은 남자와 여자, 누구와 사랑의 깊은 정을 나누어도 허용되는 자유이었고 육체는 남자와 사랑의 깊은 정을 나누면 안 되고 여자와 사랑의 깊은 정을 나누되 법에 정해진 한 여자와 사랑의 깊은 정을 나누게 해 한정된 자유만을 허용했다. 정신의 자유는 마음대로였고 뜨겁게 사랑해도 상관이 없었고 육체의 자유는 자유가 아니라 차갑게 사랑하지 않다가 꼭 한 여자와 뜨겁게 사랑해야 했다. 사랑은 아름다워야 정신과 육체를 만족시켜 인생의 보람을 느끼게 했다. 그리고 사랑의 열매인 자식이 있어야 만족이 배가되어 순탄한 인생이 이루어졌다.

현진과 민식은 이 시대에 대해 대처하는 방식에서 판연히 달랐다. 현진은 죽음을 각오해도 비겁했고 민식은 죽음을 각오하지 않고 비겁하지 않았다. 현진은 체제에 대한 식견이 유달리 강해 체제에 대한 예측까지 해냈다. 민식은 현진과 달리 언어실력이 대단해도 체제를 몰라 열심히 책과 정보를 통해 알아냈다. 평론가는 생각했고 '체제의 원칙'을 발견하고 싶어 했다. "평론가로서 긍지를 가지고 문화와 자유의 책임을 지는 사명 자가 되어 영광스런 자유를 누리고, 서로 사랑해보고 사랑해보자." 그는 체제와 자유에 대해 더욱 몰두하게 되니 정신이 몽롱해졌고 정신을 차리기 위해 산보를 나갔다. 평안해지는 마음으로 며칠 동안 체제를 정리해보니 원칙적인 공식이 흥미롭게 구성되었다. 자유와 정의가 이루어질 수 있는 공식이 구성되니 깨끗한 마음을 소유하게 되었다. "얼마나 기다리던 것이었던가?" 과장 없이 진실하게 표현하고 싶었고 진리를 사랑하고 친구를 사랑하여 미움이 있는 곳에 사랑을 심고 싶었다. "의혹이 있는 곳에 신앙을 심자. 성실하게 사는 이웃과 함께 평화를 동경하고 꿈꾸며 미래의 행복을 설계하는 시인처럼 영롱한 생명 빛을 가지고 가식 없는 대화를 나누며 진리와 진실이 세상 악을 고쳐나가고 고통을 이겨나가는 지혜로 멋있는 착한 세상을 몸으로 채워나가자." 시간이 흐르고 복잡해질수록 세포 분열하듯 헤아릴 수 없는 정보와 지식이 만발하고 있지만 아침에 조용히 묵상하다 보면 단 한 가지 원천이 있을 뿐이었다. 그 원천을 찾는데 확신이 없으면 상념과 공허함에 빠지는 혼란과 방황을 겪기도 했지만, 그러나 오직 하나 그 존재를 인정했다. "세상 악이 도사리고 있는 시내 한 복판에서, 무엇을 생각하고 써야 올바로 증거를 하는 것이 될 것인가?" 망설일 겨를도 없이 마구 증거를 하는 습성을 지닌 가운데 세상 악을 고쳐 나가고 있었다면 한편으로는 다행스런 일이라 할 수 있었다. 약간의 변화와 수정이 항상 따르는 가운데 고집은 사라졌고 차근차근 정돈이 되어 깨닫게 되었다.

그는 아내에게 물어봤다. "인간은 왜 사는 것일까?" 아내는 "우리가 사는 것은 열심히 사랑하라는 것이지요."라고 대답했다.

"사랑만 가지고 어떻게 살아요?"

"사랑하면 충분히 살 가치가 있어요."

"우리가 늙어 병들어 죽게 되면 어떻게 해야 할까?"

"걱정도 많구려, 사랑하면 죽음이고, 병이고 별게 아니라니까요."

"정말 그럴까?"

"사랑은 죽음 이후에도 분명히 계속되어요."

그는 사랑하면 되는 것을 왜 이렇게 걱정을 했나 싶어서 사랑을 머리 속에 그려봤다. 아내의 얼굴이 떠오르다가 아내의 가슴이 떠오르다가 하나가 된 몸이 떠올라 간지러워졌다. 사물에 대한 집착에서 벗어나 존재에 대한 집착으로 존재에 대한 집착에서 벗어나 이념에 대한 집착으로 전개하다 보면, 고독의 세계에서 우주는 하나로 통합되었고 일체화되었다. 사랑은 열병에 의해 자라고 정의는 고문에 의해 자라는 것 같았고 사랑은 현실을 뛰어넘어서 영원히 존재하고 정의는 현실과 더불어 존재하는 것 같았다. 그가 설레는 시대를 품고 인간의 자유를 증거하고 싶을 때, 표현하기만 하면 경찰의 수사를 받고 조사가 끝나면 진술서를 썼다. 몇 번 수사를 받고 나면 요령이 생겨 잘도 피해나갔고 조심성이 생기니 소심하게 된 것 같아 무척 얄미운 생각이 들었다. 그의 아내는 물 조심, 불조심, 차 조심, 말조심, 글 조심을 하라고 밥 먹듯이 얘기했다. 그럴지라도 자신에 대한 분노와 반성이 뒤얽혀 어처구니없는 오해와 착각이 일어났고 이 외로운 투쟁에서 승리하는 길만이 최선인 것 같아 거울을 쳐다보고 깨끗하게 예쁘게 단장해 나갔다. 엄청난 비극이 사라지고 광명의 빛이 전개되었고 희열과 기쁨을 감출 길 없어 강렬한 사랑을 발산했다. 마음의 사랑은 깊어지고 그 마음이 아내에게 전달되니 아내도 흡족해했다. 그 날 밤은 유난히도 깊었다. 아름다운 부부 사이의 행복은 이웃에게 큰 보람이었고 사랑의 미소와 덕담은 세상을 환하게 만들었다. 부부만이 아는 신비의 향기가 진동할 때마다 꽃의 향기처럼 아름다운지 젊은 청춘이 따로 없었다. 아름다운 노래가 흐르는 달콤한 속삭임은 그들만의 행복이었다. 아! 청춘이 다시 일어나는 환희와 기쁨은 즐거움을 더했다. 언제까지 영원까지, 순간의 영원함이 이루어지는 행복은 무엇과 바꿀 수 없었다. 맑은 호수처럼 아름다운 꿈은 이루어지고 새벽이 올 때까지 깊은 수면을 왕래했다. 큰 소리로 웃고 농담을 섞은 조미료 같은 인생에게 기분이 좋아지는 약은 바로 깨끗한 산소이었다.

8

어설픈 사이

　약간 유명해진 평론가는 사무실에서 윤현진으로부터 '진실과 가식의 메시지'를 편지로 받았고 참 모를 일은 그가 교수인지 작가인지 전혀 알 길이 없었다. 이상적 사고로 '진실과 가식의 메시지'를 어설프게 풀어봤다. 그러나 '진실과 가식의 메시지'에서 좋은 교훈을 얻었다. 그럼에도 불구하고 응답을 하지 않았다. 상대방을 무시해서가 아니라 응답을 요구하지 않고 있었기 때문이었다. 정말 좋은 의견이 떠오르고 있었고 표현하기에 곤란을 느끼면서 원칙이 바로 이것이다. 라고 확실하게 기록할 수 있었다. 그로부터 받은 '진실과 가식의 메시지'를 정리하여보니 원칙이 '4가지 공식'으로 분류되었고 '4가지 공식'은 다음과 같았다. 우주와 국제와 국가와 공공이었다. 이 원리는 진리에 뿌리를 두고 자유 위에서 기록했다. '4가지 공식'의 여러 가지를 분석해 보면 우주가 적게 다루어져 있고 국제가 적게 다루어져 있고 국가가 많이 다루어져 있고 공공이 적게 다루어져 있었다. 그는 현진의 의견을 정리해보지만 추상적 관념이 강하게 작용하기 때문에 이것은 가식일 수도 있었다. 평론가의 의견과 현진의 의견이 다를 수 있었으나 진실의 편지를 이해하려고 평론가는 사랑과 지식과 겸손과 권위가 있는 도서관을 찾아 풀어 봤다. 작가의 심정과 독자의 심정이 혼연일체화가 되길 바라면서 상상하기도 했다. 그는 현실로 돌아와 사무를 보기 위해 분주히 활동했다. 목표가 뚜렷한 인생을 가기 위해 어려운 현실을 개척했다. 강인한 의지로 성실하게 말할 수 있는 기회가 주어진다면 좋겠지만 외부요인에 의해 자주 막혔고 장애가 너무 많아 어두운 그림자가 도사렸고 잡다한 사상은 우리를 억눌렀다. 그러나 여기에서 해방되는 기회가 오도록 선구적 지도자로서의 해야 할 책임을 느꼈고 지도자의 자질을 높이려고 열심히 노력했다.

자유와 진실이 태양처럼 떠오르고 포옹하는 듯 사랑은 움트고 넌지시 미소 짓는 도시의 보금자리를 향해 친구나 선배나 어른이면 누구나 순결한 부인의 나상을 찾았다. 그는 물거품처럼 되는 환상의 세계에서 벗어나 온전히 자유롭게 되길 스스로 고대했다. 그는 사가보다 교수보다 더 나은 아내를 얻어 행복을 누리고 사는 것이 너무 송구스러웠다. 사가는 늙은 아내와 재미도 없이 살면서 자식의 결혼생활을 지켜보고 살았고 교수의 아내는 연구에 지친 남편보다 자식을 사랑하고 살았다. 그는 밤에 아내와 더불어 즐겁게 지냈다. 아내는 사랑해요. 하기를 좋아해 그 말을 밥 먹듯이 했다. 아내도 따라서 했다.

"사랑해."

"사랑해, 사랑해."

사랑한다는 말처럼 좋은 말이 없었다. 사랑하면 그만큼 생명이 만들어져 피곤함과 짜증과 스트레스를 모두 날려 보냈다. 사랑의 힘이 이렇게 대단한 줄 몰랐다. 적당한 사랑은 너무나 필요했고 사랑을 주거나 사랑을 받거나 하는 시간이 적절하게 배분될수록 활력이 넘쳐났다. 사랑만 하고 살 수 없듯이 생각만 하고 살 수 없었다. 그래도 어느 정도 생각하고 살아야 했다.

그는 교수를 만나 '4가지 공식'의 여러 가지를 은근히 설명하고 싶어서 전화로 진 다방에서 만나기로 했다. 다방에서 만난 그들은 이 얘기, 저 얘기를 하다가 그의 이상한 설명을 듣게 된 교수는 고개를 갸우뚱하면서 야릇한 표정을 지었다. 국제 세미나의 외국 기자로부터 받은 감명과는 너무 대조적이라고 했다. 그는 "조용한 우정 다과점에 가서 다시 얘기하자."고 했다. 다방에서 다과점으로 자리를 옮겨 진지한 자세로 우유와 빵을 들면서 '4가지 공식'의 여러 가지를 분해하듯 따졌다. 그는 부드러운 마음으로 조직과 선전에 집중하여 해명해 나갔다. "조직은 단체를 구성하는 각 요소가 결합하여 유기적인 움직임을 갖는 통일체이지만 선전은 어떤 사물이나 생각 등을 많은 사람에게 퍼뜨려 인식시키는 일이므로 조직은 머리요, 선전은 꼬리요. 라고 할 수밖에 없지 않소? 내용이 없는 형식은 가식에 불과해요."라고 얘기했다. "우주에서는 조직으로 집약되어져 유일한 신앙을 가지는 길만이 올바른 길이오."라고 주장하나, "공공에서는 조직이나 선전이나 별로 차이를 두지 않고 적성과 취미에 따라 활동해도 무방해요."라고 주장했다. 교수는 "너무 우주와 공공의 차원에서 얘기하면, 합리적 이성으로 이해할 수 없으니 구체적으로 분해해보자."고 하면서 따졌다. "우주에서, 종교를 다루고 기독교는 조직이고 힌두교는 선전이다. 라고 가정할 수 있겠소?"하고 물었다. 그는 "기독교는 신의 경지로 조직되지만 힌두교는 자연의 경지로 선전되어요."라고 대답했다. 교수는 "신의 경지와 자연의 경지가 다른 점과 조직과 선전의 다른 점이 무엇인지 모르겠소."라고 하면서 의아해했다. 그는 "신은 조물주로서 주인이니 조직이고 자연은 피조물로서 종이니 선전이요."라고 분명히 얘기했다. 교수는 "좀 이해되어요." 라고 하면서 우주에서 국제로 넘어갔다. 그는 "국제에서, 평등을 다루는데 인간평등은 조직이고 지역평등은 선전이다. 라고 가정할 수 있겠소?" 하고 물었다. 평론가는 "인간평등은 인간의식이 작용하여 조직을 이루지만 지역평등은 지역의식이 작용하여 선전을 이루어요."라고 의미 있게 대답했다. 교수는 속으로 '여기서도 인간은 주인이니 조직이고 지역은 종이니 선전이다.' 라고 얘기하겠지 하고는 국가로 넘어갔다. 그는 "국가에서, 강약을 다루고 민주 정치와 자본경제의 복잡한 상호관계를 다루지만 어떻게 이해할 수 있겠소?"하고 물었다. 평론가는 "국제와 공공의 조건이 조화되면서 정치와 경제가 서로 보완되고 있으며 같은 속성 계열의 정치와 경제가 합쳐지는 경향이 짙으므로 기본의 군주정치와 자본경제를 토대로 해서 합쳐지는 경향이 있겠죠." "자유정치를 민주 정치로 보고 방종정치를 민생정치로 보고 공평경제를 수정경제로 보고 균등 경제를 공산 경제로 볼 수 있겠죠. 서로 친한 정치와 경제가 결합할 수 있겠죠. 민주 정치는 수정경제와 친하니까 밀접한 관계를 맺을 수 있게 되고 기본의 자본경제는 여러 정치와 매개역할을 잘 하니까 민주 정치와 매개체로서의 자본경제가 어울리게 되겠죠."라고 설명하고 나서, "자본경제가 없던 고대의 봉건시대처럼 자본경제를 무시할 수도 있겠죠."라고 대답했다. 교수는 "정말 어렵군! 역사적 배경과 시대적 배경에 따라 자유로운 민주정치와 자본경제가 관계하겠지요?"하면서 그냥 공공으로 넘어갔다. 그는 "공공에서, 학생을 다루는데 학생회와 의료조합이 많은 공공단체 중에서 대표될 수 있겠소?"하고 물었다. 평론가는 "학생회는 귀족 회에 비하면 크고 군중을 대표하는 주인이라 할 수 있고 공공단체 중에서 기초가 형성되어 문화를 간직함으로 누구나 공감하고 있고, 의료조합은 복지조합보다 더 공공활동을 하지만 주인 감각이 약하여 공공참여를 수동적으로 하고 있어요."라고 대답했다. 그는 한숨을 내쉬면서 "종교의 종류와 체제의 종류와 학과의 종류를 알지 못하는 민중에게 이해되어질까?"하니까, 평론가도 동시에 한숨을 내쉬면서 이해해주길 호소했다. 그리고 서로 마주보면서 빙그레 웃었다. 교수는 평론가에게 "사가의 의견은 어떠한지 그의 의견을 알아봐요."라고 했다. "서로 의견이 합쳐져야 하지 모른 게 많아 안 되겠소."라고 하면서, 소감을 회피했다. 교수는 그에게 다시 졸랐다. 그는 "좋소."라고 응답하고서, "다음에 또 만나자."고 약속을 한 후 헤어졌다.

깨끗하고 아름다운 삶을 살아드리고 싶은 충동이 일어나 견딜 수 없었다. 만나고 싶은 연인들의 세계가 펼쳐질 환락의 무드는 머리를 스쳐갔다. 몸부림치다 지쳐버린 짜릿한 시간은 지나갔고 활기찬 축복의 날이 어김없이 왔다. 기분전환을 하기 위해 평론가는 YMCA 회관에서 집회가 가끔 열리는데 거기에 참석해보고자 어수선한 책상을 정리하고 전화를 걸어 시간을 알아봤다. 부드러운 음성의 여사무원으로부터 "저녁 시간에 집회가 열려요."라고 알려주었다. 교수와의 의견을 합치자는 묵시적 약속이 있었고 그래서, 교수한테 전화를 걸고 사가한테도 전화를 걸어 유명한 집회가 있는 YMCA 회관에서 만나기로 했다. 그는 이번 기회에 새 원칙이 이해되길 바랐고 체제의 진실과 윤현진의 위대성을 널리 전파해서 진리의 새 발견을 통해 새 시대의 창조가 이루어지길 바랐다. 저녁 시간을 기다렸고 그 시간은 유난히 길게만 느껴졌다. 회관에 먼저 가 기다리기로 작정해 일찍 가 기다렸고 두 친구가 나오지 않아 약간 고독하고 심심했다. 한참 있으니까 교수가 나오고 얼마 안 되어 사가도 나왔다. 서로 반갑게 인사했다. YMCA회관 안에는 여러 사무실과 강당이 있었고 우리는 이층 강당 쪽으로 바삐 올라갔다. 강당 안에 들어서니까 자리가 꽉 차 있었고 자리 잡기가 좀 불편했다. 간신히 찾아 앉은 우리는 사회자의 발표자 소개와 발표자의 인사를 받고 눈을 스르르 감았다. 집회에 참석한 청장년들은 대단한 열망을 가지고 진지하게 경청했다. 우리 셋은 눈을 크게 뜨고 발표자를 향해 응시했다. 발표자의 강론은 강력하고 예리했다. 모두 신의 존재를 인정하는 입장이라 발표자의 신념을 부인하지 않았지만 체제에 대한 도전은 외길 인생으로 옥고를 치른 탓인지 굉장했다. 평론가는 '좀 지나치네.'라고 속으로 다짐하면서 고개를 떨어뜨렸고 한동안 생각하다가 다시 경청했다. 용기 있는 달변에 감동된 청중은 발표자에게 박수갈채를 보냈고 흥분하고만 젊은이는 어찌할 바를 몰라 해 했다. 그가 세계역사의 진실을 비유로 표현하고 집회를 끝내자 젊은이는 흥분했고 흥분한 젊은이와 뒤섞여 요란해진 군중을 해산시키려고 경찰이 벌써 대기했다. 교수는 사가에게 말을 건넸다. "시끄러워진 모양이에요, 슬그머니 빠져나가는 것도 우습고 그러니 조그만 저 빈 집회 실에 들어가 평론가와 함께 얘기나 주고받읍시다." 사가는 "동의하네."라고 하면서 조용한 집회 실로 들어갔다. 서로 안부를 물었는가 하면 부인과 자녀에 대해 묻기도 하고 건강과 행복에 대해 묻기도 했다. 아직 크게 출세는 못했지만 그런 대로 권위 있는 삶과 부인과 자녀의 따뜻한 사랑이 오가는 훈훈한 정을 느끼는 가운데 있다고 얘기했다. 교수는 사가에게 "평론가가 이상야릇한 공식이라는 원칙의 기준에 대한 식견을 가지고 있으니 의논을 해봐요."라고 권했다. 셋이서 '4가지 공식'의 여러 가지를 검토해봤다. 교수는 다시 훑어보면서 무언가 사색하고 눈을 가늘게 뜨면서 반복해 읽어봤다. 그는 사가에게 "애매한 점이 한두 가지가 아닌데, 그의 의견은 어떠한 지요?"하고 물어봤다. 사가는 "난해한 점이 있으나 결국에 그렇게 되는지 안 되는지는 기다려보는 수밖에 없네."라고 하면서 평론가에게 몇 가지를 물어봤다. "우주에서, 윤리를 다루는데 문예부흥과 문물운동에 대한 역사적 고찰을 설명할 수 있겠는가"하고 물었다. 평론가는 "문예부흥은 신본주의에서 인본주의로 되면서 더욱 인본주의에 빠져들고 중세에서 근대로 변천하는 과정에서 일어나는 현상이고 문물운동은 봉건주의에서 유신주의로 되면서 더욱 유신주의에 빠져들고 근대에서 현대로 변천하는 과정에서 일어나는 현상이요."라고 대답했다. 그는 "역사적 필연성이 폐쇄에서 개화로 전환하는 것은 틀림없지만 서양과 동양의 차이점에서 오는 갈등이 있고 근본적으로 해결할 수 없는 역사의 시대성이 있는 것이므로 좀 더 연구해야 할 거야."라고 얘기했다. "국제에서, 인류를 다루는데 국제적 인류는 청교도 혁명과 문화 혁명과 회교 혁명과 관계한다는 혁명적 사고가 무엇인가?" 대체적으로 긍정이 가지만 편협의 의견일 수 있다는 생각이 들었다. "국가에서 군사혁명에서 시민혁명을 거치고 농민혁명에서 노동 혁명을 거치고 학생 혁명에서 언론 혁명을 거칠 것이라는 혁명적 사고가 무엇인가?" 시대적 인식이 되지만 핵심이 아닐 수 있다는 생각이 들었다."공공에서 산업 혁명 즉 1차 산업에서 2차 산업으로 진행함과 관계한다고 하는 역사적 진행을 증명할 수 있겠는가"하고 물었다. 평론가는 "청교도 혁명은 영국에서, 문화 혁명은 중국에서, 회교 혁명은 이란에서 일어난 사건이고 군사 혁명은 고대에서 일어난 사건이고 시민 혁명은 프랑스에서 근대 중산층 기반에 의해 이루어진 사건이고 사상 책에서 증명해주고 있고 농민 혁명은 근대에서 일어난 사건이므로 역사책이 증명해주고 있으나 점진적 진행을 하고 있고 노동 혁명은 봉건 제도를 타도한 독재이고 학생 혁명은 장기집권에 도전한 국민광장이지만 언론 혁명은 다중 사회의 자유로운 승리를 미래에 약속해 줄 수 있는 기대로 가득 차 있으므로 현대의 생동하는 방송이 규명해주고 있고 산업 혁명은 즉

1차 산업인 농업에서 2차 산업인 공업으로 변천하고 있어요."
라고 대답했다. 그는 "혁명의 종류가 많지만 역사적 나열로 특
징지으려는 것이므로 좀 더 연구해야 할거야."라고 얘기했다.
"국가에서, 체제를 다루고 국가와 체제의 변화에서 진보와 관
계한다. 고 하는 진보발전의 경우에, 어디다 근거를 두고 있는
가?"하고 물었다. 평론가는 "한국이 개량 체제에서 헌법 체제를
거쳐 미래에 민주 체제로 변화하고 있으므로 차차 약한 체제에
서 강한 체제로 진보 발전하고 있음을 알 수 있어요"라고 대답
했다. 그는 "역사는 돌고 도느냐? 또는 진행하느냐? 하는 문제
가 있으므로 좀 더 연구해야 할거야."라고 얘기했다. "공공에
서, 주민 해방에서 감독정치를 거치고 주민 해방에서 민생정치
를 거치게 되고 마을운동에서 개량경제를 거치고 마을운동에서
수정경제를 거치게 된다는 진보 형태를 어디의 초점에 맞추어
본 것인가?"하고 물었다. 평론가는 "주민 공공기반 위에 감독정
치가 형성되고, 감독정치가 더욱 진보되어 주민 공공에서 농민
공공을 이루면서 민생정치를 형성하므로 주민 공공의 성숙으로
민생정치가 전개되고, 마을 공공기반 위에 개량경제가 형성되
고, 개량경제가 더욱 진보되어 마을 공공에서 의료 공공을 이루
면서 수정경제를 형성하므로 마을 공공의 성숙으로 수정경제가
전개될 것이요."라고 대답했다. 그는 "수정경제를 어떻게 예견
하여 마을 공공의 성숙으로 보는지, 맞고 틀리는 것은 미래문제
이므로 좀 더 연구해야 할거야."라고 얘기했다. 그는 "현실 표
현보다 이상 표현이 강하게 풍겨 자유로운 의견으로서 가치가
있으나 도대체 평론가답지 않게 웬일이야?"하니, 평론가는 망

설이다가 입을 다물고 말았다. 교수는 "자유스런 분위기가 조성되는 국가가 그리워지는 시대이니 만큼 모든 의견은 정보의 자료가 되어 자유토론의 집회가 항상 계속되어야 멋있고 아름다운데, 모를 일은 각자의 마음가짐인 것 같소. 체제와 자유가 움트는 이 방에서 조용히 자신에게 반성의 기회를 주고 따뜻한 화제를 끊임없이 되풀이하는 습성을 기르고 싶소."라고 얘기했다. 평론가는 교수와 사가에게 양해를 구하면서, "소감이 어떻소?"하고 물어봤다. 교수는 "여러 번 읽어보면 알겠지만 생소한 표현이라 약간만 이해 되요."라고 하면서, "다음에 좋은 화제가 있고 모임이 있으면 다시 만나자."고 얘기했다. 사가는 어느 정도 이해될 수 있다는 표정을 지으면서 교수에게 "논리적 차원을 넘어선 체제적 체험에 의한 신념이야."라고 얘기하니 교수도 역시 이해될 수 있다는 여유를 보이면서 웃었다. 폭풍이 부는 듯한 밖의 광경은 점차 잠잠해지고 침묵만이 흘렀다. 시간이 많이 흘러, 사가가 "자리에서 일어나 나갔으면 좋겠어."하니 모두 집회 실에서 터벅터벅 계단을 통해 내려갔고 유난히 다정해 보이는 듯 얼굴이 가로등 빛에 반사되어 환해졌다. 세 친구는 "다음에 만나세."하면서 굳은 약속을 하고 난 후 뒤돌아보며 택시 정류장을 향해 갔다. 늦은 탓인지 빨리 재촉해 집으로 향했다.

평론가는 집에 도착한 즉시 아늑한 방으로 들어갔고 체제를 정리해봤다. 더 다듬고 수정해봤다. 포근한 잠자리에 들어가고 싶어 아내와 함께 잠자리로 들어갔고 마음에 물이 출렁이듯 폭신폭신해 아늑했다. 기나긴 여름은 지나가 버렸고 용광로처럼 타오르는 열정과 환희가 저녁노을을 빨갛게 물들이듯 황홀하고 찬란했다. 새벽 햇살이 느른한 몸을 깨우듯 기지개를 펴게 했다. 청춘의 원대한 꿈이 물거품처럼 사라진지 오래이었고 다만 틀에 박힌 생활 속에서 진정한 자유가 와 닿는 시절에 자유를 키우고 지키는 정신을 보배처럼 간직하고 싶었다. 자유가 주변에서 저 멀리 메아리쳐가길 누구나 갈망하듯 이상 세계에서 현실 세계로 나타나 우리 가운데 우뚝 섰다.

　사무실에서 일하다가 이글이글 타는 낮을 관조하기 위해 자리를 비웠다. 시간은 자꾸 흘러갔고 자리를 지키기 위해 또 다시 같은 일을 반복했다. 일의 재미가 노예나 거지의 군상으로 가득한 환상으로 인해 있는 둥 마는 둥 그냥 그랬다. 아픈 마음을 위로하고 괴로움을 떨쳐버리는 것은 콧노래를 부르는 방법이 최고라, "흥얼흥얼" 하면서 기분을 전환했다. 자유인은 자신의 자유와 더불어 이웃에게 자유를 줄 수 있어야 하므로 자유와 방종이 명백하게 구분이 되어야 했다. 체제는 자유를 비판할 수 있는 자유까지 연상해 생각했다. 정치와 경제의 핵심으로 이루어진 체제는 많은 체제 중에서 집중력이 강했다. 핵심을 다루어도 체제가 돈을 직접 챙기지 못해 돈에 대한 아쉬움을 품고 살았다. 평론가가 쥐꼬리만한 월급을 타 아내에게 갖다 주면 아내는 바가지를 긁었다. "당신, 너무 월급이 적어 쓸 것이 없어요?" 하고 투덜거렸다. 그러나 그는 중산층으로 그저 그렇게 산다면서 우리보다 더 못한 사람을 바라보면서 살자고, 아내를 달랬다. "영세민을 접해보면 너무 불쌍한 사람이 많아. 그 사람과 비교하면 아무리 어려워도 참을 수 있어."라고 했다.

　"그렇게 따지면 어떻게 해."

"그래도 우리는 절약하면 필요한 물건을 살 수 있지 않는가."

그런데 어느 날 그는 밍크코트를 사온 사랑하는 아내를 향해 투덜거리면서 다투었다. 싸우더라도 밥상을 엎으면 손해나니까 안방으로 들어가 남과 이웃이 듣지 못하도록 하기 위해 베개를 던지면서 싸웠다. 서로 상처가 나면 손해이니까 감정보다 이성으로 싸우면서 여유도 없는 우리 주제에 사치를 하지 말자고 부탁했다.

그는 서재로 가 한참 세상을 한탄하다가 자신의 부족 때문에 아내가 고생하나 하는 생각이 들어 괴로웠지만 자유로운 사고를 즐기기 위해 깊은 사색을 했다. "체제와 자유는 오묘한 관계를 맺는다. 체제는 자유로울 수만은 없다. 자유는 정신을 지배할 수만은 없다. 체제와 자유는 끊임없이 밀고 당기면서 전진하고 있다. 문화는 창조되고 체제는 발전한다. 체제는 자유문화에서 꽃을 피운다. 자유는 이상과 현실을 직시하고 체제는 현실보다 이상을 지향한다. 밝고 깨끗한 문화는 자유에서 싹트고 있고 자유는 아름다운 결실을 가져온다. 체제와 자유는 동지요! 친구요! 동반자요!" 아내와 서먹해진 그는 밥도 제대로 얻어먹지 못하고 출근을 했다. 오 교수는 자유 출판사에 찾아갈 일이 생겨 동료이었던 해직교수와 함께 찾아갔다. 그는 김 평론가의 따뜻한 대접을 받았고 출판사 사장과 만났다. 출판사 사장과 5월 민중항쟁의 의미에 대한 글을 출판하기로 하고 나온 둘은 지하다방에 들어갔고 어두컴컴한 분위기가 음산했지만 동료와 함께 차를 들고 있으려니까 멋있는 여인이 알 듯 말듯하게 앞에 다가서는 것 같아 응시해보니 전부터 알고 지내는 여교수이었다. 우연히 만난 교수들은 어설프게 대화를 나누고 각자 볼일을 보기 위해 떠났다. 선문과 해직교수는 조용한 공원을 찾아 머리나 식혀보려고 했다. 공원을 나이든 노장 년이라 천천히 찾아가 낙엽을 밟아보기도 하고 단풍에 젖어보기도 했다. 그렇게 머리를 식히다보니 국가, 교육, 문화, 시대에 대한 얘기를 털어놓았다. 한참 얘기하다보니 따분하기만 해 화제를 딴 방향으로 돌려봤다. 사색에 빠지는 가을이라 사색에 빠져 봐도 침묵만이 최선의 길이었다. 각자 볼일을 보기로 하고 해직교수 협의회를 활성화하는 방안을 모색하기로 했다.

선문은 명섭을 만나 흘러간 얘기를 주고받았다. 그는 꿋꿋하게 지조를 지켰고 명섭은 돈과 섹스에 눌려 사는 자신의 처지가 한심스러워 그의 용기를 대단하게 여겼고, 과거를 회상해보니, 허무한 사랑에 도취되었을까? 하는 간지러운 정취에 빠졌다. 그와 헤어진 명섭은 눈물을 흘렸다. 첫 사랑 애라와 키스하고 포옹하고 잠자리를 같이 한 추억이 아른아른하게 떠오르는 가운데 영원히 헤어지지 말자고 눈물로 애원한 그녀의 첫 고백이 떠올랐다. "남자는 속물이야, 여자도 마찬가지로 속물이야." 나이가 들면 들수록 인간이 속물처럼 느껴졌다. 꺼져 가는 젊음은 역시 추해 보였다.

명섭은 죽기 전에 여동생의 집에 가서 저녁을 먹고 "앞으로 집안에 더 잘 해야겠다."고 하면서 헤어졌다. 그가 얼마 안가 죽어서 집안에 잘할 수 없었고, 죽을 때 아무도 집에 돌아오지 않는 가운데 손톱이 닳아질 정도로 온 방을 헤매다가 얼마 후에 찾아온 가족의 품에서 생의 마지막을 고했다. 그는 빌딩 겸 주택인 집에서 지하실에 있는 보일러를 손질하다가 갑자기 심장 경련이 일어나 방으로 올라와 방을 휘저으면서 진통을 거듭했다. 딸이 돌아와 이 광경을 보고 의사를 불렀지만 병원에 갈 시간이 지나 운명을 기다려야 한다는 의사의 지시에 따라 죽음을 기다렸고 딸이 천주교신부를 불러 종부성사를 받게 했고, 그는 세례를 받은 후에 운명했다. 장례식에 온 여동생은 시가 식구의 대표로 참석해 장면묘지 옆의 천주교묘지에 묻힌 오빠를 생각하면서 눈물이 그치지 않아 엉엉 소리 내어 울었다. 명섭은 부모가 믿던 불교를 믿다가 미국의 기독교에 물들어 무종교인이 되었고 자신이 신부의 종부성사를 받고 장면이 묻혀 있는 천주교묘지 근방에 묻혀 천주교인으로 죽게 될 줄을 꿈에도 몰랐고 진실로 천주교인이 된 것인지 알 수 없는 비밀로 인생을 마감했다. 장면이 천주교인으로 명섭과 김대중을 키우고자 했고 명섭은 고생이 싫어 천주교를 믿지 않다가 죽음 앞에서 천주교인으로 묻혔고 김대중은 고생을 각오해 천주교를 빨리 받아 들여서 나중에 대통령이 되는 영광까지 누렸다.

선문은 평론과 수필을 쓰고 지냈고 현진은 평론을 쓰고 지냈다. 김대중의 강한 투쟁의지가 민주주의를 따르는 선문과 현진에게 시련을 주었고 대통령의 꿈이 없다면서 대통령의 꿈을 꾸는 지도자가 되기 위해, 얼마나 무서웠는지 상상을 초월했다. 이와 같은 분위기에서 흥분을 잘하는 현진에게 가장 먼저 시련이 닥쳤다. 그가 다니는 회사에서 회사의 불이익이 올까봐 정부의 감시를 받는 그를 지방출장으로 몰아갔고 그는 지방을 자주 갔다. 그는 지방의 여관에서 잠들다가 깨서 심심하니까 주인이 비디오를 연결해놓은 TV를 보다가 봐서는 안 될 포르노를 봐 얼마나 후회했는지 몰랐다. 여자의 신비를 모르는 그에게 너무 나 상처를 준 충격이었다. 여자와 키스조차 해보지 않은 그에게 지울 수 없는 음란영상을 봤다는 것이 수치스러운 일이었다. 아 시안게임에 열을 올린 이후부터 여관에 대한 단속이 관광수입 을 위해 소홀해진 것 같았다. 예전에 지방에 출장 갔을 때 방의 벽이 얇아 남녀의 이상한 신음소리를 들어봤지만 고의적으로 음란상상을 해본 적은 없었고 우연히 여관에 있으면 음란상상 을 피할 수 없었다. 그러나 그는 그러함에도 불구하고 여자와 키스조차 해본 적이 없었다. 그는 제주도에 동료와 함께 출장을 갔을 때 총각이라 여자 동료로부터 인기를 누렸다. 결혼한 동료 는 마누라가 무서워 마누라의 전화를 기다리면서 밤이면 빨리 하숙집으로 갔고 결혼하지 않은 남자동료와 여자동료는 술집에 서 한바탕 놀다가 늦게 하숙집으로 갔다. 제주도의 한라산은 웅 장했다. 거기에 오르고 싶은 마음이 생겨 동료들끼리 시간을 내 기로 했다. 그는 몸이 강하지 못해 한라산까지 가지 못하고 산 중턱에서 여자동료와 함께 남았고 남자동료는 한라산까지 올랐 다. 한라산까지 올라갔다 내려온 동료는 아주 근사한 구경을 했 다고 으스댔다. 여자동료는 남자의 용기가 마음에 들어 자신보 다 씩씩한 남자를 좋아했다. 서귀포도 유명하다고 해 시간을 내 가기로 했다. 서귀포로 놀러간 어느 날 자신을 빼고 남자와 여 자가 서귀포의 아담한 폭포 앞에서 술을 먹고 너무 가까이 지내 이상야릇한 기분이 들 정도로 안타까웠고 집을 떠나 머나먼 제 주도에 와 부모에게 걱정을 주지 않나 하는 걱정이 앞섰다. 회사와 집에서 멀리 떨어져 제주도에서 지내는 기분은 일하러 온 기분보다 놀러온 기분에 빠지게 해 가슴을 설레게 했다. 8월 하순의 해변은 서귀포를 설레게 했다. 남쪽의 해수욕장은 젊음을 불렀다. 자신이 빠진 남녀의 총각과 처녀는 얼마나 신나게 노는지 그 많은 사람 가운데 돋보였다. 현진은 거기에 놀러온 아리따운 아가씨의 미모에 빠져 줄곧 그녀와 눈길을 맞추었다. 마음으로 하는 눈요기는 상상일 뿐 허전하기 짝이 없다. 실제로 가까워진 남녀 동료는 잘못하면 선을 넘을 만큼 바다 속에서 포옹을 해 눈꼴이 사나웠어도 그들은 의식도 하지 않고 즐겼다. 바다의 추억은 낭만이 되어 출장을 마치고 서울로 올라와 있어도 서로의 기쁨이 되어 얘깃거리가 되었다. 그는 동료의 낭만을 더 부러워했다. 자신의 낭만은 시시해 보였다. 이렇게 살다보니 동료로부터 무슨 재미로 사느냐는 핀잔을 받았다. 그렇게 좋은 여자도 모르고 술도 못하고 담배도 못하니 너무 세상을 모른다는 얘기를 듣고 화가 난 그는 너희가 정말 좋은 초월의 신비를 모른다면서 언짢 해 했다. 동료들은 가끔 일이 끝나면 친구의 집에 가 도박의 화투를 하고 즐겼건만 그는 화투근처에도 가지 않았다. 그는 결핵을 고치는 요양을 5년 간 해서인지 적적한 인생을 아무 탈 없이 가졌다. 결핵으로 죽지 않은 인생에 대해 감사했다. 과거에 병원의 병실에서 결핵말기로 죽은 사람을 봤기에 죽지 않고 사는 복이야말로 복중의 복이라고 여겼다. 그는 아무리 위안의 위로를 받고자 해도 짜증과 원망과 불평이 날 때가 많아 참고 또 참았다. 여자도 마음대로 안 되고 세상도 마음대로 안 되어 속이 상할 때가 있었다.

오 교수는 광주분위기 때문에 과격해졌지만 원래 권위를 가졌고 김 평론가는 점진적으로 치밀하게 자유를 이루는 지혜롭고 안전한 전형적 인간이었고 윤 평론작가는 참고 견디는 성품을 가졌고 감정을 제어하지 못해 과격해지면 탈선을 했어도 터무니없는 주장을 하지 않았다. 그는 1987년 6월 10일에 6.10국민대회를 성공적으로 해내기 위해 6월 10일과 6월 11일에 명동성당에서 운동권학생과 함께 획기적 투쟁을 했고 명동성당의 운동권학생이 최루탄의 난무 때문에 일부 철수할 때 같이 따라나와 순천에 내려가 운동권학생과 함께 순천시청에 난입하도록 하니까 위수령이 발령되어 군인의 세상이 될 뻔했고 여수에 내려가 재야단체의 일부와 합세해 여수에서 최초로 데모다운 데모가 일어나도록 하면서 6.29선언이라는 정부의 양보를 받아냈다. 명동성당의 데모와 순천의 데모와 여수의 데모가 가장 과격했고 그가 거기에 데모의 열기를 격렬하게 높인 것 같아 문제가 생겼다. 그가 주동자가 아닌 절반 주동자로 주동자보다 더 데모를 해서 연행되어야 하는데 연행 당하지 않기 위해 요령으로 데모를 했으니까 노태우도 간사하게 애매한 6.29선언을 전두환에게 건의하는 형식으로 타협 아닌 타협으로 속임수를 썼다. 그는 김영삼의 정치재개와 김대중의 정치재개를 도왔어도 무명해 신문에 나오지 않아 애석해했고 김대중의 정치재개가 외국신문에 크게 나 자신과 김대중의 차이를 실감했다. 그는 회사를 그만두지 않고 정치와 양다리를 걸쳤고 김영삼과 김대중 사이에서 양다리를 걸쳤지만 태수는 정치의 해빙이 오자 용기를 가지고 한국은행을 퇴직했고 김대중의 정치에 가담했다. 태수는 열심히 정당의 기획실장을 하면서 정치기반을 넓혀갔다. 그는 야당의 정치생활이 어려운 줄 알게 되었고 가고 오는 세월이 야속할지라도 참고 기다리면 좋은 세월이 다가와 자유와 정의가 구현되리라 희망하면서 아픈 추억을 감추기로 했다. 그는 광주민주화에서 감옥까지 갖다온 경험을 가져서 야당을 하는 고생을 감수했고 고통이 따르지 않는 보람이 어디 있겠는가? 하는 희망을 품었다. 이렇게 정치핵심에 들어가 활동 해봐도 돈이 무엇인지 돈의 비리가 따랐다. 그렇지만 지혜롭게 살다보면 더 좋은 결과를 가져오리라 확신하고서 돈의 비리에 빠지지 않고 먼저 바르게살기로 했다. 윤 평론작가는 넓게 생활하다보니 뭐 하나 잡히는 것이 없어서 태수처럼 김대중의 사람도 되지 못했고 평론가도 아니고 작가도 아닌 모호한 상황에 빠져 고민했다. 김 평론가는 확실하게 살아 분명하게 책임을 지는 가운데 변화시대를 성숙시키고자 노력했다. 그는 생각과 행동이 따르는 오 교수를 존경하고 좋아했기에 뒤에서 5월 민중항쟁의 당위성을 펼쳤다. 생각으로만 알렸고 행동하지 않아 항상 선배와 후배의 의로운 죽음을 높였다. 그는 위대한 작가의 정신을 터득해 평론의 일에 재미를 붙였다. 딱딱한 평론을 독자가 좋아하지 않았어도 열심히 그 일을 잘 해냈다. 그는 자기를 거울에 비추어 봤다. 자유 출판사를 살펴봤고 출판사는 요즈음 국제신문사의 경영 참여를 놓고 이사끼리 논의하는 중에 있었다. 평론가협회는 언론윤리강령의 개정문제에 대해 직접 참여할 것인가? 하는 것을 놓고 평론가끼리 논의하고 있었다. 진리와 정의에 의한 자유토론은 참여 쪽으로 기울고 있었고 빠른 정보는 통신위성을 통해 물밀듯이 밀려왔다. 전쟁과 평화, 불행과 행복, 범죄와 선도, 기아와 구호, 질병과 치료 등 헤아릴 수 없이 난무하고 있고 복잡한 정보를 정리하는 작업이 쉴 틈 없이 자동 시스템에 의해 처리되었다. 인간의 두뇌는 창조하기가 어려워도 모방하기가 쉬웠다. 자유 출판사는 문화 출판사와 자매결연 하고 책을 출판했고 공동 참여를 했다. 문화 출판사에서 나오는 시대 잡지는 유명했고 문화계를 지도하고 있었다고 해도 과언이 아니었다. 시대 잡지는 문학의 흐름을 거울에 비추듯이 비평했고 은유와 상징의 표현으로 현대사조를 꿰뚫었다.

'아동 문장교육'의 글을 완성하고 싶은 자각을 다시 해도 미루고 또 미루었다. 그는 기억을 더듬고 상상을 해봤다. 그는 다시 장교를 만나게 된다면 무엇으로 설득해야 대화가 통하게 될지, 이번에는 그와 함께 교수까지 초대해서라도 진정으로 사랑을 통해 의견의 일치를 봐야 하겠다는 생각을 했다. 교수와 평론가는 가까이서 친하게 지내다보니, 저절로 부담 없이 만났다. 이념의 교류를 갖는 모임에 참석하는 일에도 부지런하여 허물없이 자기신념을 교환했다. 서로 너무 잘 알았기 때문에 언제부터인지는 몰라도 농담과 장난을 하는 버릇이 생겼다. 평론가는 교수를 존경했기 때문에 조심한 적이 여러 번이지만 교수의 능청맞은 웃음에 그만 웃고 말았다. 교수와 사가는 오랜 친구사이로서 자존심이 강했다. 평론가와 사가는 점잖은 신사로서 예의를 지키느라 좀 서먹서먹했지만 대화가 터지면 동화되어 속사정까지 털어놓았다. 사가는 평론가에게 "승려를 만났다면서." 신기하듯 이상야릇한 표정으로 캐물었고 평론가는 "별 볼 일이 없는 서민에 불과한 것같이 보였고 교만한 것 같아 거리감을 느꼈어요."라고 대답할 뿐이었다. 그는 승려의 태도가 의아스러워 저항감을 가졌지만 농부와 비교해보면 생소하게 느껴지지가 않았다. 그는 농부를 찾아가 만나서 얘기할 게 많았다. 농부가 들어줄는지 몰라 조마조마한 가슴을 진정시키면서 그에게 "지나간 폭풍 같은 만남을 잊고 협력합시다. 낭만과 고뇌를 남긴 전원의 향수를 추억으로 돌립시다."고 얘기했다. 그는 만나는 이에게 평화와 행복과 성공을 빌었다. 가정의 불안정에서 너무나 많은 갈등을 해소시키지 못한 순진한 마음으로 인해 상처가 깊고 밤은 깊어도 분명히 우리는 과거를 잊을 수 있는 공동체라는 생각이 들었다. "아! 높은 산과 넓은 평야와 맑은 강은 우리를 시원하게 해주고 있소."라고 감탄했다. 농부는 장로를 이해했고 존경하여 교제를 순탄하게 하고 있는 중이었다. 평론가는 장로를 멀리서 관심을 가지고 바라다보았다. 그는 인품이 근엄했고 고결했고 청초하여 점잖고 점잖은 신사이었다. 좀처럼 성내지 않았고 화내지 않았지만 무섭게 호령하듯 욕설을 퍼부을 때도 있었다. 그는 이사를 참 좋아해서 서로 친하게 지냈다. 그는 이사의 호의를 반갑게 여기고 정분을 두텁게 했다. 이사가 거동할 때면 속으로 뚱뚱보라고 비웃는 처녀의 풍경이 익살스러웠다. 이사는 멋있고 재미있는 영화를 가족과 함께 빠짐없이 관람했다. 희극 영화에 관심이 대단했다. 그는 낙천적인 성품이었지만 철학자를 경계했다. 그는 철학자를 비판했고 철학자는 너무 당돌하고 양심의 고백과 참회를 부정했다. 철학자는 양심의 갈등구조를 역이용했다. 이사는 인간의 탈을 쓴 물질 같은 자여, 철학자여, 우리에게서 떠나라. 떠나지 않으면 혼내주겠다고 외치고 싶어 했다. 철학자와 기사 관계는 이상과 현실 면에서 미묘했다. 이사는 기사를 못마땅하게 여겼고, 기사는 근면한 삶을 통해서 같은 작품을 만드는 작업을 과학이라는 방법을 통해 확고하게 정립하려고 꾸준히 일했다. 너무 단조로워 불만이 쌓였다. 그렇다고 해서 산업을 마비시키는 투쟁을 일삼는다면 곤란할 것이었다. 안타까운 사정은 이사와 기사에게 뿐만 아니라 여러 분야에서 노출되었다. "아무리 생각해도 책의 스승에서 안정을 되찾는 길이야말로 현명한 길이 될 것이다." 평론가는 정신의 자유와 섹스의 자유가 교차하는 가운데, 이렇게 섹스를 뒤로 감추면서, "모든 인식은 자유에서부터 시작한다. 자유 세상을 그리워한다. 우리 모두 다 함께 즐겁게 얘기하고 노래하고 춤춥시다. 자유는 우리를 부른다. 도시는 우리를 부른다. 바다는 우리를 부른다. 여러분, 자유를 수호하고 자유를 사랑합시다. 자유가 얼마나 소중한지, 자유를 빼앗긴 노예와 거지의 절규를 들어보면 알 수 있다."고 생각했다. "죄수를 바라볼 때 단절을 느끼고 병자를 바라볼 때 고통을 느끼고 고아를 바라볼 때 슬픔을 느끼고 난민을 바라볼 때 연민을 느끼고 노인을 바라볼 때 침울함을 느끼고 실업자를 바라볼 때 좌절을 느낀다. 차원 높은 경지에서 암담하고 고독한 광경을 바라볼 때 희망과 온정을 느낀다."고 생각했다. 그는 '아동 문장교육'의 글을 완성하고자 노력했다. "순진한 유아들의 세계는 천진난만하고 영롱하다. 유아들이 가지고 싶어 하는 장난감은 엄마와 아빠의 손에 의해 주어지지만, 무한한 가능의 시선은 불꽃 튀어 장난감을 내

팽개치고 또 다른 장난감을 가지고 싶어 한다. 그러나 유아들의 요구는 무시되고 만다. 너무 성가시고 귀찮아 일부 성인은 어릴 때의 추억을 잊은 채, 유아들에게 자유를 나이들 때까지 유보시켜 버린다. 유아들을 성인처럼 대접하는 풍조가 일어나야 좋겠다. 유아들은 언어구조가 너무나 왕성해져 언어교육을 마스터하다시피 한다. 유아들의 심리를 잘 아는 지성인은 배고플 때와 오줌 쌀 때와 똥 쌀 때를 잘 분간하여 유아들의 고통을 없애준다. 저능아들을 이해하는 지성인이 늘어나고 저능아들을 돕는 독지가도 하나 둘씩 늘어나고 있어 훈훈해진다."는 의견을 통해 점진적으로 '아동 문장교육'의 글을 만들어갔다. 체제와 자유는 교차하는 문화 속에서 활발하게 되었고 속임을 모르는 아기의 재롱에서 양심을 찾았다.

그는 방송에서 성적 유희도 있고 발랄한 춤이 있어서 즐거울 때도 있었고, '자유는 투기하지 아니하며 자랑하지 아니한다. 체제는 자기의 유익을 구하지 아니하며 성내지 아니한다. 사랑은 모든 것을 참으며 모든 것을 믿으며 모든 것을 바라며 모든 것을 견딘다. 사랑은 체제와 자유를 온전히 차지한다. 마음이 깨끗하면 욕심을 부리지 않고 살아 행복해질 것이다. 언제나 웃는 얼굴로 살게 될 것이다.'를 해설하는 방송이 흘러나와 흐뭇해져서 '하하' 즐겁게 웃었다. "마음이 깨끗한 사람은 제대로 볼 수 있는 자격이 주어지고, 어떤 환경에 있더라도 도움의 손길이 있다."는 것이었다. 체제는 방송에서 흘러나오는 교훈에서, 자유는 학자의 약동하는 학문에서 알차게 무르익었다. 유아들의 부푼 기대감에 찬 얼굴에서 따뜻한 숨소리를 느꼈다. "똑

같은 성품을 가진 인간은 저 창공을 향해 훨훨 날을 수 있는 기쁨으로 마냥 어쩔 줄 몰라 비둘기처럼 평화롭다. 한쪽 날개가 부러진 비둘기를 보면 애처롭다. 상처를 싸매 주고 치료하는 자비로운 이웃이 되어야 한다. 는 부담을 느끼면서 더 슬퍼한다. 의사 또한 간호사 아니면 동물 의사처럼 치료해줄 도구는 없으나 마음만은 넓은 광야를 향해 가고 있다. 노랗게 물든 대지 위에 햇빛은 반짝 반짝 빛나고 알맞은 기후라 하얗게 반사하는 아름다운 구름은 발랄한 청춘을 부른다." 충만한 세계를 창조하는 학자, 방송인, 외교관, 정치인의 뜨거운 열정이 눈물이 되어 비처럼 쭈룩쭈룩 흘러내릴 때, 위기와 전율은 사라지고 평화가 이룩되었다. 잠자는 동물의 평화는 고요하고 달콤했다. 그러나 인간의 평화는 잠잘 때 파괴되었다. 그렇다고 안 잘 수는 없었고 잠을 자야 건강을 유지할 수 있었고 이른 새벽 잠시 동안 평화를 위해 묵상하고 체제를 일깨워 자유가 정착되는 길을 도모해 가면, 마침내 자유가 성숙되었고 동물의 자유는 차원이 낮아 자유에 대한 체제를 모르고 물질변형처럼 거기서 맴돌고 있었다. 자유는 인간만이 완전히 누릴 수 있는 평화의 근원이었으므로 인간의 근원이 동물일 수는 없었다.

그는 사가에게서 흐뭇한 정을 느꼈고 사가가 "역사의 근원에서 왜곡된 과학으로 인해 정설이 흔들릴 경우가 있고 전설과 신화에 의한 정설은 신빙성이 약해 생략할 필요가 있다."고 후배들에게 강조할 때마다 역사의 사실을 느꼈다. 그는 서재에서 생각한 지식보다 아내와 화해하는 방법을 알아내는 것이 더 필요했다. 아내와 돈 때문에 다투고 화해하지 못한 알 수 없는 공허함에 몸부림쳤다. 그래서 평론가는 전화로 교수에게, "아내와 다투었는데 화해하는 좋은 방법이 없을까?"하고 물었다. 교수는 이렇게 말을 해주었다. "여인은 선물을 좋아해요. 장미 일백 송이를 선물로 주게나. 그럼, 잘해보게." 평론가가 교수의 말대로 했더니, 약간 아내의 노기가 풀려 다행이었다. 그는 어설프게 아내와 잠자리를 한 후에 가벼운 마음으로 식사를 하고 사무실로 출근했다.

사가는 평론가를 전화로 불러 "교수도 참석하기로 했으니 매일 신문사 100회 기념 공개강좌에 참석하세."하고 권했다. 평론가는 "좋아요."하고 시간을 물어봤다. 사가는 "저녁 7시에 있으니 늦지 않도록 빨리 나오게."하고서, "그럼 기다릴 테니 그리 알게?"하고 전화를 끊었다. 평론가는 일찍 사무를 마치고 매일 신문사로 향했고 매일 신문사 강당에 들어섰고 사가는 교수와 함께 벌써 자리 잡고 앉아 있었다. 정시에 도착한 그는 빙긋 웃으면서 인사하고 옆으로 가서 자리에 앉았다. 교수는 "좀 늦게 오지 않고서요?" 하면서 웃겼다. 사가는 "잘 왔어. 무척 재미있는 프로그램을 가지고 우리를 반기고 있네."하면서 악수했다. 프로그램 순서는 사회자의 주제발표자 소개와 매일 신문사의 내력과 주제발표와 자유토론과 친목교제로 되어 있었다. 주제발표자는 국내의 유명한 사학자이었고 주제는 '자유론'이었다. 공개강좌가 끝나면 자유토론과 친목교제가 있어 분위기가 훨씬 부드러웠다. 가벼운 마음으로 들을 수 있었고 두리번두리번 옆에 있는 숙녀의 미모와 옷차림도 볼 수 있었다. 향수 냄새가 코를 즐겁게 했다. 주제의 중심내용은 자유주의에 대한 교양이었다. "자유는 개인을 존중하고 획일적인 격식을 허락하지 않는 가운데 권력과 대립합니다. 언론, 표현의 자유에 있어서 사회주의 사회보다는 시민 사회가 훨씬 윤택한 쪽에 놓여 있으며 이것은 당연한 일입니다. 토론의 자유는 진리의 발견을 위하여 절대적으로 필요하고 그것을 억압하는 것은 잘못입니다. 인권은 온갖 개인의 자유와 국민주도권입니다. 개인의 정신적, 사회적 활동의 자유에 대한 비인간적, 강제적 구속과 획일화를 가능한 한 제거합니다. 시민권은 시민적 자유를 지킬 수 있도록 고쳐 만들 수 있는 자유를 모든 남녀에게 인정합니다. 성적 자유도 진정한 만족을 위한다면, 자유롭게 즐기는 자유로 받아들이는 자유까지 즐겁게 향유할 권리입니다." 시사를 내포한 교양중심으로 엮여진 상식적 공개강좌이지만 되풀이해서 기억해 둘 필요가 있었다. 자유토론은 사회자가 진행하고 결론을 자유의사에 맡겼다. 여러 의견과 질문이 마구 쏟아졌다. "자유란 누구나 갖고 싶은 소망이요, 권리입니까?" 알듯알듯한 질문도 나오고 발표자의 반복된 표현이 듣기 싫지 않으니, 자유란 정말 좋은가 싶었다. 마지막으로 친목교제는 인사소개를 간단히 하고 음료수를 나누고 과자와 우유를 드는데 그쳤다.

집회장에서 나온 세 친구는 좀 배가 고파 음식점으로 갔다. 배부르게 먹고 나온 그들은 즐거운 기분으로 배를 앞으로 내밀어봤다. 사가는 교수에게 "예전에 알고 있는 사실을 다시 듣는 감회로 뜻있고 퍽 인상 깊어 좋았소."라고 얘기를 끄집어냈다. 그들은 서로 즐겁게 웃으면서 "기쁘고말고요."라고 했다. 평론가는 교수에게 남산 공원을 거닐면서 야경이나 구경하자. 고 애기했다. 사가는 교수에게 이끌리어 걸었다. 남산 공원과 어울린 야경은 매우 아름다웠다. 평론가는 세월이 흘렀고 우리의 친분이 두터웠지만, 공동생활의 아기자기한 맛이 없었어요. 하고 여운을 남기면서 못내 아쉬워했다. 유난히 눈에 띄는 연인의 포옹은 사랑의 도취인가, 도시의 고향인가, 쾌락의 재촉인가, 종말의 타락인가, 스쳐 가는 낙엽소리에 놀란 새 한 마리는 별빛을 향해 비상했고 금빛의 거리는 가슴을 설레게 했다. 그들은 남산 공원과 작별하고 내려오는 길에 택시를 만나 탔다. 그들은 택시 안에서 이별의 포옹을 하면서, 먼저 집이 가까운 교수가 내렸다. 차창 너머로 손을 흔드는 뒷모습이 아른거렸다. 얼마 안 가서 사가도 내렸다. 혼자 남은 평론가는 묵묵히 목적지까지 갔다. 택시에서 내리니 한산한 거리가 걸음을 재촉했다. 은은히 비쳐오는 별빛을 잊을 수 없었고 교수의 뒷모습을 연상하면서 그의 해박한 지식의 황혼을 느꼈다. 체제와 자유는 평화와 질서를 동반하고 이웃을 가깝게 했다. 친밀한 이웃의 낯익은 얼굴이 눈에 환희 들어오고 마음은 점점 가벼워졌다. 남을 축복하는 정직한 고백은 향기롭고 아름다워 자신이 누구인 줄 알게 했다. 정확한 발음으로 부드러운 어감을 가지고 상대방을 대하면서 깔끔하고 세련된 대화를 잘 하는 방송인이 진리와 사랑으로 희망을 머금고 위선을 버릴 때, 능동적이고 적극적인 소식을 전파를 통해 전할 수 있으리라 여겼다.

그는 집에 들어선 순간 가족들의 반가운 인사에 마냥 즐거웠고 포근한 잠자리는 황홀할 뿐이었다. 새벽은 단잠을 깨우지 못했고 꿈속에서 고전주의가 어떻고 낭만주의가 어떻고 사실주의가 어떻고 상징주의가 어떻고 실존주의가 어떻고… 꿈속에서 나타나는 영상도 몽롱하기만 했다. 그는 좀 더 자고 싶었지만 가족들의 성화에 못 이겨 잠꼬대하면서 일어났다. "오늘은 무엇을 해야 좋을까?" 방송에서 흘러나오는 소리에 그만 모든 것을 잊고 습관에 의한 출근이 시작되었다. 집밖으로 보이는 광경은 참 최선을 다하는 모습이었다. 향기로운 아침 공기와 눈먼 남편을 부축해 다정히 걷는 그 아내의 모습에서 새로운 희망을 얻고 힘차게 나아갔다. 규칙적인 생활이야말로 몸의 리듬을 조절하는 중년기의 건강비법인 것 같았다. "맑고 밝고 깨끗한 하늘과 높고 푸른 저 하늘은 더없이 푸르고 푸르다. 이상과 소망을 하늘높이 띄우고 꿈과 낭만을 키우고 또 자리를 지킨다. 비디오에 펼쳐지는 빛과 색은 체제를 은연중 암시하고 있다. 감정과 의지에 대하여 사고 의지적 현상에 이르는 말보다 지성과 이성의 작용의 대상도 의미하는 체계적 질서와 이성적 반성 이전의 생활까지도 포괄할 수 있는 세계관을 영상에 비추어 무드를 한층 부드럽게 해준다. 파란 하늘과 바다는 자유롭고 평안해서 언제나 그립고 또 그립다. 빨간 옷은 몸을 안절부절못하게 한다. 노란 땅은 뛰어 놀고 싶은 충동을 준다. 보랏빛 경치는 낭만을 품게 한다. 초록색 잎은 싱싱하게 느껴진다. 주황 입술은 열정을 일으킨다. 꽃다운 청춘은 지나고 인생의 멋은 추억으로 남은 채 세월은 가고 그리운 님만이 내 곁을 지킨다." 눈앞에 희뜩 지나가는 불길을 느끼고 흥분했다. 평론가와 평론작가가 맹렬하게 인생을 살았어도 어떻게 그렇게 다를까? 하는 의문이 풀리지 않았다.

김 평론가는 모나지 않고 지성인답게 조용히 민주주의를 키워나갔고 윤 평론작가는 정권을 당장 무너뜨리자고 했다가 독재가 나쁘지 사람이 나쁘겠어. 하고서 잘도 용서했다. 평론가는 지력으로 완만하게 민주주의를 이끌어갔고 평론작가는 과격했다가 현실에 맞추기 위해 노력했고 책임질 일을 저지르지 않기 위해 무척 조심했다. 현진은 빼어난 실력이 없어서 가족으로부터 귀한 대접을 받지 못했고 서울대를 중퇴하고 와세다대학을 나온 그의 작은외삼촌은 고국의 가족으로부터 고국에서 살기를 부탁 받아도 일본에 공산당도 있기 때문에 공산당에 대한 좋은 감정을 가지면서 진보적 사고를 가지고 살았고 아버지를 생각해 공산주의를 신봉하지 않았다. 그의 외할아버지는 서울올림픽에 들떠 있었을 때, 밥을 먹지 못하다가 재미있는 구경을 못한 채 아들처럼 죽음이 임박하기 전에 아내가 신부를 청한 것을 아는지 모르는지 몰라도, 신부의 종부성사를 받고 세례까지 받고 깨끗하게 죽었다. 그의 작은외삼촌은 일본에서 나중에 찾아와 서글픈 울음을 보이면서 울먹였다. "효도하지 못한 죄가 크다." 그는 형이 죽고 아버지가 죽어 집안의 책임을 져야 했지만 그렇게 하지 못했을지라도 4촌 여동생의 남편인 원 회장이 일본으로 피신하도록 도왔다. 원 회장이 옥살이를 마치고 아내와 화해해 다시 합쳤지만 돈을 받을 사람이 몰려드니까 일본으로 피신했다. 나중에 외국으로 피신하면서 별거와 이혼이 겹친 상태로 살았고 중동으로 피신했다가 파키스탄에서 살았다. 현진은 집안이 조금씩 기울어가고 뿔뿔이 헤어지는 서글픈 현실을 바라보면서 인생의 나약함을 몸소 체험했다. 인간은 아무것도 아니라는 것을 절실하게 깨달았다. 그래도 외가는 미국으로 일본으로 건너가 더 넓은 세상에서 살구나 싶으면 자신이 초라해졌다. 우리보다 미국과 일본은 훨씬 잘살기에 자존심이 무너졌다. 자신도 돈만 있으면 미국으로 건너가 살고파 고민해도 돈이 무엇인지 현실이 따라와 주지 않았다.

현진은 부족한 평론작가로 변화시대를 창의적 열망을 통해 쟁취하고자 했으니 현실과 이상의 차이를 몰랐다. 김 평론가는 현실과 이상의 차이를 정확히 알아 빈틈없이 일을 해냈다. 그에게 오는 편지가 매우 많았지만 꼭 답장을 보내야 할 때면 편지를 손수 써서 보냈다. 그가 받은 편지 중에서 인상 깊은 것은 윤현진 평론작가로부터 받은 '진실과 가식의 편지' 이었고 정치관 역시 '진실과 가식의 편지' 에서 소재를 얻은 것이었다. 그는 정치관에 대해서 받은 편지의 제목과 느낌을 소개하고자 했다.

평론작가로부터 받은 편지의 제목은 '단원알림' 이었다. 진실이 무엇인지 진실을 알고 싶고 진실을 전하고 싶은 충동을 느끼게 했다. 논리적, 학문적 근거가 부족하지만 관념적 세계에서 추상적 내용을 파악하게 했다. 과학에 의한 자료보다 역사성을 인식하고 시대의 바람과 흐름을 이해하게 했다. 마음이 편해지기 위해 그는 심각한 문화의 고뇌에서 벗어나 산뜻한 생명의 공기를 마셔야 했다. 진정한 의미의 자유는 생명을 주고 싱싱하게 했다. 마음속 깊이 흐르는 확신이 생겼다. 평론작가의 정치관은 비밀스럽고 한국과 북한의 현실에 나타난 상황으로 미래를 예상했고 학생에서 의료에 이르는 공공분류를 먼저 파악해둘 필요가 있었다.

얼마 지나면 다른 알뜰한 편지가 평론작가로부터 날아들었고 편지의 제목은 '권고'이었다. 요청한대로 될는지 의문이지만 지역에 대한 조사가 체험에 의해 정돈되어 있었다. 한국 통일문제에서, 지나친 표현이 있었지만 한반도의 실정을 알 수 있었다.

얼마 지나면 또 다른 일방적 편지가 날아들었고 편지의 제목은 '민주'이었다. 너무 단정하는 견해에 동조할 수는 없어도 일리는 있었다. 몇 번씩 꼭 편지를 보내야 속이 시원한지, 표현의 자유는 누구에게나 주어진 것이고 상대방의 의사에 관계없이 물이 위에서 아래로 흐르듯 흘러야 하는 것이므로 겸손한 자세로 읽기로 했다. 가능한 한 속이지 않고 있는 그대로 받아들이고 형식은 틀릴 수 있으나 내용은 맞는다는 인식을 일관되게 가지게 했다.

얼마 지나면 새롭고 복잡한 편지가 날아들었고 편지의 제목은 '알리는 글'이었다. 종교인, 교우, 외교관, 정치인, 실업가, 동창, 친우, 교육가, 언론인, 예술가 10인에 대한 축복이었고 10분야에 대한 메시지 전달로 그 속에서 특이한 사실을 발견했다. "저주가 변하여 축복이 되고 죽음이 변하여 생명이 되고 어둠이 변하여 광명이 되고 슬픔이 변하여 기쁨이 되는 놀라운 환희가 펼쳐진다. 아름답고 즐거운 정보로 알고 계속 호기심을 갖기로 한다." 격렬한 환희를 도시의 풍경에서 찾았다.

얼마 지나면 힘차고 강경한 편지가 날아들었고 편지의 제목은 '대치'이었다. 알 수 없는 비밀을 흥미롭게 폭로하고 배반의 고통이 연속적으로 돌아가는 악순환을 그치게 하는 인내를 주었다. "그 속에 담겨있는 중도적인 회의주의자처럼 보이는 혁명가는 누구일까?" 퍽 흥미를 끄는 부분이었다. 유산자는 부자를 가리켰고 정부와 가정에 얽힌 삼각관계를 다루고 있어서, 야릇한 이미지를 띄었다.

얼마 지나면 고심한 주입식 편지가 날아들었고 편지의 제목은 '내막' 이었다. 지나친 생각을 가지고 파헤친 흔적이 있고 철조망을 넘어서 잔디를 지나 응접실을 갔다 온 느낌이 들었다. 제발 한계를 넘지 않길 바랐지만 '작은 알림문화' 는 조그만 알림의 성격을 띠고 있는 듯 생각하는 갈대처럼 보였다. 죄의 기준을 보면 소죄와 중죄는 알쏭달쏭하고 대죄는 확실하여 분명해지듯이 탈선이 지나치면 문제이었다.

얼마 지나면 조용한 암시적 편지가 날아들었고 편지의 제목은 '예비' 이었다. 자기 극복인지 몰라도 사색보다는 신념을, 체념보다는 인내를 택하기로 했다. 인생을 달관한 초자연 인을 발견했고 정치인과 내적 승화로 비교하고 있었다.

얼마 지나면 호소하는 내용의 은근한 편지가 날아들었고 편지의 제목은 '통찰' 이었다. 재미를 붙이는 과정에서 문학적 작품으로 승화하기 위한 정치를 이해하는데 시간을 할애했다. '뒤낭' 과 '쿠베르탱' 은 외적 평화추구는 같은지 모르나 내적 의미 추구는 다르다. 는 것이었다. 완전한 생애를 보면 신을 닮아보고 싶은 소망에서부터 서서히 완전해지려고 노력한 흔적을 발견할 수 있었고 정치인의 내적 욕망을 발견할 수 있었고 국민은 지도자가 똑똑한 봉사자로 남길 바랐고 예술가는 적당한 향락을 마음껏 즐기길 바랐다.

얼마 지나면 강인한 획기적 편지가 날아들었고 편지의 제목은 '승리' 이었다. 비밀에 찬 원칙이 과연 얼마나 정확한 것인지 모르겠으나 초보적 단계에서 성숙한 단계로 오르면 감추어진 내용을 알게 되어 안심이 되었다. 높아지려는 죄를 극복하는 길은 순종이었다. 미국 문화와 소련 사회의 경쟁은 치열했지만 시간을 추종하는 문화에 우선권이 있었다.

얼마 지나면 차분하고 아늑한 편지가 날아들었고 편지의 제목은 '통치' 이었다. 조만간 해결해야 할 과제임에는 틀림없으나 조금 더 기다려야 할 시점이라서 뭐라, 단정하기에는 이른 감이 있었다. 세속에 물든 자신은 청초한 평론작가와 비교해볼 때 자신이 너무 사치했고 선천적 가난이 아닌 제도적 가난으로 쪼들린 편지를 받을 때마다 이상야릇한 감정이 교차했다. 희미한 생각을 일으키는 '하늘의 형상' 이니 하는 생소한 표현에 그만 스르르 눈이 감겨버렸고 '별의 자리' 가 애매하다는 주장이 코페르니쿠스의 혁명적 주장과 연결이 되니까 너무 아찔했다. 정치는 우주의 질서대로 아름답게 움직이길 바라는 소원이 이루어지면 좋겠다.

얼마 지나면 은밀한 극한적 편지가 날아들었고 편지의 제목은 '예견' 이었다. 가난이란 무엇인지, 심장을 이식하는 이웃 동질의 시대에 사는 우리로서 울부짖는 절규를 외면할 수 없었다. 돈이란 수고의 대가인 것 같으면서도 그렇지 않았다. 모이고 모여서 제도적 모순으로 돌고 도는 것뿐이었다. 제도적 모순으로 인한 가난은 가난일 수 없고 가난 속의 풍부일 수 있었다. '국부론의 아담스미스' 는 우익적이고 '자본론의 마르크스' 는 좌익적이고 '사회계약론의 루소'는 자유적이라 할 수 있다는 단정을 다시 한번 확인했다. 메마른 인정을 기름지게 하고 싶은 충동으로 사랑을 실천하고자 하는 문화를 수용하기로 했다.

얼마 지나면 풍요하고 진지한 편지가 날아들었고 편지의 제목은 '지혜'이었다. 법칙의 비밀은 꿈과 환상으로 이루어진 계시로 볼 수밖에 없었다. 꿈속의 여행도 아닌 청아한 탐독의 세계가 열렸다. 고민을 해결하는 지혜의 열쇠가 담겨진 지갑처럼 소중했다. 가난과 풍부는 제도적 갈등에 의해 정해지고 제도적 갈등은 희생과 혁명에 의해 사라졌다. 단정적 표현의 신비는 '노스트라다무스의 정치에 대한 예언'에서 더욱 몰라졌다.

얼마 지나면 은은하고 기막힌 편지가 날아들었고 편지의 제목은 '신비'이었다. 아! 벌거벗은 바람이여, 환히 들여다보이는 자랑의 꽃봉오리는 시간을 유혹하고 벌받을까봐 움츠린 모습이 처량하기만 했다. 평론작가가 누구이기에 대담한 전파를 하는지 그는 자신의 무능을 마음속 깊이 반성했다. 눈물이 핑 도는 순간, 인간과의 고독은 없지만 신과의 고독과 성적 쾌락과 법에 대한 안일한 처세로 안정된 삶의 도취가 무언가 찔려 그만 무릎을 꿇고 말았다. 한국에서 일어나는 역사의 반복은 주기적이라기보다는 윤번제를 가져오는 시대적 변화를 의미했다. 자신의 부끄러운 몸을 감추고 저 높고 밝은 길을 찾고자 했다.

얼마 지나면 겸손하고 외로운 편지가 날아들었고 편지의 제목은 '고백'이었다. 뜨겁고 차가운 바람에 흔들리는 갈대처럼 생각의 허무를 떨쳐버리고 믿고 싶었다. 휘날리는 연기 속에서 벗어나 안개처럼 아늑한 기분에 포근하고 즐거웠다. 의심을 버리자마자, 유혹에 빠지지 않는 신념이 솟구쳤다. 여러 갈래를 이루는 원천은 신성할 뿐이었다. 천민은 여론을 좌우할 수 있는 능력을 가지고 있었고 특히 언론사업가는 더욱 그러했다.

얼마 지나면 진지하고 위대한 편지가 날아들었고 편지의 제목은 '교훈'이었다. 평론작가에게 동화되는 것 같은 착각을 떨칠 수 없었고 평론작가의 예리한 판단력은 논리의 변증법을 앞지르고 있었다. 수수께끼를 푸는 어려움에 사로잡혀도 조금씩 푸는데 흥미를 가지는 것 같은 의미를 지녔다. 추리에 관심을 두고 공동운명체로서 함께 해야 하는 도약을 기다렸다. 공평의 세계를 이룩하는 정치야말로 유토피아정치를 체험하게 만들었다.

얼마 지나면 단순하고 그리운 편지가 날아들었고 편지의 제목은 '은혜'이었다. 알맞은 조절로 인내를 가지고 부단히 노력하고 상대방을 낮게 여기는 봉사정신을 길러 오로지 외길 인생을 살아온 평론작가를 무시하지 않고 장단점을 비교하면서 깨끗한 거울에 자신을 비춰 차원 높은 대화의 정을 쏟고 싶었다. 겸손의 미덕을 실천하는 순수한 이웃에게서 진실을 배우고 거친 세파에 시달린 자유표현의 글에서 동그란 사랑을 음미했다.

얼마 지나면 닫히는 마지막 편지가 날아들었고 편지의 제목은 '종결'이었다. 영롱한 이슬처럼 포도송이처럼 주옥같은 메시지를 받고 응답할 기회도 잃은 채 이별의 순간을 맞았다. 언제 있는 그대로 속삭일 수 있는 기회가 주어지리라 믿고서 겸허한 칭찬을 보냈다. 평론작가로부터 받은 진실과 가식의 정치관에서, 감추어진 비밀이 있는 것 같은데 좀처럼 알 길이 없었다.

은연중 풍기는 메시지의 내용이 정말 껍질 없는 알맹이라 무척 산뜻했다.

평론가는 평론작가를 독자에게 전하고 싶은 평론가의 책임으로, 친구보다 독자를 더 의식하고 과연 진실한 작품을 쓰고 있는지 모르겠으나 작가와 독자는 알 권리의 자유가 있으므로 대화의 광장으로 나아가야 한다고 생각했다. 불길한 예감에 빠져 예상치 못한 사건이 터질 때 얼떨떨한 기분일지라도 침착하게 대처하는 표준형의 조직을 동원해 해결했다. 그는 마누라에게 체제와 정치에 대한 관심이 있느냐고 물어봤다. 마누라는 글쎄, 모르겠다고 했다.

"여보, 머리를 쓰지 않고 살았으면 좋겠는데."

"출세를 하려고 하지말고 그냥 행복하게 지냅시다."

"그런데, 인간인지라 그렇게 안 되네."

"너무 명예욕에 빠지지 말아요."

"그래, 알겠구먼."

그는 마누라와 대화하고 나면 그냥 마음이 확 시원해졌다. 마누라가 없는 사람은 외롭고 괴로워서 얼마나 억울할까하는 생각이 들었다. 그의 마누라는 둘도 없는 친구요, 보배이었다. "양보의 미덕이 있는 한 자유의 질서는 지켜지고 역겨운 가난의 시련에서 벗어나 활발하게 교제하게 되리라." 아쉬운 소리로 돈을 꾸는 일은 이제 없겠지. 하는 민중들의 심리를 이해하고 싶었다. 기다리고 인내하는 가운데 체념에 빠진 대중들이 있다면, 희망을 부풀게 해주고 용기를 심어 서로 모이고 돕도록 했다. 자유로운 상상을 통해 비참한 밑바닥 인생길을 가는 천박한 인물을 그리어 고통 받는 이웃이 되어주려고 하는 동정심을 가졌다. 감옥에 갇힌 죄수와 병원에 있는 환자와 고아원에 있는 벌거숭이와 난민 원에 수용된 나그네와 양로원에 있는 목마른 이와 재활원에 있는 굶주린 자를 잊지 말고 도와주는데 헌신하기로 했다. "마음의 충동과 욕구와 관심을 충족시키는 쾌락은 나와 남과의 의식에서 현저한 모순에 빠지고 말지만, 노력에 의하여 주어지는 대가는 인정받고 최대의 행복을 이룬다." 그는 자유에 대한 그리움으로 항상 즐거운 마음을 가지고 가족과 함께 행복하고자 욕망의 늪에 빠지지 않는 비결을 책에서 찾았다. 가족이 평안하고 국가가 평안하면 먹고사는 지장이 없어서 모두가 그렇게 만족하고자 했다.

자유는 세계의 필연성에 의해 구성되고 운행되기 때문에, 서로 나눌 권리가 있고 매스컴 등에 의한 의견이 일방적인 흐름으로 독점하는 경향을 보일 수 있지만 여론을 조사하고 지도하면, 좋은 방향으로 갈 수 있고 보수와 혁신의 체험적 전환은 감정과 설득의 방법을 통한 선동 때문에 자극을 받아 일어났다. 그는 서로 대립하는 갈등을 없애는 가운데 살기 위해 부단히 노력했고 자식에게 명령보다는 사랑을 주고자 했고 아내에게 심부름보다는 사랑을 주고자 했다.

딱딱한 사무실일지라도 자식이 옆에 있고 아내가 옆에 있다는 생각으로 즐겁게 지냈고, 사무실로 갑자기 찾아온 윤현진 평론작가로부터 "이상한 편지를 받아봤느냐?" 는 얘기를 듣고 그는 "받아봤지만, 난해해서 모르는 부분에 신경이 쓰여 어려움을 겪기도 했어요."라고 하자 "미지의 세계가 감추어진 듯한 예감을 느끼면서 풀어나가는 지혜가 있으면 자연스럽게 풀리어요."라는 것이었다. 평론작가는 글에서 굉장한 힘을 가져도 말에 약해 평론가의 말을 듣는지 듣지 못하는지 산만하게 말을 했다. 평론가는 그에게 "어디서 살아요?"하고 물어보면 더듬더듬한 목소리로 평론작가는 "중랑구… 망우동에서 살아요."하는 것이었다.

"서울 끝에서 사는 가 봐요."

"거기는 공기가 좋고 조용해서 그냥 그렇게 살아요."

"마누라와 자식은 있어요?"

"그냥, 혼자 살아요."

"인생의 재미가 없을 텐데, 무슨 재미로 살아요."

"그저 그렇게 살아요."

"나이가 몇이오?"

"만 쉰 살이에요."

"나이가 나보다 셋이나 많네요."

"어떻게 살다보니 나이만 들었어요."

"내가 선배로 알고 지낼까요?

"아니오, 그저 친구처럼 대하세요."

"그럼, 좋아요. 친구 겸 선배로 알게요."

"평론가는 마누라와 함께 어떻게 사세요?"

"나는 평범하고 재미나게 살아요."

"아름다운 인생을 멋있게 재미나게 사는 가 봐요."

"평론작가는 무슨 취미를 가지고 사세요."

"나는 영화를 좋아하면서 상상에 몰두하고 살아요."

"전공과목과 직업은 뭐예요?"

"심리학과를 졸업해 전공과 다른 글 쓰는 일을 해요."

"그래요. 알겠어요."

"평론가는 어떤 분야에 종사하세요?"

"나는 영문학과를 졸업해 적성에 맞는 시사평론을 하고 있어요."

"언어에 무척 자신이 있겠어요."

"참, 어디대학교 심리학과를 졸업했어요?

"성균관대학교 심리학과를 졸업했어요."

그는 아차 4촌 누나인 지현 누나를 짝사랑한 남자라는 것을 알고 깜짝 놀랐다.

"김지현을 아세요?

"어떻게 이상한 질문을 하세요."

"뭐, 좀 알고 있어서 그래요."

"네, 짝사랑한 나의 님이었지만 결혼한 여인이라 잊었어요."

"김지현 이가 나의 4촌 누나이에요."

"그래요, 창피하네요."

"지현 누나가 가슴 아픈 윤 선배를 사랑할까 말까 하다가 선배의 나약함을 알고 괴로워했어요."

"정말이에요. 나는 몰랐어요."

"윤 선배는 성대에서 데모를 잘 하는 반체제운동가로 알려져 박정희와 이병철의 미움을 샀지요."

"그래요, 사랑도 어설프게 했고 반체제도 어설프게 했어요."

"사람들이 윤 선배를 볼 때 너무 나약한 존재가 무엇을 믿고

설치는지 돈키호테로 느꼈고 여자 앞에서 쩔쩔 매는 햄릿으로
느꼈어요."

"나는 연극에서나 일어나는 인생을 닮고 싶지 않았어요."

"나는 인간적으로 연상인 윤 선배를 이해했지만 누나는 연하
인 윤 선배를 경계했어요."

"나도 그것을 느끼고 얼마나 망설였는지 몰라요…"

"이제 지현 누나 생각하지 말고 결혼하세요."

"지현 선배를 잊었어요."

"정말 잊었어요. 그렇지 않아요, 윤 선배는 정욕을 누르기 위
해 발버둥칠 뿐이에요."

"정말 믿어주세요. 나는 깨끗한 순결을 가지고 살아요."

"지현 누나가 윤 선배 옆을 피하기 위해 지금도 멀리서 주시
하고 있어요."

"나는 순수한 사랑에서 벗어나는 짓을 하지 않아요."

"지현 누나 집에서 윤 선배를 잘 알아요."

"내가 그녀의 사정을 모르겠어요."

"누나의 남편도 윤 선배를 질투할 때가 있어요. 왜 그런 줄 아
세요. 한 남자는 한 여자만 사랑해야 하는데 윤 선배의 존재가
문제가 되고 있어요."

"만약 내가 지현 선배의 걸림돌이 된다면 외국에 나가 살면
되지 않겠어요. 아직은 외국에 나갈 생각이 없어도 마음만은 외
국에 나가 있어요."

서로 가슴 아픈 상처를 나누면서 더욱 가까워졌다.

"뭔가, 정치적 목적이 있어서 편지를 보낸 것 같지만 글 쓰는

일을 한다니, 마음이 놓이네요."

"요즈음, 글 쓰는 일이 쉽지가 않아요."

"글을 많이 읽어야 잘 쓸 수 있어요."

"베스트셀러 작가가 되기 어렵다는 얘기를 듣고 있어도 유명한 평론작가가 되고 싶어요."

"나는 평론가일지라도 평론작가는 아니에요."

"아무려면 어때요. 잘 부탁해요."

"그래서, 서로 비슷하니까 편지를 나에게 보낸 것 같군요."

"돈보다 명예를 위해 평론의 글을 써봤어요."

"그러면, 생활을 어떻게 하세요?"

"그럭저럭 하고 있어요."

"나는 마누라에게 쥐꼬리만한 월급을 갖다 주니까, 살죠. 그렇지 않으면 집에서 쫓겨나요."

"현실과 이상은 달라도 진실한 마음만은 고상한 정감을 주고 순수해요."

"정말, 그렇게 돈벌이를 하지 않고 어떻게 살 수 있는지 궁금하네요?"

"그래서 이렇게 찾아와 상의를 하는 거예요."

"어떻게 하자는 것인지 모르겠어요."

"내 글을 신문이나 잡지에 실을 수 있는 길이 없을까요?"

평론가는 한참 생각하더니, "나중에 연락하든지 만나 얘기해 봅시다."하고 다음으로 미루기 위해 화제를 돌렸다. "우리 평론작가가 평론가와 비슷한 처지이니, 잘 협력하고 삽시다." 그는 그런 대로 살아도 평론작가는 어렵게 사는 현실 앞에서 어떻게 할 수가 없었다. 평론가는 살며시 웃고서, "나중에 만나 좋은 길을 모색해봅시다. 앞으로 서로 친구가 되어 잘 지내봅시다." 하니까 평론작가도 어색한 표정을 지으면서, "앞으로 친구가 되어 서로 이해하고 삽시다."하면서 일어섰다. 평론작가가 나 가려하자 밖에까지 배웅을 나온 평론가는 "잘 가세요." 했고 평론작가도 "잘 있으세요." 했다.

평론가는 그의 모습에서 부드러움이 느껴져 친구가 될 수 있다는 가정을 하게 되었다. 평론작가가 무거운 만남에서 가볍게 말하고 돌아서는 알 듯 모를 듯, 친해질 수 있는 사람이기에 평론가의 속은 편했다. 평론가와 평론작가는 지현 누나를 사이에 두고 친척으로나 연인으로 알기에 쑥스러움을 느끼는 묘한 감정에 빠졌다. 평론작가는 지현 선배를 연민의 정으로 알고 너무 빠졌기에 헤매는 방랑자가 될 뻔했지만 그녀의 결혼이 이미 과거의 추억으로 만들어져 안정을 찾았고 평론가는 지현 누나가 행복하게 살기를 항상 누나를 만날 때마다 부탁했다.

그는 국제연합을 생각하는 가운데 평론작가의 방문을 받았기에 정신이 어수선해졌지만 정신을 가다듬어 교육에 대해 알고 자 했다. 민주교육은 원만한 품성을 갖추고 봉사정신을 발휘하여 남을 이해하고 공평하게 대하고 자신의 인격수양에 노력하고 원만한 정신을 갖는 것이었다. 우월감과 열등감을 없애는 정서교육을 통해 깨끗한 마음을 연결시켰다. 용서와 희생으로 인격형성에 도움을 줄 수 있는 자발적 교육을 흥미롭게 진행하여 균형 있게 자라도록 했다. 자발적 교육은 흥미와 관심을 기울이도록 적절하게 해 풍부한 경험을 쌓도록 인도했다. 평론작가와 평론가는 공통된 의견을 가지고 살았다. 청춘의 총명함으로 창조에 이바지하고 가치를 달성하면, 진실한 사람, 안내자가 되어 사람다운 사람 수준으로 향상시키는데 열성적 역할을 할 수 있기에 아름답고 진실한 글을 통해 변함이 없는 사랑으로 더욱 자유로운 토의를 하고 표현하는 습성을 기르는 연습을 했다. "고달픈 생활을 청산하고 밝은 미래를 바라보면서, 찬란한 문화를 상상한다. 무한한 가능성을 구름 위에서 찾고 하늘 저 멀리 푸른 꿈을 날려 보낸다." 그들의 주변은 조용해졌다. 속을 썩인 비리사건은 이제 사라지고 광명의 길이 열렸다. 국지분쟁도 사라지고 평화의 열풍이 불었다. 자신과의 싸움에서 이기기 위해 무척 노력한 몇 달간의 사연에서 복잡한 정보의 혼란을 말끔히 해결해주었다. "민주와 자유를 갈망해 서로 사랑하면 문제는 풀어지고 감상력도 풍부해져 누구나 친해져 이웃이 친구로 변하리라 본다." 그들은 흥분하고 강렬하게 촉진시키는 계몽운동을 타당성 있게 받아들이면서 인격도야를 위해 힘쓰는 것만이 서로에게 유익이 되리라 여겼다. "신념을 고취시켜 꾸준히 탐구하는 습관을 가지면 얼마나 좋을 것인가?" 평론작가는 평론가의 넉넉함을 느꼈고 평론가는 오 교수와 친구 교수의 넉넉함을 다시금 느꼈다.

교육이 타고난 소질을 적성에 따라 키워주고 청결하게 살고 순종하면서 살고 서로 의존하면서 살게 하는 숭고한 문화로 사랑과 자유와 민주와 정의를 가져다주었다. 이 세상을 살려면 유용한 인간이 되어야 하고 아름다운 성품을 가져야 하기에 서로 다른 사람끼리 피해를 입히지 않고 살 수 있는 지식이 필요했다. 유쾌하고 빠르고 정확한 훈련을 받는 것이 쉽지 않아 고생하지만 어린이는 기억력이 탁월해 거뜬히 훈련을 해냈다. 문화와 역사의 진행을 제각기 멋있게 해내는 사람은 항상 즐겁게 살았다. 여행을 통한 교육적 재미는 체험의 지식을 가져왔고 교육보다 예술을 통해 더 즐거운 시간을 가졌다. 평론가는 어린이처럼 순진하게 살고 싶은 꿈을 가졌다. 어린이처럼 순진한 평론작가와 친하고자 무척 노력하면서 주관적, 객관적 대립을 피해 교제하는 정신이 가능하리라 보고 대화의 광장을 만들고자 힘썼다. 그는 타인과 융화하려는 용서와 화해와 사랑을 중심으로 해서 활동했고 자기재능을 개발할 수 있도록 하기 위해 무명한 작가를 유명하게 만들 기회를 찾고자 했다. 인간 상호간의 무의식적 영향을 받는 경우, 앞에서 이끌어주는 자와 협의하는 것이 절실하게 필요했다. 친구에 대한 성실성과 책임감은 가치의 혼란과 모순과 갈등에서 벗어나게 했고 지도자의 권위를 지키기 위해 젊은 세대의 반항과 탈선을 애정으로 해결해 인간상실로부터 벗어나게 했다. 소외 계층의 인간상실까지 해결하고자 하는 숨은 지도자는 얼마나 바쁜 시간을 보내는지 시간을 잘 활용해 문제를 해결했다. 그는 관능적인 표현보다 여가선용을 위한 정서적 표현이 훨씬 낫다는 주장을 펼쳤고 건전한 오락을 보급하고 발전시키는데 주도적인 역할을 하고자 평론가끼리 인적 교류를 넓혀갔다. 한 가지 입장이나 방법론에 치우치지 않고 다양하게 수용하는 아량이 필요했지만 평론작가는 토론보다 자기도취에 빠져 창의적 주장에 얽매인 가운데 골똘하게 연구하는 스타일이었다. "자만심을 버리고 바르게 진실하게 살아가는 길을 찾아 열심히 노력하고 인내해서 정치와 교육이 잘 되면 체제와 자유도 원만해질 것이다." 선하다면 제멋대로 살고 싶은 자유도 자유일 수 있었다.

평론가는 평론작가의 예고도 없는 자유로운 방문에 기분이 약간 상했지만 그를 가볍게 만났다. 평론작가는 "안녕하세요? 전에 부탁한 일은 어떻게 되었나요?"했고 평론가는 "약간 알아봤어요. 그러니 그리 알고 있으세요."했다.

"분명하게 확실하게 평론가에게 부탁하니 꼭 들어주세요."

"나는 사장이 아니라 윗분과 더 상의해야 할 것 같아요."

"꼭 잊지 말고 도와주세요."

"그럼요."

"유명해지는 것보다 더 절실한 민생고가 문제이거든요."

"틀림없이 돕겠어요."

"우리는 정신적으로 친구가 되었으면 해요."

"안심해도 되어요."

"정말이에요."

평론작가의 결례가 있어도 친구로 느끼고 웃으면서 헤어졌다. 평론가는 윤리와 정보를 연결해 언론조사의 사명을 다하고자 했다. 험난한 인생을 글로 체득한 그는 속을 상하지 않고 복잡한 문제를 해결할 수 있는 지혜를 갖고 조그만 사건이나 도박이나 환락에 빠져 인생을 망친 도피자를 구렁텅이에서 건지기 위해 부단히 노력했다. 다투지 않고 화목하게 지낼 수 있는 온화한 품성을 가지고 자비를 베푸는데 힘을 다했다.

군인의 위험과 광산인의 위험과 운전사의 위험은 우리를 슬프게 하고 교수의 안전과 산림인의 안전과 간호사의 안전은 우리를 기쁘게 했다. 전쟁보다는 평화를 사랑하고 불행보다는 행복을 사랑하여 순간적인 실수를 저지르지 않도록 했다. 세월은 흐를 만큼 흘렀고 수양을 쌓기 위해 마음을 다했다. 그러나 사랑은 전보다 못하니 평론작가에 대한 관심도 작아졌다. 지현 누나를 생각하면 이상한 감정에 빠져 이럴 수도 저럴 수도 없었다. 그는 파문이 있고 괴로워도 희망찬 미래를 바라보면서 꾹 참고 어려운 현실을 개선하기 위해 성의를 다해 사랑을 품었다. 간절한 소망이 있다면, 국제정치 분야에 누구나 관심을 보여 높은 경지의 수준을 가지고 평등의 깊은 의미를 아는 것이었다. 그는 기지개를 펴고 숨을 몰아쉬면서 편견과 오해가 없는 저 하늘을 향해 미소 짓고 자유에 대한 조예로 심각한 혼란을 막는데 한 부분을 담당하고 있어야 할 존재로 이웃에게 평안을 주고자 했다. "신에 대한 배신과 욕망에 찬 이기심은 본능적 죄악에서 나오고 세상을 어지럽게 만들지만 잘못된 길에서 미끄러지지 말고 돌이켜 신뢰하고 봉사하며 철저한 회심으로 인간상실에서 인간회복을 한 그대가 푸른 이상을 안고 즐겁게 한평생을 보내면, 얼마나 사랑스러울까?" 그는 광명의 새벽이 올 때까지 피로를 풀고 아쉬움을 달랬다. 계절은 정처 없이 흘러가 환경이 여지없이 변화되었고 가식 없는 진실을 기록하려고 노력한 평론을 정리하기 위해 자신의 의지를 글로 표현하여 다듬으면서, 독특한 개성을 재치 있게 돌출 시켰다.

평론작가로부터 '진실과 가식의 메시지'를 받고 정리해본 결과 자신도 모르게 평론작가를 존경하게 되었다. '진실과 가식의 메시지'가 자신을 감동시켰고 교묘하게 엮어진 평론과 수필과 소설과 시가 문학의 중심을 형성하고 있다 해도 과언이 아닌데 자신을 비평하기란 어려웠다. 민주화를 했다는 인물 중에서 오 교수는 유명한 인사이었고 김 평론가는 약간 유명한 인사이었고 윤 평론작가는 대기업도 아니고 중소기업도 아닌 회사에서 일을 하면서 정치도 하고 평론작가도 했고 깊이가 없이 넓게 살면서 미국을 가지 못해 갈등했고 태수는 유명해지기 위해 한국은행을 그만 두고 국회의원이 되고자 발버둥쳤고 민수는 율남그룹이 부도나 미국으로 가 살았다. 태수는 실력이 있어도 현실을 제대로 파악하지 못해 괴로워했다. 그는 국회의원이 되고자 정당에 후보신청을 해도 돈이 많은 상대방에게 지는 험난한 길을 갔고 무소속으로 나와 도전했지만 좌절되었고 다음에도 정당공천을 받지 못해 무소속으로 나와 두 번 좌절하다보니까 엄청난 경제적 압박을 받았다.

9

편안한 자유

    김 평론가는 모험을 저지르지 않아 인생을 평탄하게 이끌어
갔고 평론에서 자유가 없다는 문제를 조금씩 누누이 지적했다.
가만히 있어도 문제이고 시끄럽게 굴어도 문제이면, 어느 한계
를 두어야 했다. 예를 들면, 신문사는 정치든 아니든 허가사항
이고 신문은 정치든 아니든 비허가 사항이다. 는 진리가 지켜져
야 좋겠다. 는 것이었다. 사회적 복합요소가 구속력을 필요로
할 경우가 있지만 좀 더 자유로운 질서가 요청되었다. 비밀스런
곳의 부패가 추적렌즈를 통해 세상에 알려지고 있어서 쾌락과
환희의 뒤에는 썩은 냄새가 물씬 났다. 평론작가의 정치관에서,
표현의 문제가 있었으나 숨겨진 내용과 진실은 피처럼 진하게
흘렀다. 남모르게 울고 있는 미지의 선구자가 학생처럼 느껴지
나 울고 싶을 때, 울지 못하는 슬픈 사연의 선구자임에는 틀림
이 없었다. 그는 평론작가의 순수성을 이해하는 기분이 들어 평

론작가를 친구로 받아들이기로 했다. 평론가는 변화시대를 마음의 자유를 통해 누리고자 했다. 평론가와 평론작가가 '진실과 가식의 메시지'를 통해 가까운 친구가 되었다. 그래도 친구보다 가족이 더 그리워졌다. 평론가는 아내와 즐겁게 보내기 위해 휴일에 여행을 떠나기도 했고 자식의 기분을 맞춰주기 위해 공원으로 놀러가기도 했다. 그는 가정에 충실한 남편이 되기 위해 친구끼리 너무 깊은 사색을 하면서 지내는 것을 뒤로했다. 돈을 많이 벌지 못해도 먹고 살만해 아내가 좋아하는 피자도 사주고 유행하는 옷도 사주었다. 주고 난 기분도 좋지만 그 날 밤의 아내의 서비스는 절정에 이르는 만족감을 채우고도 남았다. "불완전한 남녀가 하나로 포옹할 때 산다는 의미가 비로소 생긴다." 아내를 사랑한다는 것은 참으로 행복한 유토피아였다. 사랑할수록 그렇게 예뻐 보일 수가 없었다. 아내와 자식이 함께 가족이 되어 건강하게 사는 것이 정말 행복해 남의 시기를 받을까봐 두려웠다. 그런데, 어려운 살림에 자동차를 사 손수 운전하다가 서툰 운전 때문에 남의 차를 들이받고 자신과 아내가 다쳤고 자식은 놀래 가지고 바둥대면서 울부짖고 야단법석을 했다.

만약 자신이 죽었다면 아내는 슬퍼서 울고 또 울고 지쳐 살다가 다시 시집을 가서 상처투성이로 살 것 같았다. 만약 자신이 불구자가 되었다면 아내는 발버둥치면서 울고 간호하다가 울고 서로 만족한 성관계를 할 수 없어서 울고, 돈 때문에 울 것 같았다. 그는 가벼운 사고를 쳐서 상대방으로부터 욕을 덜 먹고 수습할 수 있었으니까 다행스럽게 생각했다. 만약 상대방의 가족에게 엄청난 시련을 주었다면 도덕적 책임과 법적 책임과 물질적 책임을 어떻게 감당할 수 있었을는지 생각만 해도 아찔했다. 너무 유난히 행복을 찾아 즐겨도 불행이 소리 없이 닥치는 것을 막을 수 없고 너무 외롭고 재미없게 살아도 불행이 질병으로 찾아오는 것을 막을 수 없으니까 차라리 적당하게 조절하면서 너무 재미를 추구해도 안 되고 너무 무미건조하게 되어도 안 되는 가운데 편안하게 지내야 좋을 것 같았다. 이 시대를 살면서 물조심, 불조심, 차 조심, 왜 이렇게 조심할 것이 많은지 그뿐 아니라 건강을 위해 술 조심, 담배조심, 정말 조심 속에서 살아야 할 이유가 꼭 있는 것인지 가족의 행복을 위해 그만한 노력이 요구되었다. 그의 아내는 위기를 넘긴 안도감으로 행복을 되찾기 위해 방의 분위기를 밝고 환하고 깨끗하게 만드는데 정성을 기울였다. 그는 자동차 사고 덕분에 집안분위기가 바뀌어져 사회보다 가정이 그리워지면서 집에 빨리 귀가했고 거기서 행복을 찾았다.

중년의 부부가 오순도순 행복하게 사는 모습을 벌써 눈치 챈 교수와 사가는 그를 따돌리고 사색하고 토론하는 일에 열중했다. 둘이서 토론하는 맛이 없어서인지 교수도 가족에게 충실하기 위해 빨리 귀가하고 말아 사가는 혼자서 멍하니 하늘만 바라봤다. 이제 가까운 친구도 행복을 찾아 정착하고 말구나 하는 서글픈 생각이 들면서 늙어 가는 한과 더불어 작은 눈물을 지었다. 가족의 품으로 돌아가자는 운동이 일어난 것도 아닌데 알아서 굽실거리는 남편들이 되었고 다정한 평론가, 교수, 사가가 이미 가정의 낙원 속으로 들어가 즐거운 행복을 찾기에 아내의 사랑을 듬뿍 받았다. 이념과 체제의 자유가 이 시대를 변화시키는 것보다 가정의 사랑이 더 위대한 변화를 주었다.

평론가는 자유 출판사에 다시 찾아온 평론작가를 만나 일에 대해 얘기하는 중에 오 명예교수를 만났다. 거기서 현진은 그의 큰외삼촌의 친구인 오 명예교수를 만나 인사했다. 오 명예교수는 한참 있다가 현진을 알아보더니 얘기를 해왔다.

"너의 어머니는 살아 계시냐? 너의 큰외삼촌은 죽었다는 소문을 친구를 통해 알고 있다. 너의 아버지가 죽었을 때 찾아가지 못해 미안하다."

"아니에요. 저의 어머니는 살아 계셔요."

"내가 네가 젊었을 때에 보고 처음 보지."

"네, 교수님, 참 반갑습니다."

"나는 여기 사장과 김 평론가를 잘 알아 가끔 들리지."

"여기에 볼 일이 많으시나 봐요."

"그렇다. 여기 김 평론가를 자식처럼 아끼고 서로 친하게 지내 들렸다."

김 평론가는 윤 평론작가와 오 교수가 서로 잘 아는 사이인 줄 알고 응접실로 안내해 차 대접을 했다.

평론가는 평론작가에게,

"훌륭하신 교수님을 잘 안다니 너무 반갑소."했다.

이렇게 서로 안부와 얘기를 나누었다.

교수는 의아한 표정으로, "평론가가 윤현진과 가까운가 봐."했다.

평론가는 놀라는 표정으로, "최근에 약간 일이 있어서 만났고 앞으로 더욱 가까운 친구가 되고자 해요. 교수님, 윤 평론작가를 그렇게 잘 아는 줄 몰랐어요." 했다.

교수는 눈을 지그시 감으면서, "나는 현진의 할아버지가 내 아버지의 친구이라 보통 인연이 아니었지. 그리고 현진의 아버지와 나는 그의 큰외삼촌 사이에서 잘 알고 지냈어. 그의 어머니가 나의 가난을 알아서 먹을 것을 많이 주었지. 그의 큰외삼촌이나 그의 어머니는 적선을 참 좋아하는 사람들이었지." 했다.

평론가는 자세를 바르게 하고서, "그래요. 교수님. 앞으로 제가 평론작가에게 더욱 잘 할게요." 했다.

평론작가는 자연스럽게, "교수님은 평론가와 너무 잘 알아 광주민주화운동에 대해 많이 알릴 수 있겠습니다." 했다.

교수는 눈을 크게 뜨고서, "나는 너보다 더 권위 있고 책임 있게 움직였지. 너는 유명한 데모 쟁이라는 것을 알고 있다. 너의 큰외삼촌도 네가 너무 지나친 반정부를 한다고 살아 있을 때 걱정을 많이 했다."고 했다.

평론작가는 고개를 떨어뜨리고, "죄송해요. 저는 비겁한 데모 쟁이었어요." 했다.

교수는 고개를 끄덕이면서, "아무튼 어떠니. 우리는 이제 자유를 위해 서로 돕고 살아야 할 공동운명체란다." 했다.

평론작가는 "알겠어요."하고 마음을 가다듬었다.

평론가는 "교수님 제가 조그만 성의를 준비했습니다. 받으세요."하면서 오 명예교수에게 책의 인세를 전해주었고 "앞으로 계속 들려주십시오." 했다.

교수는 평론작가에게 "잘 있어라. 너의 어머니에게 안부전해라."하면서 되돌아갔다.

평론가는 평론작가에게 오 교수와 그렇게 가까웠으면, "우리는 공동운명체일 수 있다면서 앞으로 서로 이해하고 도우면서 살자."고 했다.

평론작가는 평론가에게 부탁한 일이 잘 풀릴 것 같아 안심을 했고 평론가는 서로 좋은 의견을 나눌 수 있는 친구가 생겨서 좋았다.

"좋습니다. 앞으로 잘 부탁해요."

"이제 우리 힘을 합쳐 잘 해 봅시다."

"그럼, 이만 돌아갈 게요."

"그래요. 잘 가요."

그는 깨끗하게 사회에서나 가정에서 산 오 교수의 인생을 본받기 위해 무척 아내를 전보다 사랑했다. 그는 아내의 사랑이 너무 지나쳐 빨리 죽지 않을까. 하는 걱정이 되어 한의원에 찾아가 보약을 지어먹기도 했다. 그의 아내는 남편과 연애 결혼해 자식 둘을 낳고 평범하게 사는 주부로서 최선을 다해 살았지만 남은 것은 자식교육과 집과 차이었고 자신도 차를 굴렸으면 하는 욕심을 가졌다. 남녀사이의 굴곡도 크지 않아 누구나 하는 결혼과 아기 낳는 일을 충실히 해냈고 행복을 몸으로 채워나갔다. 그녀는 누가 뭐라 해도 남편의 사회적 위치와 사회적 물의를 좋아했고 너무 뒤떨어지지 않게 너무 앞서지 않게 조절하면서 살았다. 그녀의 남편은 무난한 아내의 내조를 감사하고 있었고 불안한 사회생활을 안전한 가정생활로 덮어주는 아내의 지혜를 큰 행복으로 여기고 살았다. 그녀는 큰 회사도 아니고 작은 회사도 아닌 자유 출판사에 대한 긍정적 이해로 덤덤하게 지낸 것 같아도 회사의 발전을 위해 남편의 출근을 도왔다.

김 평론가는 교수에게 조언을 구한 적이 있었고 교수는 "뭐 아는 게 있어야 조언할 텐데."하면서 사양했다. 속 시원한 조언을 받지 못했지만 자주 만났기에 대화 속에서 가까운 친구가 되었고 바로 감각의 조언을 받았다. 상대방이 경쟁자일 때 혹평이 나올 수 있겠는데 누가 참다운 비평을 해줄는지 모르겠다. 그는 사가의 비평을 받아본 적이 있었고 성실한 비평이라기보다는 진지하게 관심을 보여준 따뜻한 권고라 할 수 있었다. 과거의 경험을 통해 미래를 예견해야 한다는 것이었다.

절박한 시대에 사는 우리로서 아름다운 인생을 설계하기란 어렵지만 잘 살아보기 위해 꾸준히 일해 나갔다. 우리는 인생의 고백을 가끔 하고 살았다. 사랑을 연상해봤고 사랑의 체험을 연상해봤다. 우리의 생활이 선과 악에 의해 분별이 되어도 의롭고 선한 이미지를 찬미하려고 하므로 찬미를 하다가 말다가 하다가 했다. 자신의 고백을 통해 사랑의 만남을 예찬했다. 온갖 정신적, 생활적 고민과 인생의 변천 후에, 지도자의 죽음을 맞아, 신, 세계, 시간에 대해 묵상하고 나서 진실을 고백했다. 우리는 비판보다 칭찬을 더 좋아했고 칭찬의 미덕이 비판보다 낫다. 는 견해를 가졌다.

집으로 돌아온 윤 평론작가는 어머니에게 찾아가 오 교수에 대한 얘기를 했고 어머니의 반가운 얘기에 웃고 지냈다. 어머니는 오 교수의 친절한 마음이 우리의 가족에게 늘 항상 잊혀지지 않는다면서 참 훌륭한 분이라고 했다. 이 시대는 오 교수의 용기에 대해 종종 크게 다루었고, 위대한 진실에 대해 다루었다. 모든 사람은 사랑하기 위해 만들어져 있다는 단순한 감정을 살아남은 사람들이 한결 더 갈구했다. 사랑과 생명이 지상에서 소멸되지 않도록 하는 것이야말로 아름다운 목적이 되어 행복을 주리라 생각했다. 사랑이야말로 표현을 고상하게 만들었고 천민이 더 나약하여 언론자유조차 보장받지 못한다면, 천민은 자유인으로서 살았다 해도 죽은 거나 마찬가지일 것이었고 소문과 유언비어는 엄연히 구별되어 유언비어에 의해 거짓과 욕심 등 마음의 찌꺼기를 쏟아내는 입이 말썽을 부리지 않도록 말조심해야 하지만, 말과 언론은 유사한 것 같아도 다르고 말의 소문과 언론의 소문은 진실과 정직이라는 차원에서 달랐다. 언론의 소문에 대해 말의 소문은 무척 가치가 있고 말의 소문은 좋은 소식을 전해줄 수 있는 누룩이 되고도 남음이 있었다. 말에는 명석함을, 사건 현상에는 유효성을 찾는데 뜻을 두고 있었다.

체제는 언론자유에서 더욱 빛나고 영원히 마음속에 간직되어 언론보다 훌륭한 방송의 역할이 증대되면 온유함과 겸손은 실현될 것인데 사랑하는 가정이 사랑을 모르면 자유가 막힐 수밖에 없었다. 이상과 꿈이 다르다는 신념을 가지고 꿈은 속히 버리고 이상은 영원히 간직하리라는 좌우명을 책에 기록해서, 자연 본성을 건강하게 충족한 생활 가운데 비로소 인간의 정서를 자각시켰다. 생활 속에서 회의를 품게 되나 그러한 회의를 사람이 품는 것은 그들에게 건전한 감각이 아직 남아있기 때문이고 거기에서 희망의 빛을 발견할 수 있었다. 일을 못하는 불우한 이웃에게 마음의 평화를 심는 종교인의 뜨거운 사랑과 자선가의 뜨거운 봉사가 세상을 밝게 하는 날, 웃음과 기쁨과 즐거움이 가득하고 훈훈한 인정이 넘쳐흐르리라 믿었다.

평론가는 지도자의 권위와 겸손에 대해 존경하고 위인전에서 감명을 받았다. 이야기를 통해 여러 가지 에피소드를 섞어가며 단순히 자기의 생활 체험뿐만 아니라 문화의 몰락을 우려하는 사람으로서 문화의 퇴폐를 날카롭게 지적하고 간단하기는 하지만 문화재건을 시사했다. 현대의 정신적 퇴폐에 대해서 인생의 기초와 방향을 확립하고자 위인들은 사랑의 체험, 세계와 인생에 대한 긍정, 칭찬을 생활에 포함시켰다. 그리고 현재의 인식은 비관적이지만, 의욕과 희망은 낙관적이다. 라는 인류의 장래에 대한 확신을 휴머니스트의 입장에서 힘있게 선언했다. 모든 사람이 자기 생명과 남의 생명을 존중하는 문화 신념을 가져야 문화의 몰락과 이상주의적 세계관의 상실에서 벗어날 수 있다. 는 견해를 가졌다. 위인전에 속하는 문학은 역사문학이나 여론문학이었다. 문학의 종류는 많았고 원시문학에서 전위문학에 이르기까지, 성경문학에서 세속문학에 이르기까지, 신화문학에서 사실문학에 이르기까지, 역사문학에서 여론문학에 이르기까지, 비유문학에서 사건문학에 이르기까지 많았다. 비유문학이 상징하는 의미는 깊고 사랑스러울 정도로 유머가 깃들어 있었지만 아마 모를 사람은 몰랐다.

거리를 누비고 다니는 외판원의 심층단면은 외롭고 쓸쓸한 것 같으면서 남모를 쾌감과 흥분으로 온통 뒤범벅이 되어 있었다. 큰 빌딩을 무대 삼아 연출하는 배우처럼 천태만상의 연기를 하고 있었고 잡상인 출입금지 표시가 너무 많아 사무실 소액판매 방문금지로 보고 의젓하게 상담했다. 그 뿐이라, 통제구역인데도 버젓이 들어가 단골을 찾아왔다는 듯이 통제구역 무단출입금지로 보고 상담했다. 예상 밖의 일이 노출되지만 그런 대로 스릴 있고 아슬아슬했다. "거리에는 어떠한가?" 질서의 현대화는 근본적으로 8차선도로 이상의 가두에서 가두 판매금지가 선행되어야 했지만 8차선도로 이상의 가두에서 판매를 해도 묵인되고 있었다. 거리질서를 강제로 지키게 했다. 고 해서 제대로 되는 것은 아닐 것이나 거리질서가 저절로 지켜지도록 가두 판매문제부터 하나씩 해결해야 하겠다. 거리에서나 차안에서 돈을 잃어버리게 되면 정말 고달프고 부엌에서 요리하다 태워버린 아쉬움보다 더 고달팠다. 돈은 돌고 돈다. 고 했는데 너무 많이 가지면 돈에 묻혀 인간구실을 못하고 말았다. 돈이 없다 해서 괴로워할 필요는 없었다. 인간의 두뇌는 저 짐승들보다 훨씬 낫기 때문에 짐승들보다 잘 살 수밖에 없었다. 잘 사는 비결은 무엇일까? 누구나 한번쯤 생각하고 넘어갔다. 근면해야 잘 살게 되고 수고해야 잘 살게 되고 성실해야 잘 살게 된다. 고 했지만, 성실은 인간의 고유한 능력이므로 더욱 가치가 크게 되고도 남겠다. 풍부한 경험을 가진 언론사업가는 사업상 계약이 취소되었을 경우, 태연스럽게 능청떨면서 반대극복을 잘 해나갔다. 언어란 과연 훌륭한가? 언어를 구가하는 세계문학과 비교문학을 검토하여 상호 영향관계를 따져서 해석하고 정리해봤다. 세계의 흐름을 간추리면, 문학의 정신과 근본적 차이는 없었다.

신의 존재에서 인간의 존재로 인간의 존재에서 과학의 존재로 과학의 존재에서 신의 존재로 이행하고 있으므로 과학은 신과 관계한다. 고 할 수 있었다.

10

유명한 작품

우리에게 꼭 필요한 문화는 신에 대한 문학과 인간에 대한 문학이었고 세상에 대한 문학과 자연에 대한 문학은 그저 그러했다. 정말 인간심리가 인물중심으로 꾸며진 문학에 관심이 가는 작가와 독자가 아름다웠다. 평론가는 변화시대에 적응하기 위해 남다른 정성을 쏟았다. 그는 작품의 흐름을 알아 현재 실험중인 구조주의문학에 대해 이해하고자 했다. 그는 유명한 작품의 흐름을 알고자 했다.

'몽테뉴의 수상록'은 친구의 죽음에서 소재를 구했고 "정념을 극복한 부동한 마음을 간직하고 죽음에 친해짐으로서 죽음에 대한 공포에서 벗어나 구애되지 않는 태도로서 인간의 정신과 행동의 다양성과 불안정을 살펴 알 수 있는 사고방식에 깊이 몰입했는데 겸허하게 사실과 사실을 쌓아올려서 진리를 탐구하려는 태도로 나타났다. 나는 무엇을 알고 있는가? 란 말에 그것이 명료하게 표현되어 있다. 그래서 성질과 능력이 자연본래의 존재방식으로 나타나지 않으면 안 된다는 본연주의, 인간 존중주의에 도달한다." 모럴리스트의 작품으로 후대에 영향을 크게 끼친 세계문학이고 프랑스 인문주의 문학이었다.

'파스칼의 팡세'는 신의 변증에서 소재를 구했고 "전반은 신을 갖지 못한 인간의 비참함이며 후반은 신을 가진 인간의 행복이 설명되고 있다. 인간은 생각하는 갈대이다. 는 명구를 남겼다." 신의 시점에서의 철저한 인간의식으로 후대에 영향을 크게 끼친 세계문학이고 프랑스 고전주의 문학이었다.

'빅토르 위고의 레미제라블'은 망명생활에서 소재를 구했고 "생활고로 빵을 훔친 것 때문에 19년 간의 감옥생활을 보낸 장발장은 성자와 같은 신부의 교화로 거친 마음에도 양심의 빛이 밝게 비치어 그 후에는 몸을 희생해가며 모든 선행을 쌓아간다. 그의 주위에는 매춘부, 그의 딸, 공화주의자, 경찰 등이 등장하여 파란 많은 줄거리가 전개된다." 비참하게 만드는 제도와 관습을 타파하려는 종교적 낙관론으로 후대에 영향을 크게 끼친 세계문학이고 프랑스 낭만주의 문학이었다.

'앙드레 지드의 좁은 문'은 영혼과 육체의 양극에서 소재를 구했고 "알리사는 사촌동생과의 지상에서의 사랑을 단념하고 힘을 다하여 좁은 문으로 들어가는 천국에서의 영혼의 합일을 꿈꾼다. 그러나 알리사에게 힘에 겨운 일이었고 그녀는 이윽고 덕과 천국의 신에 대한 신앙까지 잃고 요양원에서 패배의 짧은 생애를 마치지 않으면 안 되었다." 관능과 환락의 추구가 좌절된 타락자의 비극으로 후대에 영향을 크게 끼친 세계문학이고 프랑스 상징주의 문학이었다.

'괴테의 젊은 베르테르의 슬픔'은 개인적인 체험에서 소재를 구했고 "베르테르의 비극은 단순한 실연의 얘기가 아니고 일체의 사회적 통념을 배척해서라도 인간본연의 감정을 살리며 해방된 심정을 충족시킬 권리를 주장하려는 적극적인 정열의 내면생활을 토로한 것이다." 자연과 인생을 지배하는 법칙을 터득하여 후대에 영향을 크게 끼친 세계문학이고 독일 고전주의문학이었다.

'실러의 빌헬름 텔'은 역사의 흐름과 개인의 자유와의 갈등에서 소재를 구했고 "스위스의 순박한 여러 농민과 포수들이 오스트리아의 압정에 항거하여 악한 영주 대리 게슬러를 타도한 텔의 영웅적 행위에 호응하여 일제히 봉기, 조국해방과 자유를 획득한다는 것이다. 텔을 중심으로 민중의 움직임을 통하여 행동이 전개되는데 전편을 일관하여 흐르는 이념은 고귀하고 소박한 자유에의 정열과 조국애인 것이다." 통찰력의 예리함과 창조력의 왕성함으로 후대에 영향을 크게 끼친 세계문학이고 독일 고전주의문학이었다.

'도스토예프스키의 죄와 벌'은 근대 도시의 양성과 인간회복으로의 열망에서 소재를 구했고 "라스콜리니코프는 합리주의자이고 빈곤에 허덕이고 고독에 짓눌린 그는 한결같이 추상적 사색에 몰두하는데 그의 예리한 지성은 이 고독의 사색에서 독창적 이론을 체계화한다. 선악을 초월하고 나아가서 스스로가 바로 법률이나 다름없는 비범하고 강렬한 소수 인간과 인습적 모럴에 얽매이는 약하고 평범한 다수 인간으로 분류되는데 그는 자신이 전자에 속하는 것으로 확신하고 그것을 입증하기 위해 한 마리의 이에 불과한 무자비한 고리 대금업자인 노파를 죽인다. 그러나 성스러운 매춘부 소냐의 권유에 따라 자수를 하고 시베리아의 감옥으로 끌려간다. 그녀의 감화에 의한 주인공의 종교적 갱생과 정신적 부활이 그려지고 있고 주인공의 심각한 고민이 투철한 심리분석과 극적인 박진력으로 훌륭히 묘사되고 있다." 인간회복으로의 열망을 호소하는 휴머니즘으로 후대에 영향을 크게 끼친 세계문학이고 러시아 사실주의 문학이었다.

'톨스토이의 전쟁과 평화'는 나폴레옹의 러시아 침략이라는 조국의 운명을 건 큰 사건에서 소재를 구했고 "지성이 높은 교만한 야심가 안드레이 공작은 나폴레옹의 숭배자였으나 죽음을 앞에 놓고 신의 법도는 자기희생에 있음을 깨닫는다. 한편 세련되지 못한 낙천적 이상주의자 피에르도 자기가 구하고 있던 진리를 찾게 된다. 그는 신의 의지를 믿으며 모든 것을 용인하고 거역하지 않는다." 눈에 보이지 않는 민중이야말로 역사를 움직이는 주인공으로 후대에 영향을 크게 끼친 세계문학이고 러시아 사실주의 문학이었다.

'셰익스피어의 햄릿'은 인생은 무엇인가. 하는 인생에 대한 의문에서 소재를 구했고 "덴마크의 왕자 햄릿은 아버지가 죽은 후 한 달도 못 되어 왕이 된 숙부 클로디어스와 결혼해버린 어머니 거트루드의 배신행위에 깊은 상처를 받고 인생에 대한 절망감에 사로잡힌다. 숙부는 그를 영국에 보내 죽이려고 하지만 도중에 해적선에 잡혀 다시 덴마크로 되돌아온다. 덴마크에 되돌아온 햄릿은 그만 미쳐서 익사한 그의 애인 오필리아의 장례식을 맞게 된다. 클로디어스는 오필리아의 오빠인 레어티즈와 햄릿 사이의 검술시합을 꾀하여 결국 레어티즈는 독검으로 햄릿에게 상처를 입히지만 역시 자기도 상대방의 손에 빼앗긴 독검에 상처를 입고 음모의 전말을 폭로하니 햄릿은 이어서 클로디어스를 넘어뜨린다." 명상적 성격의 전형으로 후대에 영향을 크게 끼친 세계문학이고 영국 인문주의 문학이었다.

'밀턴의 실낙원'은 신에 의지하면서 고난의 길을 걷는 평범한 사람 가운데에서 소재를 구했고 "1,2권에서는 신에 반역하여 지옥에 떨어져 낙원에 사는 아담과 하와를 유혹하여 복수하려는 사탄을 그렸고 3권에서는 천상의 소식, 4권에서는 에덴 낙원의 축복을 노래한다. 5~9권에서는 천사 라파엘이 아담에게 사탄의 반역과 천지창조의 전말을 얘기하여 경고하지만 인류의 시조 하와는 뱀으로 변신한 사탄의 유혹에 지고 만다. 10권에서는 죄를 진 후에 찾아오는 재화, 11, 12권에서는 인류의 역사와 구제의 예언에 관한 것이 묘사되며 아담과 하와는 신의 섭리를 믿으며 낙원을 떠난다." 섬세하고 정확하고 장중한 서사시를 마음껏 구사함으로 후대에 영향을 크게 끼친 세계문학이고 영국 인문주의문학이었다.

'헤밍웨이의 노인과 바다'는 낚시를 좋아하는 취미에서 소재를 구했고 "주인공 산타아고는 84일간의 흉어로 인하여 어부로서의 생활고를 겪고 85일째 늙은 몸을 채찍질하여 바다에 나갔다. 마침내 1천500파운드의 돛새치를 잡았다. 그러나 늙은 영웅은 육지로 돌아오는 도중의 잠깐 사이에 큰 상어 떼에게 습격을 받아 뼈만 남은 돛새치를 배에 묶어 가지고 돌아온다. 노인

산타아고는 용기와 힘의 상징인 사자의 꿈을 꾸지만 인간의 생명은 짧고 세상은 괴로움으로 가득 차 있다." 자기 극복으로 과감하게 죽음과 대결하는데 인간의 존엄성이 있다는 암시로 후대에 영향을 크게 끼친 세계문학이고 미국 실존주의문학이었다.

그는 문학 속에서 자유를 꿈꿨고 설레는 시대의 문학을 알았고 구조주의문학을 꿈꿀 수 있었다. 문학의 묘사와 흐름이 서정적이고 이지적인 관계로 언어의 감흥과 이해를 주어서 거절처리를 하는 경우, 언어의 설득력이 민감하게 작용했다. 울리고 웃기는 종교인의 말에서 신비한 초능력이 일어났다. 명쾌한 토론을 재치 있게 하는 지성인의 표현에서, 능란한 웅변을 멋있게 하는 정치인의 연설에서, 그 중요성이 새삼스럽게 강조되었다. 언어는 가치 있는 자에게 정말 훌륭한 표현수단이었다. 말을 잘하면 유익하고 말을 잘 못하면 무익했다. 다시 말해서, 말을 진실하게 하면 보석보다 낫고 말을 거짓으로 하면 오물보다 못하다는 것이었다. 언어는 마지막에 가서 바르게 하는 것이 가장 아름답고 빛날 것이고 본의 아닌 거짓말과 모르고 하는 거짓말 등 많으나 속이기 위해 거짓말을 한다면, 더럽고 추잡해서 말 못할 정도의 어두움이 깔리고 마음은 괴로워 신음하고 말 것이었다.

주민문학을 통해서 사실자료가 만들어지고 학교교육을 통해서 강의자료가 만들어지면 언론통신에 의한 전파 자료가 완성될 것인데 언론에 속한 언어의 일부는 번역을 포함하고 통역은 언론의 일부에 포함되고 언어는 평론가에게 꼭 있어야 할 존재이고 언어는 인류를 다른 동물과 구별하여 특징지어주었다. 선천적인 언어능력을 갖고 태어나는 인간은 독특한 문화와 의사소통을 가졌고 경험을 언어로 표현한 지식의 축적에 의해 문화는 향상되고 언어의 변천은 문화의 발달에 따라 일어나고 감정 표현의 말과 논리표현의 글이 보완하면서 언어의 기능을 수행하고있었다.

20세기 후반에 '대자보문화' 좌익이 극성스럽게 요란했지만 '작은 알림문화' 자유가 일어나 자유세상이 이루어질 것이고 세상의 빛과 소금이 되고 사랑의 안식처가 되는 복지원에서 온몸으로 채워드리는 사랑의 봉사가 날로 증가할 때, 한없는 기쁨과 평화가 솟아오르고 이웃과 더불어 사랑이 충만하게 되면 우익이니 뭐니 할 필요가 없을 것이고 서로 돕는 고마운 이웃이 있는 한 안심하고 친애할 수 있으리라. 여겼다. 소외계층은 불행과 절망을 극복하기 위해 내재정신과 의사소통해야 했다. 병들어 고통 받고 잠을 이루지 못할 때, 몽롱한 생각으로 전신을 압박하고 혼돈과 갈등에서 쓰라린 체험을 한 벗님네는 지혜의 교훈을 매일매일 쌓아올려 미리 예방하는 습관을 길러야 했다. 밑바닥 인생의 길을 걷는 이웃 동료에게 자선을 베풀고 상대적 비교를 통해 공동체의식을 가지면서 이웃과의 높은 담을 헐어버리는데 앞장서야 체제와 자유와 학문은 순조롭게 진행되었고 위대한 평화의 전진을 위해 상대방을 이해하면서 자유롭게 질서 가운데 행동하여 깨뜨릴 것은 깨뜨리고 부술 것은 부숴야 했다. 마음의 병에서 해방되고 언어의 장벽에서 해방되면, 가난에서 저절로 해방될 것이므로 가난의 해방을 부르짖으며 절규할 필요는 없었다. 가난과 저주에서 벗어나 능동적이고 적극적이고 창조적이고 진취적인 사고방식으로 축복의 길을 가야 했다. 현대의 위기의식을 극복하는 길은 진정한 자유이었다. 물질과 돈이 우리를 구하지는 못했고 물질의 고도의 기능이 다수의 물질문제를 해결할 뿐이지 내재된 정신세계를 해결하는 것은 아니었다. 남성이 여성일 수 없듯이 정신은 물질일 수 없었다. 모든 마음을 다해 힘쓰고 사랑스런 교제를 계속해서 해나가면 하늘과 땅 사이의 거짓되고 잘못된 문제가 빠짐없이 해결되고 증오와 질투와 실망은 사라지게 되고, 정신과 육체가 조화를 이루고 식물과 물질을 도구로 쓰고 자연과 환경을 깨끗하게 청소하면 한 폭의 그림처럼 보이고 거기에 생동감 있는 언어와 감정이 시적인 여운을 남길 때 자유가 샘솟듯 할 것이다. 삶과 죽음의 갈림길에서 서성거리고 방황하는 자에게 용기와 신념을 불어넣어 불평과 원망이 없는 정신세계를 갖도록 따뜻한 말 한마디를 해줘야 했다.

윤 평론작가는 김 평론가에게 전화로 먼저 연락을 하고 찾아갔다. 평론가는 평론작가를 반가이 맞아 얘기했다.

"잘 오셨소."

"반갑습니다."

"지난번에 부탁한 원고청탁은 사장의 이해로 쉽게 풀릴 것 같소."

"그래요."

"시대에 대한 시사를 원고지 20매로 채워 가져와 주세요."

"네, 그렇게 하죠."

"반응이 좋으면 계속 칼럼을 쓰게 될 거요."

"열심히 잘 쓸게요."

"지현 누나를 정말 잊은 거죠."

"정말 잊고말고요."

"나는 지현 누나를 너무 좋아해요. 4촌 누나이더라도 친형보다 더 좋아해요."

"참 과거의 사랑이 이렇게 남아 우리의 걱정으로 승화되는지 모르겠소."

"이제 우리는 좋은 글을 써서 독자를 만족시켜야 해요."

"많은 연구를 열심히 해 독자의 좋은 반응이 나오도록 노력할게요."

"정말 그렇게 해주세요."

"지현 누나와 아내 사이는 서로 친한지 궁금해져요."

"지현 누나와 나의 아내는 질투가 있어도 서로 오가며 재미있게 지내요."

"참 행복한 가정을 이루고 사네요."

"남들이 우리의 가정을 아름답게 봐주어 그렇게 행복을 느끼고 살아요."

"우리 이제 자주 만나 허물없이 지냈으면 해요."

"지현 누나가 있어서 어찌될는지 모르겠소."

"알았어요. 자주 만납시다."

"그렇게 합시다."

"그럼 다음에 찾아올 게요.'

"그래요, 잘 가세요."

윤 평론작가는 김 평론가보다 더 추상의 세계에서 살았다. 그는 자유와 영혼의 존재를 이성과 도덕에 의해 적극적으로 긍정하는 이념이 필요해서 자유세계에서 느끼는 자유이념을 선하고 진실하고 아름답게 가꾸었다. 평론가는 평론작가보다 더 구체적으로 살았다. 그는 문학의 닫힌 문을 개방하여 평화로운 세계를 여는 문학비평을 성숙한 경지로 했다. 양심과 자유에 호소하는 이를 위해 즐거운 날을 보내도록 객관적 비평을 했다. 가치판단의 이론적 배경을 바르게 두느냐? 그르게 두느냐? 에 따라 하늘과 땅 사이의 견해 차이를 두는 논쟁을 불가피하게 받아들였다. 평론작가는 이상향은 고향이야! 했던 지난날의 청춘을 추억으로 삼았고 현실에 부딪치고 속물처럼 살다보면 어느새 흰머리가 나오고 인생의 황혼 길에 접어드는 아픔을 달랠 길이 없어 애상에 젖었다. 그는 청초하고 아름답고 미래의 현실화를 체험하는 참 멋진 상상 가이었다. 평론가는 평론작가와 비교하여 자신을 반성하고 권위와 자유의 차이를 생각했다. 자유로운 권위의 자신과 자유의 순진성을 고이 간직한 평론작가가 너무 대조적이었다. 체면 때문에 속에 감추어진 자유를 잃고 말았던 지난날이 후회가 되었다. 깊은 마음속은 누구나 평등했고 자유에 대한 위선으로 가득한 체제에 대해 자신을 비판하지 않을 수 없었다. 그로부터 받은 메시지에서 많은 것을 어린 아이처럼 배웠고 응답을 하지 못한 체면은 남아있는 채 용서와 사랑을 구할 뿐이었다. 자유의 내면적 평화가 외면적 행복에 영향을 주듯, 선배에게 응답을 못할지라도 그로부터 받은 진실과 가식의 평화를 은총의 세계로 간직하고 싶었다. 움트는 새싹처럼 봄바람을 타고 온 처녀처럼 아기자기한 멋을 느끼는 가운데 언어창조의 산실에서 진통하고 향기로운 꽃밭에서 아름답고 활달한 자태를 봤고 외롭고 슬픈 총각의 그리움이 넘쳐 짝을 찾아 손짓하고 낭만과 꿈이 실현되는 순간 고독은 저 멀리 사라졌다. 평론작가는 감수성이 예민해 아! 아름답고 좋은 행복이 있는 줄을 그리움 끝에 알았고 즐거운 하루가 지나도 아름다운 꿈이 사라지지 않도록 하기 위해 꿈을 가슴에 품었다. "잊지 못할 청춘이여, 영원히 우리의 곁을 지켜다오. 사랑을 가꾸고 다듬고 문질러 빛을 내어도 사랑의 꽃은 지네. 사랑은 영혼 되어 고이고이 가슴속에 간직하소서." 평론가와 평론작가는 칼럼의 내용을 주고받으면서 자주 만났다. 추억의 그리움이 날이 갈수록 더해 가는 요즈음, 유행 따라 저속하게 될 우려가 있는 애정 TV 드라마에서 허우적거리는 평론작가의 감상적 비평이 가련하게 여겨졌고 기자의 교양프로가 고상하게 돋보여갔다.

선배는 작아지고 후배가 커져야지 후배가 잘 되는 것을 어찌 시기하겠는가? 는 선배의 자상한 태도에 감화를 받았다. 고 해서 창피한 것은 아니었다. 진리에는 선배와 후배가 없고 오직 진리가 있을 뿐이었다. 젊었을 때 알맹이는 다 이루어지고 늙어 갈수록 껍질만 무럭무럭 자라니 체면과 사회적 보장과 자기보호에 온갖 정성을 쏟았다. 영광과 오욕의 역사를 되풀이해 왔지만 주어진 조건과 제약을 가능한 한 역이용할 줄 아는 기회전환의 지혜를 선배는 가졌었다. 인간의 기다림 속에서 영원히 생명을 이어갈 후배가 있었다. 패배의 슬픔을 서정적으로 노래했던 조상은 연극의 주인공일 뿐 우리의 기억에서 사라졌다.

평론가는 교묘한 심리묘사로 깊고 따스한 인간성을 이해하는 데 도움을 준 소설을 우아한 가면에 지나지 않는다고 생각했고 수사적 기교가 경쾌한 웃음을 자아내고 격렬한 감정을 일으켜도 요동하지 않았지만 즉흥적 희극에 이끌린 분위기와 웅대한 여운을 지닌 발랄하고 명랑한 무대에 의해 압도되어 황홀한 순간을 맞았다. 평론작가는 일상생활의 내부에 깃들이는 신비적인 것의 정적인 표현을 알 수 없는 듯한 몽환적 분위기로 봤고 그 밑바닥을 흐르는 것을 인간의 능력이 아닌 초월의 능력에 의한 감각으로 봤다. 그는 봉건적 속박으로부터 해방시키는 새로운 국민운동이 전개되고 풍습이 변화되는 시대를 좋아했고 주제와 형식이 새로운 경향을 보이고 세계적 물결에 의해 민감한 반응을 나타내는 시대를 좋아했다. 그는 활기를 되찾은 지식인의 문화에서 다채로운 기교와 은유로 꾸며진 아름다운 꽃을 보았다. 문화에 대한 유머와 발랄한 사명감에 넘친 자유로운 풍자는 활력이 넘치고 감추어진 내용의 익살도 낭만적 색채를 띠었다. 시대문화는 진실과 허위를 파헤치고 세련된 묘사로 죽음과 비참함과 고뇌까지 표현했다. 참신한 기법으로 여러 가지의 표현수단을 기발하게 개척해 인간의 감정이나 심리를 묘사하고 긴장감을 줌으로써 억압당했던 감정을 회복하고 정신의 내면을 드러냈다. 시대영화는 창조적 생명력을 노래하고 스스로 도취하고 익살이 풍부한 웃음에서 행복을 찾았다. 매우 신랄하게 느끼게 하는 정염에서 벗어나 이성을 되찾고 꿈과 현실 사이를 냉철하게 직시했다. 극성스럽고 깜찍한 유희를 풍성하게 한 연기도 타다 남은 재처럼 느껴질 뿐이었다.

평론작가와 평론가가 느끼는 자유로운 체제는 은근히 마음에 파고 들어가 옳고 그른 시비를 가려냈다. 격변하는 세계 속에서 사는 우리는 자유롭고 자주적인 인간이 되기 위해 노력하고 자기를 파괴하는 자유를 허용할 수 없었다. 자유평등의 낙원을 연상하고 문명의 타락을 막고 소외를 줄이는 것이 몰락하는 구조적 계층을 구제하는 것이었다. 대중은 열광적 환영을 받을 수 있는 여론의 자유질서를 최대한으로 가질 수 있었다. 생계에 시달린 대중에게 해방과 자유를 줄 수 있고, 편하게 즐길 수 있고, 자각할 수 있는 시간이 필요할 수 있었다. 여기서 체제와 자유가 포근하게 깃들어갔다. 도시와 농촌간의 생활환경이 자연스럽게 형성되어 원활한 관계를 맺고 상호의존하면서 자연스럽게 발전했다. 도의적 우월감을 과시하기 위해 지배계급으로 지도적 역할을 하는 것보다 봉사자로 여유 있게 자유의식을 심는 게 나았다. 집단 간의 문화나 관습의 차이를 해소하고 융합과 동질화로 상호작용의 순환을 일으켰다. 급속한 발전을 이룩한 방송은 부드러운 설득으로 계속하여 대중에게 친근감을 주고 학문적 기초와 뿌리가 우선적으로 작용해야 질 좋은 문화를 형성했다.

평론작가는 현실불만과 불안에서 벗어나 새로운 꿈을 실현하고자 하는 요구로 돌출을 하는 상황을 자아냈고 인간의 상상에서 비롯되어 만들어진 대중문화를 체제와 자유에 맞춰 알차게 꾸려나가 함께 호흡하면서 한탄과 절망과 아픔을 극복하기 위해 더욱 더 꾸준히 노력했다. 그는 체제의 진보에 대한 확신을 가지고 설레는 시대를 품고 불확실성 시대에 사는 위기의식을 떨쳐버리기 위해 자유주의 문학관에 기초를 두고 진정한 평화를 추구했다. 평론작가와 평론가는 번뇌와 실의를 고백하고 사랑의 위대함을 깨달아 자유의 땅 위에서 살기 위해 허식에 찬 문명을 개선했다. 재미가 있고 감탄할만한 내용이고 충실하게 묘사한 작품을 참다운 극적 생명으로 승화시키고자 노력했다. 인물의 형상을 세부에 이르기까지 파고 들어가 자연스러운 감정을 존중하고 감당할 수 있는 한도 내에서 합리적 판단을 했다.

평론가는 장교를 통해 경직된 분위기를 알았다. 그는 교수를 만나면 자유로운 친근감을 느꼈다. 그는 사가에게서 신사다운 멋과 선배다운 권위를 배웠다. 그는 승려의 태도에서 언짢은 기분을 느꼈다. 그는 농부를 만나 한가한 모습에서 풍기는 여유를 느꼈다. 그는 장로에게서 정중하고 성의 있는 예절을 배웠다. 그는 이사의 지혜와 은총과 우정을 느꼈다. 그는 철학자에게서 당돌한 태도를 봤다. 그는 기사에게서 대담성을 느꼈다. 그는 평론작가를 바라보면서 진리에 집착하고 있는 순진성을 발견하고 어렴풋이 결백한 인물이리라 짐작했다. 그는 체제의 인물과 자유의 인물을 존경했다. 명예로운 삶을 갖고 싶어 하는 인간의 심리는 예전이나 지금이나 마찬가지였고 한결같이 명예를 사랑하는 가운데, 체제의 인물을 높였다.

열렬히 사랑하고 웬만한 잘못을 덮어두고 긴장을 풀고 평화롭고 부드러운 상태를 유지하도록 노력했다. 평론작가의 세계관은 너무 지나치기에 따돌림을 받을 수 있으나 시청각의 알 권리를 무시하는 오류를 범하는 것보다 자유롭게 공개하여 결점이 있으면 시정하고 받아들일 것은 받아들이는 이해가 더 솔직하리라 느꼈다. 그는 특별히 책 속에 파묻히는 습관이 청소년 시절로부터 평생 계속되도록 언론기관이 선도하면 좋겠다는 생각을 가졌고 '단테의 신곡'과 '셰익스피어의 로미오와 줄리엣'과 '밀턴의 실낙원'과 '괴테의 파우스트'와 '톨스토이의 부활'을 한번쯤 읽어보라고 권유했다.

지구의 온대지역에서 4계절이 있고 평야가 있는 땅을 차지한 인종이 복 받은 민족이고 체제를 알고 자유를 아는 국민이 복 받은 국민이었다. 우리는 어디에 속해 있는지 살펴보고 가능한 한 복 받는 비결을 찾도록 했다. 방송의 기능은 통신위성의 발달로 세계 구석구석까지 확대되고 세월은 흘러 해결할 수 없는 모순이 차차 자유방송에 의해 풀렸다. 전파력의 우위에 따라 문화의 가치가 정해질 정도로 세상은 변하고 있어서, 가치관의 혼란과 망각의 주입이 일어날 우려가 있었다. 인간의 정신세계는 로봇기계나 컴퓨터에 의해 조종을 받는 것이 아니고 TV에 의한 것도 아니고 TV를 움직이는 프로듀서에 의해 영향을 받으나 사실은 체제인의 영향을 받고 있었다. 배우 뒤에 평론가가 있고 극작가 뒤에 평론가가 있는데 평론가 뒤에 미지의 존재가 있는 줄 모르고 임의대로 주장할 수 없으므로 미지의 존재에 대한 선입관을 버려야 했다.

평론작가는 공존하고 사는 가운데 언어의 감각과 영상의 감각을 해결할 수 있는 회상의 종점에서 의문을 풀고 미래를 예측했다. 평론가는 섬세하지만 결단력이 부족했다. 평론작가는 겸손하지만 혼란의 아픈 상처의 추억을 가졌다. 교수는 학자다운

권위로 자유를 대단히 좋아했다. 사가는 거친 세파를 겪은 경험
자이었다. 장로는 봉사체험을 간직하면서 검소함과 절약의 세
월을 강조했다. 이사는 밝고 명랑하면서 항상 무난했다. 농부는
세상을 관망하면서 편안하게 살아보려는 태도로 적당히 일했
다. 장교는 퉁명스런 성격으로 고집이 세고 힘차게 밀어붙였다.
승려는 자존심이 강하고 야망이 있어서 멸시를 당하지 않았다.
기사는 함부로 남을 학대하고 자신도 학대하면서 열심히 살아
갔다. 철학자는 남을 흥분시켜 정신을 빼앗고 멋대로 행동했다.
　거친 세파를 이겨나가는 젊은이의 개척정신을 본받아 항상
청춘의 환희 속에서 살 수 있는 지혜와 용기를 가지고 변함이
없이 사색하고 노래하면서 황홀하고 찬란한 기쁨의 놀라운 추
억을 간직했고, 꽃다운 청춘을 마음의 애무로 불태우고 사랑의
노래를 부르면서 약동하는 희열을 속으로 채우고 힘의 원천이
사라질 때까지 사랑을 실천하는 위대한 인물들이 밤하늘의 별
들이 빛나듯 떠오르다가 큰 별들이 환히 들어올 뿐이라서 멍청
하게 바라봤다.
　평론작가는 단순한 표현과 복잡한 표현이 교차해 대칭을 이
루면서 전개되는 산만을 통일시키기 위해 명확한 인물들을 통
해 집중하고 문장을 교정해 정리해나갔다. 평론가는 내용을 중
시한 인물중심으로 비유와 상징적 진실을 설명하려고 논술의
형태를 첨가했고 막연한 표현을 피하려고 무척 노력했고 문학
장르에 맞추는데 정력을 쏟았다. 그는 평론작가에 대한 희망을
안고서 여간 신경을 쓰는 게 아니지만 역시 지나친 사고는 고민
을 수반할 우려를 가져왔고 평론작가의 주관적 사고 또한 독자

의 의견을 무시해버리는 편견을 가져오나 공식적 원천에서 나오는 생각에 의해 갈등을 없애주었다. 그는 평론작가를 인정하면서 대조적 입장을 조화를 통해 평안하게 다루었다. 사상가와 문인의 작품에서, '톨스토이의 인도주의' 와 '셰익스피어의 작품' 을 클로즈업해 세계화의 물결을 고취시켰다. 바람은 여러 모양으로 불어 어떤 바람과 구름을 타고 상상의 여행을 해야 하는지 모르지만 진실을 희구하면서 자유의 길을 갔다.

명암의 시대

드디어 민주인사가 정권을 잡는 길이 열렸다. 오 교수는 전남대 총장을 거쳐 5.18민주화운동의 공로로 김영삼 정권이 들어서면서 장관을 지냈다. 견딜 수 없는 감옥생활을 품고 살았던 교수는 양심과 인권을 교육차원에서 다루었다 현진은 오 교수가 좋은 정치를 하구나 싶어 기뻐했다. 그는 마음대로 글을 펼칠 수 있어도 무명해 동창들의 환호를 받지 못했다. 친구는 TV 방송에 나와 새로운 지식을 전할 때마다 동창들로부터 부러운 대상이 되었고 장수에 대한 비결을 알려줄 때마다 동창들은 자신의 건강을 위해 열심히 그의 말을 경청할 수밖에 없었고 대학교동창들과 고등학교동창들 뿐만 아니라 의료계에서 알아주는 유명한 인사가 되어 있었다. 현진은 정치에 빠져 헤매었고 태수도 정치에 빠져 헤매었는데 친구는 생명과 건강을 위해 좋은 일을 했다. 그는 일류초등학교, 일류중학교, 일류고등학교, 일류

대학교를 나와 아무런 사고 없이 지내니 동창들로부터 부러움을 샀고 민수는 일류초등학교, 일류중학교, 일류고등학교를 나왔어도 일류대학교를 나오지 못해 좌절을 느끼면서 살았고 태수, 순석, 현진은 일류학교와 일류가 아닌 학교를 나와 대충 그냥 엘리트가 아닌 엘리트로 저자세로 살았다. 좋은 학교에 보내고 싶은 부모의 심정을 이해하지만 너무 지나친 교육열로 교육비리가 생겨 사회문제가 되었다. 자존심을 가지고 살면 그런 대로 세상을 평탄하게 살 수 있어서 열심히 공부해 좋은 학교를 나오면, 부모도 그 덕에 어깨를 펴고 사는 분위기가 만연되어 좋은 것인지 몰라도 그렇게 살아갔다. 세상에서 꼭 성공한 케이스로 공부를 잘해 학자가 되는 것보다 어떻게 하다보니까 출세한 자를 들 수 있었고 세상을 고쳐서 세상을 새롭게 하는 이가 진정한 성공자임에도 불구하고 먼 유토피아의 세계에서나 가능하다고 여겼다. 친구는 누가 뭐라 해도 생명의 비밀을 과학과 의학을 통해 풀고자, 생쥐실험을 징그럽게 하는 일을 반복했고 장수의 비밀을 알아내고자 멀리 여행을 가 알아보기도 했다. 인간이 얼마나 연구해야 끝나는 것인지 허무를 느낄 때 집으로 돌아와 아늑한 아내의 품속에서 행복의 비밀을 찾고자 했다. 사랑만이 생명의 비밀을 풀어주고 장수의 비밀을 풀어주고 행복의 비밀을 풀어준다는 것을 뒤늦게 알아 학교보다 가정에 더 충실해지는 길을 가기로 작정했다. 그는 김대중 정권이 들어서자 데모 쟁이가 아니었어도 실력이 좋으니까 초대를 받아 더욱 유명해졌다. 그러나 김대중은 드디어 대통령이 되었어도 영화와 희생을 같이 한 사람끼리 서로 챙기면서 살아갔고 거기서 밀려난 태수는 이렇게 이상하게 돌아가는 사실을 뒤늦게 알고 한탄을 했다. 태수는 동창회에서 현진에게 바쁘다면서 명함이나 달라고 해 주고 받았고 그가 현진에게 다음에 만나자면서 헤어졌다. 사람을 많이 만나는 정치인으로 살다보니까 이 모임 저 모임에 얼굴을 내밀고 살았다. 현진은 그의 정치현실을 알고자 그의 사무실로 찾아갔다. 그는 국회의원선거에서 두 번이나 낙선해 풀이 죽어있었다. 현진은 그에게, "5.18때 감옥에서 억울하게 옥살이할 때 고생이 많았지."했고 태수도 그에게 소문에 의하면, "너도 고생한 걸로 아는데."했다.

"별로 고생이 안 되다… 죽을 고비만 넘겼을 뿐이야."

"감옥에서 자유롭기 위한 투쟁을 하면서 지냈어도 법률의 한계를 느꼈어."라면서 태수는 조그만 팸플릿을 내보였고 낙선한 이유를 설명한 자기견해를 알려주는 것이었다.

그 내용은,

"자신은 모르는 자유의 문제점을 알아내기 위해 근본적 원리부터 찾아내고 싶었고 세대교체를 주장하고 싶은 충동을 참으면서 좋은 이치를 알아내고자 최선을 다해 노력했고 얼마나 세상이 야속한지 자신의 희망은 권모술수에 의해 막혀서 괴로웠고, 기본권리와 보편권리 사이에서 방황하는 우리 동지에게 자유를 인식하고 자유를 위해 봉사하고 자유를 벗 삼아 생활하는 공식원리가 주어지면, 갈등과 회의에서 틀림없이 해방될 거야. 자유를 개발시키고 다방면적인 흥미를 북돋우고 언어, 노래, 표정을 통해 흥미를 연속시켜서 자기실현을 조성하고 선량한 자유민의 육성과 동창사회의 육성과 공동사회의 육성과 사고력

육성에 부합되는 법률방식을 도입할 필요가 있어. 인간의 자유를 억압하고 압력에 의해 생활과 인격을 바꾸고자 하는 것은 억압에 그치는 것이 아니라 약한 육체에 반대되는 방향을 주어 언제나 빗나가게 해. 자유로운 분위기에서 살아가야 할 권리와 남의 권리를 침해하지 않는 가운데 자기활동을 하는 독립심을 길러서 탈선하지 않도록 돕는 길만이 최선의 방법일 거야. 표현과 감동을 통해 감화하고 공명하도록 대화의 광장에 참여하게 하는 것이야말로 순수하고 아름다울 거야. 자유주의가 돈의 가치로 변질되면 정말 우습다. 자유주의가 가치로 삼아온 구속받지 않을 자유, 정치적, 사회적 자유의 가치는 역사 속에서 빛나야지 돈으로 빛나면 한심한 거야. 주관적 친교를 통해 환경을 개척하고 자기부정의 감정과 열등감을 씻어보는 자존심도 필요하고 질투나 혐오를 행동으로 고쳐나가는 노력을 부지런히 하여 실천성을 개발하는 가운데 자발적인 활동을 하도록 동기유발을 시키고 준비하는 연습을 통해 자유를 실천하면 좋겠어. 자세하고도 구체적인 자료를 준비하여 보고하는 연습을 진행하다보면 저절로 자유를 알게 되고 자유를 좋아하게 되어 자유 속에서 행복을 가지게 될 거야. 정치의 좌절을 극복하지 못해 숨 막힐 때, 희비가 엇갈리는 역사의 종점이 있는 것 같이 느껴졌어. 아마, 좋은 사람과 나쁜 사람의 종점이 있는 것인가? 한번쯤 느껴보는 감정이었어. 자유와 정치가 담당할 과제로 있기에 모르는 정치문제를 풀어보고 싶었어. 자유는 인권 및 기본적 자유를 존중하도록 장려하고 있고 사회평화를 유지하기 위해서 기득권의 협력을 필요로 하고 공존을 이룩한다는 과제를 지니고 있어서 사회적, 인도적인 정치문제의 해결을 위해 인간이 구속당하지 않고 자유로운 활동을 하는 원칙에 따라서 행동하고 싶을 거야. 자유의 실천을 위해 서로 불신하지 말고 불신 속으로 빠져들지 않으면 신뢰를 회복하여 긴장완화의 노력을 계속하는 가운데 자유와 정의가 있는 아름다운 사회를 멋있게 건설할 수 있을 거야. 자유적 실천이 이루어지는 행동이 가치 있게 만들어져 미래에 대한 두려움에서 벗어나 정치적 실수에서 벗어날 수 있었으면 좋겠어. 자유의 뼈대가 만들어진 것 같아 정치에 응용을 해도 손색이 없을 것 같으니까 현대의 정치에 대해 자신 있게 의견을 표출할 수 있게 된 것 같고 앞으로 분명히 자유를 지켜주는 법률이 만들어지면 좋은 세상이 될 것 같아."라는 것이었다.

현진은 그의 견해를 이해하면서 대충 그러리라 느꼈고 자신도 태수에게 간단한 시를 전하고자 힘을 썼다. 그는 태수를 위로하기 위해 그 마음의 허전함을 달래주었다.

"아름다운 세상"

"아름다운 세상에서, 아름답게 살고파 여인에게 빠지고 자연에 빠져 봐도… 모르고 그만 실수할 적도 많고 서투른 자신에게 채찍질을 해봐도… 영, 우리에게 오는 것은 완전에 대한 동경뿐이야. 그래도 가야 할 길을 가야 해. 힘이 남아 있는 순간까지. 아무리 부르짖어도 떠오르지 않는 미래여, 홀로 지치지 않게 인도해다오. 자유는 우리의 곁에 분명히 있습니다. 저 멀리 있는 것이 아니에요. 우리가 찾지 못해 서글퍼지고 고달파지고 애타하게 느낍니다. 육체의 자유가 오는 아름다운 그리움을 즐겁게 간직하고 싶습니다."

  태수와 현진은 지금 우리는 감옥에 있지 않는 자유를 같은 하늘 아래서 느끼고 있기에 서로 협력하자고 다짐했다. 현진은 자유를 느끼고 사는 보람을 가지고 자유로운 상상을 했고 사랑을 못다 한 아쉬움을 남기고 집으로 돌아갔다.

12

사랑의 회상

　현진은 아늑한 이불 속에서 포근한 상상을 했고 문득 스치는 여자들을 붙잡았다. 그는 만약 초등학교에서 사랑하고픈 희숙하고 잘 되어 결혼까지 했다면 사내아기와 딸아기를 낳아 오순도순 살면서 깨가 쏟아졌을 텐데 지나간 세월을 무어로 바꿀 수 있겠는가 하는 무능함을 절실하게 깨달았다. 그녀는 공부도 잘하고 얼굴도 예쁘고 교회도 나가 착하니까 그가 그녀를 아내로 삼았어야 했는데 보고 서로 장난이나 쳐본 기억밖에 없으니까 그녀와 바보 같은 친구사이로 끝나고 말았다. 그가 교회를 계속 나갔으면 그녀하고 만날 기회가 많아 혹시 그녀와 결혼하게 될 수도 있었는데 하는 희망 섞인 마음에 위로를 가졌다. 왜, 그녀가 지금까지 잊혀지지 않고 자신의 가슴속에 남아있는지 모르겠지만 그녀에 대한 어릴 때의 좋은 감정을 어떻게 막을 길이 없었다. 바보처럼 그렇게 착한 그녀를 사로잡지 못한 못난 자신이 우스꽝스러웠다. 철부지 어릴 때의 그녀에 대한 동경은 안개가 되어 지금도 너무나 그립고 교회를 계속 나가지 못한 후회가 그를 감싸면서 용서를 구했다. 그녀는 아주 미녀는 아니었지만 적당히 얼굴과 몸이 조화롭게 잘 생겼다. 지금은 너무 오래 되어 그녀를 빨리 기억해낼 수 있을는지 모르지만 만나면 무척 반갑게 만날 수 있을 것 같은 예감에 빠졌다. 만약 자신이 그녀를 만나면 한번도 포옹을 해보지 못했기 때문에 포옹을 할 수 있을는지 떨리는 가슴을 달래고 몸가짐을 단정하게 할 수 있을는지 모르겠다. 그가 알고 있는 그녀에 대한 동경이 허물어지면서 엄청난 어려움에 처해 과부로 외롭게 살아가는 그녀를 현실적으로 만나면 자신은 할 말을 잃고 망설이고 말 것 같았다. 정말 사랑한다면 그녀가 과부가 되고 불구자가 되어도 사랑해줄 수 있어야 하는데 문제는 깊이 사랑하지 못했기 때문에 헌신적 사랑의 경지에 다다르지 못한 서글픔을 가질 수밖에 없었다.

남을 사랑한다는 것은 너무 어렵고 아는 이를 사랑한다는 것은 어렵고 친구를 사랑한다는 것은 좀 쉽고 친척을 사랑한다는 것은 쉽지만 헌신적 사랑을 한다는 것은 쉽지 않았고, 사랑할 수 있는 대상이 사랑으로 되돌아오지 않으면 사랑보다 질투가 되어 미움이 싹틀 수 있어서 사랑한다는 것이 얼마나 자신에 대한 모험인지 몰랐다. 누구나 사랑할 수 있는 것이 아니고 애틋한 감정의 발로가 있어야 사랑의 빛을 발휘할 수 있으리라 봤다. 소중한 사랑을 간직하고 사는 것이 생명의 원천일 수 있으리라 봤고 그것도 마음대로 되지 않는 현실 앞에서 서로 함께 사랑을 동반자적으로 이끌어가야 할 것 같았다. 남들은 사랑을 잘할 것 같지만 자기보다 더 사랑하고 사는 비밀 속에 있다는 것을 상대적으로 알아 사랑에 대한 시험에 빠져 허우적거리지 않도록 조심해야 어설픈 사랑의 갈등을 가지지 않고 사랑을 지속시킬 수 있었다.

그녀는 지금 어떻게 살고 있을까 궁금해졌고 누군가 소식을 전해주었으면 하는 희망이 머리 속을 떠나지 않았다. 어릴 때 무엇을 안다고 짝을 좋아하고 싶은 설렘이 있었는지 참 모를 일이었다. 더구나 말도 제대로 건네 보지도 못한 사이인데 마음에 아직까지 남아 두근거리는 가슴을 어떻게 해볼 수 없으니 정말 그녀가 마음에 들었나 싶었다. 지금 그녀에게 묻고 싶은 것이 있다면 그녀도 정말 자신을 좋아했을까. 하는 것이었다. 세상의 절반이 남자이고 절반이 여자이지만 짝이 될 수 있는 사이는 극소수에 불과하다는 것을 세월을 통한 경험에서 알았고 어떠한 범죄적 성격의 소유자는 한량없는 성 관계를 갖고자 열광하는 모순을 가지니까 문제이었고 법적 특권을 지닌 왕도 만 명 이상과 성 관계를 갖기가 쉽지 않았다는 것을 책을 통해 알았지만 특권도 없는 주제에 날뛰는 변태성욕의 인간을 볼 때 비웃어주고 싶은 기분에 빠졌다.

"어렸을 때 느끼는 좋은 감정이 사랑으로 발전하는 경우가 적은 이유는 무엇일까?" 한참 생각해도 해답이 나오지 않지만 정말 알 것 같은 공통점은 누구나 반쪽 인생을 청산해 합치고 싶은 근원적 본능이 존재하고 있다는 것이었다. 원초적 본능이 잠재적으로 꿈틀거리는 소년 시절에 철모르는 이성에 대한 관심이 무엇을 의미한지 나중에서야 알았다. 정력이 생기기 전에 미리 이성을 상상해보는 감정이 정서적으로 자연스러운 것이라서 애틋한 감정을 순수하게 간직한 소년 시절이 그리워졌다. 소년 시절의 관심사는 부모에 대한 것이 많고 친구끼리 재미있게 노는 것이고 선생에게 칭찬 받고 싶고 호기심 때문에 여자 친구와 사귀고 싶은 것이지만 부모와 친구와 선생보다 알 듯 말 듯한 여자 친구가 자신 속에서 왜 꿈틀거리는 것인지 자신의 마음을 자신도 몰랐다. 사랑의 교제가 깊을수록 잊혀지지 않겠고 감각적 육체적 사랑도 잊혀지지 않을 수 있겠고 상상적 사랑도 잊혀지지 않고 상처를 남기는 마음으로 발전할까봐 고민할 수 있겠다. 사랑도 필요하지만 책임의식도 필요하니까 신중한 사랑이 필요하리라 봤다.

현진은 초등학교 시절의 희숙보다 중고등학교 시절의 현아가 더 머리 속에서 꿈틀거려 이상야릇한 향기를 느꼈다. 현아는 얼굴이 얌전했고 몸매가 보통이었고 지성적 매너를 가진 숙녀 같은 존재이었다. 그는 그녀를 더 많이 알 수 있었는데, 약한 몸 때문에 알고 싶은 비밀을 간직한 채 세월만 흘러갔고, 그에게 필요한 임무를 완수하기 위해 조용하게 지내면서 그녀의 존재가 까마득한 존재로 각색이 되었다. 신앙이 있어야 환난을 극복하기가 쉬운데 예수를 알뿐이지 예수를 믿지 못해 무어가 무엇인지 모른 상태에서 가치관의 혼란 속에 빠져 사춘기를 사랑의 교제도 없이 보냈다는 억울함을 무엇으로도 채우지 못했다. 참으로 억울하지만 원망할 수도 없는 자신의 존재가 한심하기 짝이 없었다. 그녀는 엘리트 코스를 밟으면서 잘 살아갔고 그녀의 인생에 좋은 빛이 있었다. 그녀에게 좋은 일이 있으면 어설픈 사랑의 감정만 사춘기에 간직한 채 부드럽고 편안한 마음으로 아른거리는 추억을 어루만지리라 봤다. 무엇보다 더 필요한 것은 생각만 무르익고 말과 행동이 따라오지 않는 허점을 고치는 것이었고 생각대로 되지 않는 인생이라서 포근한 사랑에 빠지는 아름다운 일이 일어났으면 하는 희망사항이 있을 뿐이었다. 그녀를 지금 만나면 무슨 얘기부터 나눌 수 있을는지 알 수 없지만 조금만 더 용기를 내면 자연스럽게 얘기를 나눌 수 있겠다는 마음을 가졌다. 새로운 만남의 호기심도 있지만 도덕에 예절에 신경을 쓸 가능성이 많아 자신도 모르겠다. 슬며시 다가온 사춘기의 방황한 성적 충동도 세월이 너무 흘러 잊혀지고 만 나약한 존재로 설레는 시대를 대비해야 할 시점이라서 안타까운 마음을 금할 수 없었다. 사랑이 싹트기 전의 회상은 늘 아쉬움을 주고 끝내 생수 같은 시원한 사랑을 꽃피우지도 못한 바보 같은 정감만 남겼다. 지친 인생이 무엇인지 알 것 같지만 좀처럼 풀리지 않는 감정의 얽매임에서 놓여나고 싶은 의지를 새삼 간직했다. 어찌나 사나운 물결이 다가와 자신의 인생의 시리듯 시린 전환점을 만났는지 만감이 교차될 뿐이었다. 사랑의 본보기가 되고 싶었던 어린 시절의 상상도 알고 보면 물거품 같은 것에 불과했다. "사랑이란 무엇일까? 좋은 감정을 못내 그리워하면서 옆에 꼭 두고 싶은 열망이 아닌지 모르겠다." 참으로 어여쁜 사랑이 자손에게까지 이어졌으면 좋겠다는 희망을 가져보지만 여간 힘든 것이 아니었다. 사랑하고픈 열망을 어디에 풀면서 살 수 있을는지 지나간 세월이 야속해 한숨이 나왔다. 가장 감수성이 예민할 때 어려운 난관에 빠졌으니 사춘기가 무섭게 여겨졌다. 사춘기의 추억이 아름다울 것 같으면서 왜 이리 가슴 조리듯 괴로운지 자신에게 반문했다. 감수성이 매우 발달된 청소년의 때에 꿈이 좌절되고 애정의 갈등에 넋을 잃고 말았으니 너무나 억울했다. 정말 우리에게 필요한 이상은 어디에 존재하는지 의문스럽지만 마음의 평화를 지키는 생명력에 의존하면 약간 안심이 되었다. 너그러운 자세로 향수의 감정에 빠져 회상해보면 인생의 허무와 욕망의 연속에서 자신의 합리화와 변명으로 일관할 수밖에 없다는 것을 알게 되었다. 조금 더 성숙해지면 알듯 말 듯한 아리송한 감정을 정리할 수 있으리라 봤다. 정력이 생기는 청소년 시절에 이성에 대한 맹신이 왜 생기는지 모르지만 원초적 본능이 너무나 황홀할 것 같아서 그렇게 사무치게 매달려 봐도 한 순간에 끝났다. 순간적 행복의 쾌락에 머물 수 있는 위험한 장난에 빠지면 아슬아슬한 시기에 인생의 행로가 험난해졌다. 왜, 자신은 청소년의 추억이 이렇게 서글픈지 원망하고 싶지만 원망하지 않기로 수없이 다짐했다. 자꾸 좋아지는 감정을 속일 수 없지만 사랑은 일방적 사랑이 아니라 쌍방의 사랑일 수 있고 입장을 바꿔놓는 사랑이라 한 남자는 한 여자를 사랑할 수밖에 없으리라 봤다. 아무리 좋은 여자가 있더라도 사랑하는 여자는 하나일 수밖에 없다는 근본적 이치가 존재하기 때문에 상상으로 하는 사랑은 진정한 사랑일 수 없었다. 남자는 여자를 사랑할 수밖에 없고 이성의 여자가 없으면 아버지 또는 어머니 또는 신을 사랑했다. 사랑의 대상은 분명히 정해지기 마련이고 누구를 선택해 사랑하느냐에 따라 인생의 멋이 달라질 수 있었다. 사랑의 대상이 하나가 아니고 여럿이라서 갈등에 휩싸일 때가 많으니까 아슬아슬한 스릴을 맛보는 선택의 자유가 주어지지만 그래도 하나로 귀결할 수밖에 없는 존재로 남았다. 알 수 없는 미지의 인생에 대해 너무 아는 척하는 습관을 고치고 살아야 이웃에게 좋은 인상을 심고 살 수 있으리라 보기 때문에 오늘도 내일도 수양을 닦는 연습을 했다. 그녀는 자신의 병상의 그리움을 주었던 여인 가운데 하나이었지만 그녀에 대해 아는 감정이 너무 초라해 사춘기에 겪었던 성적 유희적 상상을 불러일으킨 존재에 불과했다. 청소년의 성적 충동은 성숙되지 못한 과도기적 사랑이기에 성적 지식을 알아내는 정신적 호기심의 장난이었다. 성적 장난이 현실로 다가와 상처와 피해를 준다면 너무 괴롭고 아플 수밖에 없고 상대에게 큰 피해를 입힌다면 자신도 응분의 책임을 져야 했다. 성적 장난이 무책임하게 저지러질 수 없는 사회라는 것을 알았고 그 문제가 부모의 보호로 해결될 수 없다는 것을 절실하게 알았다.

현진은 대학교에서 사랑의 꽃을 피울 뻔했다가 수포로 돌아간 아쉬움을 달랠 길이 없어 마냥 하늘을 쳐다봤다. 지현이 천사 같은 님일 때 자신과의 결혼은 가능했고 천사 같은 님이 아니라서 자신과의 결혼은 현실적으로 불가능했다. 만약 그가 지현과 결혼했다면 서로 사랑할지라도 불행이 닥칠 수밖에 없었을 것이었다. 백과사전에서 자궁과 질이 다르다는 것을 비로소 알아 성적 혼란이 없어졌고 밤마다 꿈마다 지현이 나타나곤 해서 즐거워했지만 지현과 철수의 결혼을 확인한 것을 떠올리면서 지현의 떠오르는 영상을 지우기 위해 무척 노력했다. 그래도 그녀의 잔상이 사라지지 않을 때 마음으로 간음하지 않기 위해 발버둥쳤다. 그녀의 환영은 무엇을 의미하는지 모르겠다. 아직까지 그녀에 대한 기억은 날로 감회가 새롭듯 잊혀지지 않으니 참말로 몸서리치는 갈등을 겪었다. 사랑의 열병을 앓듯 도무지 사라지지 않는 그녀의 정체가 무엇인지 아리송할 뿐이었다. 진짜 그녀에 대한 첫 사랑의 집념과 짝사랑의 집념이 이렇게 강할 줄이야 몰랐다. 사랑하면서 만날 수 없는 엉킨 환경에 대해 어떻게 변명해야 할지 무척 고민이 되었다. 사랑에 대한 책임이 입장을 바꿔놓고 생각하면 간단하게 풀릴 수 있을 텐데 어지간하게 질긴 사랑을 하고 파 노력했는지 참으로 가슴 벅찬 감동을 품고 살았다. 아름다운 사랑의 메시지는 허공에 떠돌다 구름이 되었을까 별이 되었을까 안타까운 심정으로 회상해봤다. 잔잔하게 흐르는 강물처럼 정숙한 사랑의 메시지는 오늘도 내일도 여기 저기 아름답게 맴돌다가 연인의 마음속으로 들어가 꿈꾸게 되는지 모르겠다. 참 안타까운 사랑의 추억은 순수한 사랑으로 끝나고 말았으니 이상야릇한 상상만 발달하고 진짜 사랑의 체험을 못했다는 자조 섞인 억울함에 복받치는 감정의 골이 추억으로 남았다. "설레는 인생을 품고 설레는 가슴을 품고 설레는 꿈을 품고 사는 연인이여." 훨씬 멋있는 사랑을 하고 싶었고 신과 이웃에 대한 감정정리가 정확하지 않아 착각을 고치지 못한 것 같아 아쉬웠지만 얼마나 사랑의 깊은 뜻을 새기면서 살아가야 하는지 자신에 대한 반감을 가졌다. 자신의 주장이 너무 강했고 신앙적 신념이 너무 강했기 때문에 자신의 주변의 환경과 너무 동떨어져 기적을 크게 소망했고 작은 기적을 소중하게 간직하고 싶어 했다. 혼자 조용한 곳에서 사는 것이 더 어울릴 수 있어서 도피적 은둔자가 되고 싶은 적이 있었지만 정신적 사고가 남아있어서 사회 속에서 뒹굴다가 지혜를 터득하고자 노력했다. 아무리 사랑하고픈 대상이 있다 하더라도 그의 사랑의 대상이 지현, 신에게 분산되어 있어서 누구를 사랑했는지 조차 모를 지경이었다. 가능한 한 좋은 사랑을 꿈꾸었지만 무엇으로 채울 수 없는 생수 같은 사랑의 훈훈한 정을 마음속에 간직하고서 육체적으로 이루지 못한 정신적 쾌감을 간직하고 말았다. "사랑하면서도 사랑이 이루어지지 않는 현실을 바라보는 아쉬운 감정을 체험해보지 않고는 도무지 알 길이 없을 것이다." 그의 인생이 왜 이다지 모질게 굴러가는 것인지 정말 서글플 때도 있었지만 조용히 생각해보면 자신 때문임을 절감했다. 간지러운 사랑의 숨소리가 그리울 때 무엇으로 자신의 애틋한 그리움을 달랠 수 있을는지 참으로 고독의 아픔을 실감했다. 그를 감싸줄 애인은 이 땅 위에 존재하지 않는 모양이라서 영혼의 사랑을 꿈꾸기도 하지만 정말 필요한 사랑은 내세에서나 현세에서나 유익한 것이어야 더 좋은 때를 만나 좋게 되리라 봤다. 그는 언뜻 그녀에 대한 생각이 나면 너무 황홀하고 기쁘지만 그녀가 남의 여자라는 생각에 이성을 되찾곤 했다. 그의 간지러운 사랑의 유희도 이제 끝을 내야 했고 언제까지 자신의 머리에 남아 그녀의 미소를 그리워해야 할지 몰라도 끝을 내야 했다. 곱고 아름다운 그녀의 모습도 늙어 가는 주름살로 인해 볼품없을 텐데, 그가 그녀를 다시 만난다면 순수한 감정의 만남이 가능할는지 정말 신만이 알 수 있을는지 모르겠다. 그의 곤궁한 시절이 지나고 성공의 시대를 바라볼 때 그녀에게 주고 싶은 말이 있다면 우리의 사랑은 희생보다 상상을 너무 지나치게 한 문학 같은 꿈의 사랑이었다고 고백할 수 있으리라 봤다. 그는 꾸준히 신의 치유의 역사를 기대했어도 어찌된 영문인지 치유의 힘이 일어나지 않아 사랑도 성공도 희망할 수 없는 절망 속에 있었지만 한 가닥의 빛으로 감싸는 한, 절망의 늪에서 벗어났다. 그녀에 대한 사랑은 믿음에 가까울 지경이었고 지금 생각해보면 참 어리석은 짓이었구나 하는 난처한 입장으로 몸 둘 바를 몰랐다. 자신의 불행한 처지가 너무나 괴로웠지만 반대로 너무 강렬한 희망 때문에 신비스러운 눈빛에 매달릴 때가 많았다. 스스로 제대로 설 수 있는 때가 오길 간절히 바라지만 마음대로 되지 않고 늘 항상 허전한 구석이 있어서 매우 신경 쓰이게 만들었다.

그나 그녀나 유교철학의 성균관의 정신적 문제와 정경유착의 이병철의 물질적 문제를 안고 있으면서 순수한 사랑을 하겠다는 발상이 얼마나 황당한 것인지 뒤늦게 알았다. 그보다 그녀는 현실적 감각이 뛰어나 그를 멀리 했지만 언젠가 진실이 드러나 미안하게 생각할 때가 있으리라 봤다. 그는 심리학과를 선택한 이상 정신사상을 배제할 수 없는 존재이라서 남북한이 화해하면 좋은 시대를 차지하면서 죽은 박정희의 비리가 드러나 죄에 대한 사실이 밝혀지겠지만 인간에 대한 미움을 품지 않기로 작정한 좋은 마음을 오래 간직할 수 있으리라 봤다. 심리학과는 정신사상이라서 민주 중도좌파에 속했고 성균관은 유교철학에 치우쳐서 중도파에 속했고 이병철은 정경유착에 치우쳐서 우파에 속했으니까 서로 너무 상대에게 상처를 주었고 이러한 환경 속에서 사랑을 한다는 것은 큰 모험이 아닐 수 없었다. 여자는 나약한 존재이라서 갈대와 같으니까 그녀는 지혜롭게 돈에 빠진 철수를 좋아하게 될 수밖에 없는 현실을 수용한 사랑을 한 존재이었다. 여자는 남에게 의존하기를 좋아하는 수동적이고 소극적인 존재로 살아가기에 알맞도록 설계된 측면이 있으니까 여성차별을 감내하면서 자존심만 건드리지 않으면 자기주장을 꺾고 살아가는 모양이었다. 그래서 그녀도 여자의 행복을 찾아 지혜로운 선택을 하게 된 모양이었다. 정신적 힘과 육체적 힘과 물질적 힘을 골고루 가질 수 있는 사람이 몇이 될는지 모르겠지만 마음 한 구석에서 일어나는 욕심을 그는 솔직하게 참회하면서 욕심을 이기기 위해 너무 자신을 학대하지나 않나 하는 자조 섞인 슬픔을 안고 살아갔다. 그녀와 그는 모두에게 행복이 된다면 이대로의 감정이 좋을 것 같았다. 도무지 알 수 없는 사람의 마음을 멀리서 관조하면서 사는 멋이 훨씬 속이 편할 수 있기에 서로에게 피해가 가지 않도록 조심하기로 했다.

현진은 남자와 여자가 서로 결합해 완전해질 수 있는 길이 있다면 그 길을 선택하고자 미지의 여인을 마음에 두었다. 미지의 여인은 변화시대를 촉진하는 희망을 지닌 마음씨 고운 여인이었으면 했다. 그는 미지의 여인을 동경하게 되었는데 미지의 여인이 정결하고 은밀했으면 좋겠고 은혜롭고 정성스러웠으면 좋겠고 배우처럼 깜찍하고 귀여웠으면 좋겠고 가수처럼 발랄하고 활기찼으면 좋겠다. 미지의 여인이 누구일지 모르지만 진짜 사랑을 나눌 수 있는 좋은 여인이었으면 좋겠다. 완벽한 존재는 없을지라도 자신보다 더 나은 존재가 자신의 동반자로 존재했으면 좋겠다는 희망을 설레는 가슴을 품고 가졌지만 너무 동떨어진 상대를 골라 탐욕에 빠지는 오류를 범하고 싶지는 않았다. 사랑을 순탄하게 하고자 몸과 마음을 조절하면서 육체적 사랑까지 나눌 수 있는 상대가 너그러운 성품으로 함께 반려할 수 있었으면 좋겠다. 개인적 차이가 너무 심해 불균형에 빠지는 오류가 없도록 더욱 힘쓰면 참 행복해질 것 같았다. 나이 어린 풋내기 사랑은 이미 지난 지 오래이라서 느긋한 사랑의 상담선생처럼 서로를 얼싸안고 감싸줄 수 있어야 하겠다. 아름다운 시절이 갔을지라도 더 재미있는 사랑은 나이 들수록 더욱 깊어질 수 있겠지 하는 희망을 품고 사랑의 상대자가 주어지길 소망했다.

최진실은 너무 호화롭게 결혼식을 올렸고 너무 떠들썩해서 문제가 생겼지만 그대가 젊음을 마음껏 불사르길 바랄 뿐이었다. 깜찍하고 귀여운 그녀가 영상매체에서 사라지면 너무 아쉬워 무엇으로 바꾸어야 할지 고민이 되었다. 엄정화는 보기에 좋지 그녀와 막상 함께 살기에는 부담이 되니까 꽃 같이 바라다볼 수 있도록 하면 탈이 없을 것 같이 보였다. 사랑의 인기가 진정한 사랑이 아니라 모조의 사랑이라는 느낌을 갖지만 연기로 끝나지 않는 감정의 몰입을 무엇으로 설명할 수 있을지 감당하기 어려운 시험에 빠지지 않도록 각자가 조심해야 할 판이었다. 최진실을 직접 본 적이 없지만 그는 그대의 팬이었고 엄정화를 직접 승강기 안에서 본 적이 있는데 너무 유혹적인 정열을 가진 자이라서 반하고 싶어도 반할 수 없는 묘한 기분에 빠지게 하니까 무엇으로 표현해야 할지 몰라 그는 한참 멍해졌다. 잠잠하게 살고 싶은 고독자가 되고 싶을 때가 많지만 사랑은 정말 좋을 것 같은 기분에 빠지게 하니까 사랑하고 싶었다. "사랑의 여인이 누구일지 모르지만 기다리고 기다리면 마침내 사랑이 다가올 것이다." 나이가 많이 차버려 결혼할 시기가 지났지만 그리운 이성에 대한 갈망이 솟구치면 괴로운 번민함과 고뇌가 따라왔고 바른 사랑으로 충분히 극복할 수 있다는 자신감에 안도의 한숨을 쉬었다.

신이 독신으로 계속 살라고 인도하면 독신으로 살 것이고 반가운 짝을 만들어주면 행복하게 짝과 함께 살 것이었다. 그의 욕심이 자신을 사로잡지 않도록 자신에게 여러 번 충고하면서 세월의 빠름을 한탄할 지경이었다. 사랑의 그림자를 잡고자 노력하는 꿈이 깨질지 모르지만 그래도 사랑하고자 하는 감정을 어떻게 해볼 도리가 없는 자연이치로 보고 자연에서 육체적 존재를 확인해봤고 늘 유한한 존재의 허상으로 남을 것 같은 망설임에 한숨을 지었다. 사랑하고 싶은 상대가 있다는 자체가 위안이 되어 현실적으로 다가오지 않는 사랑일지라도 사랑으로 감싸 사랑의 기쁨을 간직할 수 있으리라 봤다. 아름다운 사랑은 다가오지 않는 뜬구름일 수 있었지만 포근하게 자리 잡을 수 있는 보금자리처럼 가깝게 느껴졌다. 사랑의 신비한 냄새를 무엇으로 표현할 수 없지만 서로 신호가 맞아야 이루어지는 만남의 교감을 체험하게 될 때 비로소 완벽한 사랑의 단계로 성숙하게 되리라 봤다. 아름다운 사랑을 꿈꾸는 자신에게 묻고 싶은 것은 유전자에 입력된 그대로 살아가야 할 감정의 존재로 구조되어진 것이라면 그 속에서 마음 편하게 사는 것이 좋으리라 생각해 버리는 것이었다.

인기연예인이 우리의 애인으로 자리 잡는 이유는 무대가 화려하고 감동을 주게 꾸며져 있기 때문이지만 실상은 서로 입장을 바꿔놓고 좋아할 수 있는 단계에 이르는 분위기가 너무 잘 묘사되어 있어서 우리로 하여금 착각 속에 빠지게 하는 것이었다. 가장 아름다운 예쁘고 젊은 여인이 있다 하더라도 돌처럼 생각해버릴 수 있는 결단력이 있다면 서로 믿고 이해할 수 있으리라 봤다. 아무리 벌거벗은 상태에서 합법적이 아닌 불법적인 수치스러운 부분을 본다 해도 금욕이 가능하다면 깨끗한 마음의 소유자일 수 있었다. 그는 빛이 강해 벌거벗은 몸을 볼지라도 금욕할 수 있지만 소리가 약해 음란한 소리로 다가오면 금욕할 수 없었다.

현세적 이성간의 사랑의 대상이 없다는 외로운 인생을 홀아비처럼 사는 것도 일반적이지만 사랑의 민감한 추억이 없으니까 내적으로 외적으로 외로움을 느낀다는 점에서 특별한 감정이 순수하게 작용했다. 순수한 사랑이 얼마나 가슴을 설레게 하는지 가끔 자신에게 반문했다. 사랑은 죽어서도 하는 것이니까 순수하게 지켜져야 정말 아름다울 수 있으리라 봤다. 마음의 반란이 없다면 끝까지 순수하게 살다가 영원히 잠들 수 있게 되지 않겠나! 하는 희망을 가져봤다. 나이를 초월해 사랑의 벗이 생긴다면 그도 누구처럼 사랑하고픈 좋은 감정을 가져보고자 마음 한구석에서 도사리는 본능을 조절하고자 하지만 이렇게 나이가 많은데 기적이 일어날까 하는 의아심을 떨쳐버리지 못하고 인내와 사랑으로 줄기차게 살아갔다. 생명은 고귀한 것이라서 생명을 잉태하는 작업도 고귀하리라 봤다. 버려진 생명을 데려다가 기르는 것도 생명에 대한 존엄성을 실천하는 좋은 일이라 생각이 들어 버려진 고아를 데려다가 기르고 싶은 마음도 들지만 자신의 가족에게 사랑을 먼저 실천하기로 했다.

13

여자 친구

현진은 모르는 것이 많아져 종로도서관을 찾았다. 오로지 책에 집중되어 혜란을 볼 수 없었다. 그녀는 도서관에서 대학교 친구인 현진을 우연히 만나 기뻐했다. 현진은 혜란을 별로 그렇게 생각했어도 혜란은 현진을 남모르게 사모했다. 그래도 그녀는 변화시대에 적응하면서 과거를 잊고 행복하게 살았다. 그녀는 순석 친구의 안부를 묻고 어떻게 지내느냐고 물어왔다 현진은 순석이 아들, 딸을 낳아 오순도순 잘 지내고 있고 자신도 그럭저럭 지낸다고 했다. 그녀는 도서관의 관장이라면서 필요한 책이 있으면 얘기하라고 했고 그는 명함이나 주고받자면서 연락이나 해달라고 했다. 이렇게 지나치는 정도로 생각했는데 그녀가 그에게 전화로 연락을 할 줄을 몰랐다. 그는 그녀의 전화를 받고 설레는 가슴을 진정시키고 만났다.

그녀는 그에게 이렇게 말했다.

"어떻게 지내요, 결혼을 했어요?"

그는 "그냥, 그렇게 지내요. 결혼을 일부러 않고 혼자 살아요."

라고 말했다.

"참, 이상하다. 왜 혼자 살까."

"짝이 없는 것보다 있는 것이 나을지 몰라도 사랑이 없이 사는 모순을 피하고 싶다."

"나는 아들 하나 딸 하나를 두어 남편과 티격태격하면서 살아."

"글쎄 결혼을 하지 않아 미안하다."

"네가 좋아한 기자 선배는 어떻게 지내지."

"좋아만 했지 만나주지 않아 짝사랑으로 끝났다."

"아휴, 바보. 차라리 나하고 결혼하지 그랬어."

"나와 네가 어떻게 사랑의 고백도 해보지 못했는데."

"내가 너 좋아하는 줄 너 알았냐. 몰랐냐?

"나는 기자 선배 때문에 다른 여자를 생각도 못했다."

"너는 한심한 바보야, 나말고도 너 좋아한 내 친구도 있었다. 너 눈치도 못 챘냐."

"그래 누군지 몰라도 그랬어!"

"너는 기자 선배를 좋아한 한심한 바보야."

"그래도 미칠 것 같이 좋아한 걸 뭐로 표현할 수가 없다."

"참, 한심해. 여자가 뭐 별건 줄 아니, 그렇지 않아 너는 너무 몰라."

"글쎄, 잘 모르겠어."

"여자는 처녀시절만 기고만장하지. 아무것도 아니야."

"그래도 사랑은 서로 좋아하는 것이지 않아."

"지금 남편 몰래 바람피우는 여자가 얼마나 많은 줄 아니, 정말 요지경 속이다."

"세상이 아무리 그래도 나는 나대로 살 거야."

"그래, 알았어."

"너는 책 속에서 사니 아는 게 많겠다."

"아니야, 나는 도서관에서 살다보니 책 속에서 몸부림치고 정리하고 살아."

"그래, 나를 부른 이유가 뭐야?"

"너 어떻게 사나 궁금해서이지."

"정말 궁금한 것도 많다."

"정말, 궁금했어. 그래도 돌이킬 수 없는 과거일 뿐이야."

"나는 네가 어떤 책을 좋아하는지, 그것이 궁금하다."

"그래, 나는 딱 판단하지 않아도 대충 중후한 작품과 경박한 작품을 구분해본다."

"문학이 좋고 나쁜 점을 문학평론가가 하겠지만, 알겠다."

"내가 좋아하는 작품에 대해 알려줄 게."

그녀는 좋다 싫다 분명히 하는 스타일이 아니었어도 인간적인 면에서 편협할 때가 있었고 소설을 평가하는 습성이 유달리 달랐다.

"나는 '단테의 신곡'을 중후하다. 고 여긴다."

"단테는 해와 함께 이상의 여성 베아트리체를 찬양하고 있다. 광대하고 복잡한 세계로 넓어져가면서 자신의 구제뿐만 아니라 예언자로서의 사명감에서 죄와 과오를 속죄하지 않으면 안 된다.면서 인류구제의 길을 가르치고 있으며 스케일이 크고 복잡하고 다채로워 웅장하다. 수많은 인물과 사건을 골라 목적에 합당한 장소에 배치해서 효과가 대단하다. 지옥에서 죄로 죽은 자가 처참한 가책을 받고 있는데 죄악에 대한 신의 형벌이고 변화와 인간성이 풍부하며 죽은 자의 생전의 드라마가 재현된다. 지상낙원에서 베아트리체를 만나고 우주의 질서를 바라본다."

"나는 이 작품을 볼 때, 종교적 서사시를 보는 것 같아서 중후하다. 고 느낀다."

"그래, 단테가 대단한 문학을 시작했지."

"그 때 단테보다 유명한 작가가 있었냐?"

"나도 몰라, 단테가 그냥 유명했을 거야."

"또 있어, 너도 동감하는 작품이고, 네가 보면 딱 맞을 작품이지."

"뭔데, 그래."

"나는 '셰익스피어의 로미오와 줄리엣'을 중후하다. 고 여긴다."

"이탈리아의 베로나의 귀공자 로미오는 원수의 딸 줄리엣과 사랑하는 사이가 되어 남몰래 결혼하나 남자는 추방당하고 여자는 부모에게서 복종할 것을 강요당하여 독을 마시고 죽은 상태에 빠져 매장된다. 사실을 모르던 로미오가 소식을 듣고 무덤에 들어가 독을 마시고 죽자 여자는 잠에서 깨어, 애인의 비수로서 따라서 자살하는데 젊은 남녀간의 사랑이 아름답다."

"나는 이 작품을 볼 때, 짜릿하고 고결한 순결을 보는 것 같아서 중후하다. 고 느낀다.”

“나는 열렬한 사랑도 못한 처지이어서 나와 거리가 있는 작품
일지라도 좋은 작품임에는 틀림없지.”

“아무리 그럴지라도 비슷해.”

“너는 책 속에서 살아 문학에 대해 잘 알겠다.”

“아니야, 보고 정리하는 일만 잘 하지.”

“또 다른 작품, 좋아한 것 있냐?”

“나는 ‘괴테의 파우스트’를 중후하다. 고 여긴다.”

“1부와 2부로 이루어진 비극이고 1부는 하늘의 서곡으로 노
력하는 자를 구원하려는 신에 대해서 부정의 영인 악마 메피스
토펠레스가 신의 총아 파우스트에게 태만의 마음을 일으키게
해보기로 하고 내기를 건다. 나그네 길을 떠난 파우스트는 소녀
그레트헨을 사랑했으나 그로 인해 그녀는 불행해지고 영아 살
해 죄로 처형된다. 2부는 고뇌를 알프스의 자연에서 씻은 파우
스트는 그리스를 헤맨 끝에 헬레네를 만나 결혼한다. 두 사람
사이에서 태어난 오이포리온은 하늘을 나르려다 바위에서 떨어
져 죽고 그 슬픔에 헬레네 역시 죽어 돌아간다.”

“나는 이 작품을 볼 때, 사랑과 고독의 아름다운 갈등을 보는
것 같아서 중후하다. 고 느낀다.”

“나도 모르겠지만 유명하다는 생각이 든다.”

“나는 정말 문학작품에서 감동을 주는 세계가 있어서 좋다.
그렇게 마음의 기쁨을 주는 안데르센의 작품을 얘기해본다.”

“그래, 안데르센 생각만 해도 재미가 넘치지.”

“나는 ‘안데르센의 그림 없는 화첩’을 중후하다. 고 여긴다.”

"보잘것없는 초라한 하숙방에서 살고 있는 고독한 화가에서 달이 그때그때 보고 온 이야기를 하여 주는 형식을 취한 단편과 서문으로 구성되어 있다. 모두 지나친 감상에 치우친 느낌이 있지만 함축이 깊고 다채로운 가운데 휴머니즘적 작품 경향을 띤다."

"나는 이 작품을 볼 때, 순진한 동심을 보는 것 같아서 중후하다. 고 느낀다."

"나도 마음에 즐거운 느낌을 받아 좋게 생각해."

"너, 도스토예프스키와 톨스토이를 어떻게 생각해."

"나는 그들이 너무나 인상 깊어 좋아."

"나도 동감이야."

"참, 좋지."

"나는 '도스토예프스키의 카라마조프 형제'를 중후하다. 고 여긴다."

"물욕과 음탕함으로 가득한 프요오들을 아버지로 한 카라마조프가의 3형제 즉 러시아인 풍의 정열과 순수함을 갖춘 장남, 무신론자로 허무적 지식인인 차남, 교회에 살면서 동포애의 가르침을 받는 조시마를 존경하는 순진한 3남, 부친이 백치인 걸식 여에게 낳게 한 스메르쟈코프 등이 중심인물로, 부친 프요오들의 살해를 둘러싼 심리적 갈등에서 일어나며 추리소설을 생각하게 하는 긴밀한 구성으로 꾸며지고 있다. 부친 살해의 혐의는 장남에게 씌워져 재판의 결과도 그렇게 되지만, 실은 간질병의 특성을 알리바이로 이용한 스메르쟈코프의 범행으로 나타나, 불합리와 모순에 빠지는 인간 내면심리를 지적해 이 모순을 조명한다.”

“나는 이 작품을 볼 때, 인간의 내면심리를 보는 것 같아서 중후하다. 고 느낀다.”

“나도 마찬가지로 인간의 내면심리를 알다가도 모를 일이라서 그렇게 생각해.”

“톨스토이 생각만 해도 설레는 기분에 빠진다.”

“정말, 톨스토이 나도 마찬가지로 좋아해.”

“톨스토이의 작품은 너무 감동이 되어 좋아.”

“그래, 참 좋지.”

“나는 ‘톨스토이의 부활’ 을 중후하다. 고 여긴다.”

“청년귀족 장교인 네프류도프가 한때의 장난으로 카투사를 농락한 것이 원인이 되어 그녀가 윤락의 길을 걷게 되고 시베리아 유형에까지 이르자 자기의 과오를 뉘우쳐 특사의 길을 마련했으나 그녀는 이미 다른 남자와 시베리아로 떠나고 그는 이것을 계기로 지위와 부를 버리고 인간 부활의 길을 찾는다.”

“나는 이 작품을 볼 때, 인도적 사랑을 보는 것 같아서 중후하다. 고 느낀다.”

“너무 감동이 되고 가슴이 설레는 작품이지.”

“정말, 그렇다.”

“너는 도서관에서 언제라도 시간이 나면 몇 번이고 보겠네.”

“나는 여러 작품을 몇 번이고 볼 수 있어.”

“그래서, 문학작품에 대한 관심이 높겠네.”

“거기서 깨달은 것이 있어. 정말 좋은 작품이 있다는 거지.”

“어느 작품이 그렇다는 거야.”

"나는 여자로 너무 감동을 받은 작품이 있어. 바로 입센의 작품이야."

"여자이니까 그렇겠지."

"나는 '입센의 인형의 집'을 중후하다. 고 여긴다."

"변호사 헤르머의 처 노라는 세 아이의 어머니이며 남편에게서는 많은 사랑을 받는데 남편은 신년부터 은행의 은행장으로 전직하게 되었고 노라는 신년 초 남편이 병으로 전지요양을 떠나갔을 때부터 죽은 아버지의 이름으로 고리 대금업자에게서 돈을 꾸고 그 후 전지요양에서 돌아온 남편이 이 사실을 알고 처 노라를 매우 꾸짖듯 나무란 후, 은행장인 자기가 사회적으로 매장되는 것만을 두려워하며 사회적인 체면만 지키기에 급급해 한다. 그러자 사건은 묘하게 노라에게 돈을 차용해 준 고리대금업자가 위조문서를 무조건 돌려줌으로써 부부 사이는 겨우 위기를 모면한다. 남편 헤르머는 다시 노라를 아내로 맞아들이려 하나 남편의 너무나 위선적인 행동에 염증을 느낀 나머지 한 남자의 처이며 어머니이기 전에 한 인간으로서 살겠다고 결심하고 가출해버린다."

"나는 이 작품을 볼 때, 여성다운 해방을 보는 것 같아서 중후하다. 고 느낀다."

"여성은 공통적으로 느끼는 감정이겠지."

"나는 작품 중에서 너무 흥미로 공포를 조장하는 작품에 대해 여간 신경이 쓰이는 게 아니야."

"왜, 그렇게 느낄까?"

"여기 있으면 별별 책이 많은데 흥미가 있어서 재미로 보아도 남는 게 없는 작품이 있어."

"그래. 나도 마찬가지로 그래."

"나는 그러한 작품을 몇 가지 골라본다."

"그래."

"나는 '포오의 검은 고양이'를 경박하다. 고 여긴다."

"나라는 인물은 아내와 더불어 착하고 다정한 성질의 소유자였다. 어느 날 술에 취해 돌아온 그가 붙잡은 손에 고양이 엠마는 그에게 상처를 입혔고 몹시 노한 그는 고양이의 한쪽 눈을 칼로 도려내 버렸다. 얼마 후 고양이의 상처는 아물었으나 그를 싫어하는 고양이의 태도가 처음에는 슬프던 것이 심한 노여움으로 변하여 어느 날 아침 고양이의 목에 줄을 걸어 나뭇가지에 매달아 버렸다. 어느 날 밤 그는 술집에서 엠마와 똑같은 고양이를 발견하였고 다만 한 가지 다른 점은 희미한 흰 반점이 이번 고양이의 가슴에 있는 것이었다. 고양이는 그에게나 아내에게 잘 따랐으나 어쩐지 따르면 따를수록 그는 혐오를 느꼈고 그것은 이번 고양이가 엠마와 같이 애꾸눈이라는 것을 알았기 때문인지도 몰랐다. 어느 날 그가 아내와 함께 지하실에 일이 있어 계단을 내려가고 있을 때 뒤따라온 고양이가 계단 중간에서 하마터면 그를 넘어뜨릴 뻔했다. 그는 지금까지 참았던 노여움이 폭발하여 도끼로 고양이를 찍으려 했으나 아내에게 제지당하자 미친 듯한 노여움에 휩쓸려 결국 아내의 머리를 도끼로 찍고 말았다. 그리하여 이 무서운 살인을 숨기기 위해 그는 벽돌을 뜯고 그 속에 시체를 기대어 세워놓고 벽돌을 쌓고 그 전처럼 벽돌 틈을 메워 놓았다. 심문이나 수색도 무사히 끝나고 고양이도 그 날부터 보이지 않았는데 나흘째 되던 날, 경관들이 검사하러 왔으나 지하실에는 물론 아무것도 발견되지 않았다. 그런데 경관들이 허탕치고 막 돌아가려 할 때 그는 이상한 즐거움을 느껴 자기도 모르는 사이에 이 벽은 견고하게 되어 있으니까요. 라고 말하면서 벽 한 구석을 지팡이로 두드려 보였다. 그랬더니 그때 지옥에서 들려오는 것과 같은 비명이 벽 속에서 들렸고 다음 순간 벽은 경관들에게 파괴되고 거기에는 피가 엉기고 썩어 들어가고 있는 시체와 그 머리 위에 한쪽 눈을 부릅뜬 검은 고양이가 나타났다."

"나는 이 작품을 볼 때, 무섭고 어두운 그림자를 보는 것 같아서 경박하다. 고 느낀다."

"나는 스릴이 있어 보기도 하지만 너무 공포를 조장해 즐겨보는 작품이 아니야."

"나는 또 여자를 우습게 취급하는 작품이 참 그렇더라."

"너는 남자의 호기심을 몰라."

"나는 플로베르의 보봐리 부인'을 경박하다. 고 여긴다."

"어떤 개업의의 젊은 후처가 진실하나 교양이 없는 남편에 비해 약간 영리하였기 때문에 남편에게 불만을 느껴 결혼생활의 권태에서 다른 남자와 간통하게 되고 드디어는 부채로 음독자살, 드디어 남편도 죽는다는 간단하고 평범한 사건에서 취재했다. 그러나 여주인공에 로맨틱한 동경 과잉과 감정의 과도를 주어 그녀를 둘러싼 평범한 인생적 진실과의 사이에 날카로운 대립을, 그리고 임상학적이라고도 하는 미세 엄밀한 사실의 정사와 배치와 더불어 객관적 수법을 확립했다."

"나는 이 작품을 볼 때, 애욕에 찬 밀회를 보는 것 같아서 경박하다. 고 느낀다."

"섹스의 호기심을 너무 자극해도 문제이지."

"간음과 살인을 미화하는 짓은 좋지 않아."

"나도 동감이야."

"이러한 작품도 있어."

"그래, 약간 그렇다."

"나는 '모파상의 여자의 일생' 을 경박하다. 고 여긴다."

"노르망디 귀족의 딸인 잔느는 꿈 많은 순결한 처녀였으나 결혼 첫날 밤 남편의 흉포한 야수성을 보게 되면서부터 환멸의 비애를 느꼈다. 바람둥이 남편은 식모에게 아기를 낳게 하였을 뿐만 아니라 유부녀와 간통하여 그 남편에게 살해당했다. 잔느는 남겨진 아들 폴에게 모든 희망을 걸지만 이 아들까지 방탕아가 되어 그녀의 곁을 떠나 그녀를 절망시켰다. 이 선량한 여성의 불행한 인생을 지켜보는 관찰력은 정확하여 인생에 대한 깊은 애감과 아름다운 시정이 잠재하고 있는 성적 수치가 있었다."

"나는 이 작품을 볼 때, 환멸 속에서 방탕을 보는 것 같아서 경박하다. 고 느낀다."

"나는 재미가 있을 것 같아도 너무 낭만적으로 보는 문제가 있어서 깊게 보지 않아."

"그렇지, 너는 참 좋은 친구야."

"뭐, 그저 그러한 친구지."

"나는 도서관의 책 속에서 파묻혀 살아도 책을 써보지 못한다."

"우리가 이렇게 막 얘기를 나누어도 일에 지장이 있지 않을까?"

"아니, 약간은 시간이 더 있어."

"그래, 그러면 내가 좋아하는 시를 만들어 너의 기분을 알아 줄 게."

"위대한 발견"

"그렇게 많은 정보가 가득할지라도, 관심이 없으면 정보에 불과할 거야. 책 속에서 알아내든지, 인간 속에서 알아내든지, 물질 속에서 알아내든지, 지식의 보화는 넓고도 좁고 좁고도 넓다는데 있습니다. 마음속 깊이 사랑이 감추어져 있고 서로 마음으로 대화할 수 있습니다. 이웃을 사랑하고 책을 사랑하고 싶습니다. 울고 웃고, 웃고 울지라도 우리는 밥을 먹고살고 책을 마음으로 먹고산다는 것입니다. 오! 새로운 발견을 책에서 찾든지, 이웃에서 찾든지 통쾌한 멋을 가져요. 찬란한 미래를 만들어 가는 고마운 이웃이 있기에 이렇게 행복하게 살아요. 줄기차게 이어지는 사랑의 속삭임을 마음으로 듣고 보고 싶어요."

그녀는 친구의 시를 듣고 감정의 메아리가 되는 기분에 빠지다가 마음의 동요를 느끼고 한마디 했다.

"나는 이렇게 많은 책 속에서 살아도 시 한편도 짓지 못하고 살아. 참 부럽다."

"뭐, 그냥 느낌을 표현했을 뿐이야."

남녀가 더 이상 속마음을 털어놓으면 이상할 것 같아 이 정도로 하고 헤어지기로 했다.

"너를 가까이서 보니 기분이 한결 가볍다."

"나도 너의 문학에 대한 평가를 보니 한결 기분이 좋다."

"그럼, 잘 가."

"그래. 잘 있어."

이렇게 옛 이성 친구를 만나 문학에 대한 대화를 나누었으니 참 기분이 좋았다.

현진은 모르는 것보다 아는 것이 얼마나 좋은지 알아야 했고 평등이 좋다 하여 모르는 것이 아는 것과 동등하다는 논리보다 아는 것이 모르는 것과 동등해지기 위해 양보하는 논리가 낫다고 생각했다. 순리에 따라 동등해지고 자유가 정착이 되는 때에 우리는 행복을 넌지시 알게 되었다.

남북대화가 무르익어 이산가족의 만남이 실질적으로 이루어지면서 세월의 눈물이 한꺼번에 쏟아지는 듯했다. 계속되는 이산가족의 만남이 편견을 좁힐 수 있는 좋은 환경이 되어 언제까지 계속 이루어질지 모르지만 남북통일의 분위기가 확산되는 결과를 가져왔으면 좋겠다. 는 눈물어린 한의 슬픔에서 깊게 느꼈다. 한 많은 인생의 고비를 넘긴 죽음보다 무서운 생명을 느끼면서 고대하는 꿈이 사랑으로 이루어진다면 좋겠다. 시대가 좋은 것인지 나쁜 것인지, 월드컵의 성공과 환호 뒤에는 응원팀의 탈선이 생겼고 인터넷의 정보화와 활성화 뒤에는 광고의 탈선화가 생겼다.

14

가상의 사랑과 자유

인터넷의 생활화는 정부의 시책이라 나이든 현진에게도 찾아왔다. 노인도 인터넷을 하기에 노장 년인 자신이 못하면 얼마나 시대에 뒤떨어진 바보가 될까 해서 관심을 기울였다. 그는 평론작가 겸 시인으로 살면서 폭이 넓은 인생을 살고자 힘써도 돈에 시달렸다. 그는 신장이 약해 병원에 다니면서 매달 소변검사를 하고 약을 타 먹는 가운데 몸에 힘이 없는 것을 느끼고 늙어 가는 것을 속상해 했다. 그는 컴퓨터를 배울 때 처음에 고생을 많이 했고 타자를 친 경험이 없어서 문서를 만들 때 얼마나 어려웠는지 손이 아플 지경이었다. MS도스의 프로그램으로 작업을 하자니 영어가 딸려 겨우 문서작성이나 게임을 하는 수준에 머물렀다. 다음에 컴퓨터를 업그레이드해 WINDOW 95의 프로그램을 사용하니까 영어를 대충 알아서 문서작성과 게임과 액셀을 이해할 수 있었다. 그는 풍족하지 못해서 1999년에 새로운 컴퓨터를 마련하고자 했지만 그렇게 하지 못하고 펜티엄2의 중고컴퓨터를 마련해 문서작성과 게임과 액셀과 인터넷을 WINDOW 98의 프로그램을 통해 쉽게 할 수 있었다. 2002년에 펜티엄4의 최신식 컴퓨터를 마련해 문서작성과 게임과 액셀과 인터넷과 홈페이지를 WINDOW XP의 프로그램을 통해 남보다 앞서서 할 수 있었다. 그가 평론작가이라서 문서작성을 많이 하다가 어깨가 저렸는데 가만 두니까 오십 견이라는 견비통에 시달리게 되어 정형외과에 다녔고 의사의 지시에 따라 뒷동산에 올라가 30분 동안 운동하기로 마음을 먹었다. 하루도 빠짐없이 올라가 운동을 했고 거기서 돌산배드민턴에 있는 박선호를 만나 서로 배드민턴을 쳤다.

선호는 변화시대를 살면서 인터넷을 통해 사업을 하고 살았다. 그는 중랑구 망우동에서 여유 있게 살았고 김주현 이라는 마누라와 함께 살았다. 현진은 힘겹게 살았다. 선호는 상담인터넷에서 예술상담을 담당하는 선생이었다. 그는 예술을 연구하다가 컴퓨터시대에 벤처 사업을 하는 친구에게 이끌리어 거기서 열심히 예술상담을 하고 살았다. 주현은 박 선생의 마누라로 문학을 좋아하고 시를 좋아한 고등학교 국어교사이었고 시인 겸 교사로 착실하게 살았는데 자식의 뒷바라지를 위해 교사를 그만 두어 시인 겸 여사로 그냥 불리어지는 가운데 살았다. 박 선생은 예술상담선생으로 글을 좋아해서 윤 작가와 친해졌고 박 선생은 배드민턴 프로이었고 윤 작가는 배드민턴 초보이라 박 선생의 지도를 받고 열심히 배웠다.

돌산배드민턴에 모이는 사람을 보면 글을 좋아하는 문학친구들이 있는가 하면 색싯를 좋아하는 색싯집친구들이 있고 노래를 좋아하는 노래방친구들이 있고 술을 좋아하는 술집친구들이 있어 각자 취미대로 살았다. 문학친구들은 박 선생과 그의 마누라인 김 여사와 윤 작가이었고 자연의 아름다움에 대한 시를 좋아했고 색싯집친구들은 새파랗게 젊은 이씨, 박씨와 장가간 최씨가 있었고 구멍 찾는 얘기나 늘어놓기를 좋아했고 최씨는 마누라가 있음에도 불구하고 색싯집에 드나들다가 마누라로부터 구박을 받았고 집에서 쫓겨나 이씨 집에 피신해 지냈고 노래방친구들은 박 여사, 최 여사, 정 여사이었고 신나게 노래하고 춤춘 얘기나 좋아했고 술집친구들은 노 사장, 황 사장, 민 사장이었고 술맛이 너무 좋다면서 오늘도 한잔하기를 좋아했다. 가끔씩 회식을 할 때 돼지고기를 사다가 먹는데 윤 작가는 돼지고기를 좋아하지 않아 쑥스럽게 거절하고 나서 운동이나 했고 박 선생과 그의 마누라인 김 여사는 돼지고기를 얼마나 좋아하는지 부부끼리 장단을 맞추면서 잘도 먹었다.

박 선생은 윤 작가더러, "참 맛있는 고기를 먹지 못하다니, 무슨 재미로 사나요?"했고 윤 작가는 조심스럽게, "그냥, 몸이 약해 절제하면서 살죠."했다. 서로 식성이 달라 먹는 얘기를 그만두었고 요즈음 컴퓨터를 어느 정도 치는지 인터넷 얘기를 늘어놓았다. 박 선생은 인터넷을 너무 잘해 회사에서나 집에서나 인터넷 속에서 살았다. 윤 작가는 1년도 되지 않아 새로운 컴퓨터가 쏟아지고 가상공간의 사이버세상이 판을 치는 가운데 홈페이지를 남보다 멋있게 만들지 못해 아쉬워했다. 인터넷에 유용한 정보만 나도는 것이 아니고 해커의 장난과 포르노의 침투와 간첩의 침투와 미신의 침투가 심해 아찔할 지경이 되었다. 컴퓨터 박사는 해킹을 통해 컴퓨터 프로그램을 망가뜨리는 것으로 만족했지만 미국에서 나온 포르노는 성적 타락을 재촉해 문제를 일으키고 중국에서 나온 첩보공작은 가상전쟁을 재촉해 문제를 일으키고 일본에서 나온 운세미신은 거짓운명을 재촉해 문제를 일으켰다. 가상적 사랑이 너무나 노골적이라서 문제가 있어도 가끔 훈훈한 사랑의 소식이 떠서 흐뭇할 때도 있었다. 자유의 기준이 무엇인지, 정말 개인의 정보를 모두에게 늘어놓을 이유가 있는 것인지, 정말 아리송했다.

　선생은 변화시대를 통해 돈을 벌고 살았다. 그는 작가에게 가끔 유용한 유료상담사이트에 들어와 상식을 넓히길 바란다는 얘기를 했다. 그리고 자신이 속한 회사의 상담사이트를 가르쳐 주었다. 작가는 산에도 올라가야 하고 인터넷에 들어가야 하는 시대적 요구를 마음 편하게 여기지 않아도 남들도 그러니까 상식을 위해 그렇게 했고 유료상담사이트에 들어가 예술을 재미나게 훑어봤다. 그는 돌산배드민턴에서 운동하다가 뒤에 올라온 선생에게, "안녕하세요? 상담사이트에 들어가 예술상담을 받았는데 예술의 미를 위한 해결로 느껴져 약간 좋았어요. 선생이 작성해 전해주는 것인지 모르겠어요." 하니까 선생은 이렇게 말했다. "매일매일 새로운 상식을 작성해 데이터에 넣으면 저절로 프로그램이 작동해서 상담에 응하는 것이라, 나 혼자 하는 것이 아니고 서로 협동해서 프로그램을 만들죠." 사랑이 생각나면 사랑할 수 있고 자유가 생각나면 자유롭게 알아낼 수 있어도 위험하고 재미있는 프로는 돈을 내야 하는 이상한 기계가 나와 가상공간을 마음대로 왔다 갔다 할 수 있어서 무엇이 문제인지 모를 지경이었다.

작가와 선생은 자주 만나다가 가까운 친구가 되어 서로 집에까지 방문하는 사이가 되었다. 선생은 혼자 연구하면서 사는 작가의 집을 방문했다가 손수 끓여서 가져오는 차를 받고 미안해서인지, 앞으로 마누라가 있는 자신의 집으로 가자고 했다. 작가는 선생의 권유에 따라 그의 집을 자주 드나들었고 그 마누라의 친절한 대접을 받았다. 작가는 선생더러, "너무 자주 들러 미안해, 가끔 들려야 좋겠어."하면 선생은 "무슨 말이냐."면서, 자주 들려달라고 했다. 그는 재미있게 사는 선생의 부부가 부럽기도 했다. 그 부부가 서로 벌어놓은 재산이 있어서 어떻게 재미나게 살 것인가를 항상 궁리하고 사는 원앙새처럼 느껴졌다.

아침마다 돌산배드민턴에서 운동하고 지내니 견비통도 고쳐져 처음보다 배드민턴을 재미있게 칠 수 있었다. 선생은 "윤 작가도 이제 많이 늘어서 6인조보다 4인조로 칠 수 있겠어. 이 운동이 건강에 참 좋은 거야."했고 작가는 아직도 박 선생을 따라가려면 한참 멀었다면서 잘 지도해달라고 부탁했다. 옆에서 치는 날씬한 박 여사는 유난히 가벼운 옷을 입어 무릎 위의 다리가 보일락 말락 해 남의 시선을 휘어잡았고 떨어뜨린 공을 주울 때마다 애교의 웃음을 지으면서 젊음을 간직한 처녀처럼 땀에 젖은 몸 냄새를 풍겼다. 욕망은 어느 순간 금지의 구역을 뚫고 운동장의 열기 속으로 솟구쳐 올랐다. 짜릿한 감정이 사그라지길 기다리는 선생과 작가와 달리 젊은 이씨는 박 여사에게 장난끼로 포옹을 했다가 그만 혼났다. 진정이 된 후에야 서로 활짝 웃고 헤어졌다. 젊은 정력에 허물없는 장난이 상처가 되지 않았으면 했다. 운동을 하기 좋고 공기가 맑고 나무가 있는 운동장 저편에는 망우리 공동묘지가 있어서 삭막한 광경도 함께 봐야 할 야릇한 풍경이 전개되었다.

선생의 마누라가 나오지 않아 궁금해진 작가가 그 집으로 찾아가기로 했다. 그의 마누라는 자식 때문에 주부로 바쁜 아침을 보냈다. 그녀는 솜씨가 좋아 집을 얼마나 아름답게 꾸몄는지, 꽃이 만발한 꽃병을 보면 알 수 있었다. 거기서 아늑한 낙원 같은 기분을 느꼈고 차 대접과 대화의 우정이 좋아 머물고 싶은 충동을 느꼈다. 대화를 하다보면 하하하, 오호호, 허허허. 하고 웃는 소리가 집밖으로 들릴 정도이었다. 행복하게 사는 사랑이 자유롭게 대화를 하는 동안 더 깊어졌고 가정의 평화가 깃들어져 좋았다. 작가는 선생을 인터넷에서 느끼고 집에서 알게 되고 놀이터에서 재미나게 알게 되어 친구처럼 대했다.

그는 선생에게 물어보기를, "인터넷에 자주 뜨는 희한한 유혹의 반나체는 예술인지 외설인지 모르겠어요." 했다. 거기에 대한 대답에서, "인터넷의 종합사이트에 자주 뜨는 음란한 영상은 장사 속으로 유혹하는 것이라서 예술이 아니고 외설이니 주의를 하는 것이 좋고 시작에서 설정을 클릭하고 제어판에 들어가 클릭하고 인터넷 옵션에 들어가 두 번 클릭해서 내용에 들어가 클릭하고 내용관리자의 사용에 등급수준을 0으로 지정하면 되어요. 그래도 문제가 있어요."라고 했다가 "참 그게 문제이기에 절제를 생활화하는 지혜가 요구되는 시대 속에서 정신관리를 할 필요가 있어요."라는 것이었다. 그래도 인터넷에 매달리다 보면 음란한 영상이 떠서 머리를 혼란스럽게 하는 경우가 많았고 그 유혹을 뿌리치기가 쉽지 않아 문제이었다. 인터넷의 종합사이트에 반나체의 영상이 등장하다가 클릭 한번 잘못하면 나체의 영상이 떠버리니 나이든 자신도 얼굴이 화끈해지는 판에 어린이는 어쩔 것인가? 상상만 해도 아찔할 지경이었다. 인터넷에 중독이 되어 상상의 쾌락에 빠지다가 채팅을 통해 실제적 쾌락체험을 실험한 이가 많다는 정보를 인터넷이 감추지만 신문에서 누누이 지적하고 있어서, 예술이 아닌 외설에 빠지지 않도록 주의할 수밖에 없었다. 신문은 다원주의에 빠지지 않는 가운데 윤리를 생명으로 하고 만들어지는데 인터넷은 다원주의에 빠져 윤리를 팽개치고 법률을 교묘히 이용해 만들어지니까 좋은 정보, 나쁜 정보, 어린이 정보, 성인 정보, 할 것 없이 몽땅 펼쳐져 재미있는 세상인지 타락한 세상인지 요지경 속이었다. 그는 여기서 어른이라 알 것 모를 것 다 알아 재미있는 포르노를 깊은 한밤중에 봤다는 죄책감을 가지고 순진한 어린이에게 이러한 포르노가 비추어지지 않길 기원했다.

선생과 작가는 일요일 저녁에 뒷동산에 올라가 예술에 대한 얘기를 하다가 거기에 올라온 사람들과 어울려 배드민턴을 가볍게 치고 놀았다. 동산의 놀이터 중앙에는 청년의 족구 팀이 자리 잡고 신나게 놀았고 불을 피워 돼지고기를 구워서 서로 잔치를 했다. 선생과 작가는 석양에 해가 지고 어두컴컴해질 때까지 인생의 눈물난 얘기, 즐겁게 마누라와 산 얘기, 생활이 어려워 고통 받았던 얘기를 하고 있다가 술집잡부와 건달이 남편에 있는 돌산배드민턴의 의자에서 불을 피워놓고 풍기 문란하게 지내는 것을 보고 한마디 했다. 선생은, "당신들 이렇게 늦게 올라와 남의 운동장을 더럽히고 마구 아무렇게 놀아도 되는 거야."하고 나무라니까, 건달은, "여기 땅주인이 따로 있는데 뭘 간섭해."하면서 대드는 바람에 싸움이 일어날까 봐 참고 견디는데, 노인이 주축이 된 북편의 송림배드민턴의 장소에 새파란 젊은 남녀 고등학생들이 올라와 노는 것을 보고 혀를 내돌리고 말았다. 그들은 기분 좋게 지내다가 짜증스런 장면을 보고 화가 났어도 서로 인생의 단면을 비교하고 이성을 되찾아 지혜롭게 뒤로 물러섰다.

송림배드민턴 팀과 돌산배드민턴 팀이 시합을 가졌을 때 선생은 선수로 뛰었고 작가는 열심히 응원했어도 노인이 많은 송림 팀이 청장년과 노장 년으로 이루어진 돌산 팀을 이겨 상금을 타 즐거워했는데, 돌산 팀도 회식하는 자리를 마련해 즐겁게 지냈다. 뒷동산의 놀이터는 동네의 즐거운 공간으로 자유롭게 친구끼리 사랑을 나누는 장소가 되었다. 고상한 사랑을 하는 이도 있고 저질의 사랑을 하는 이도 있고 자유롭게 유익하게 사는 이도 있고 남의 자유를 해치는 자유방종을 하는 이도 있는 뒷동산은 인생의 단면을 주는 놀이공간이었다.

그들은 집으로 돌아와 하는 일도 없이 바빠진 자신을 보고 놀랐다. 인터넷과 운동에 약 3시간을 쓰는 반복된 환경 속에서 살다보니까 이상하게 바빠졌다. 작가는 선생과 배드민턴을 치고자 뒷동산에 올라갔고 시합을 하기 전에 인사를 했다.

작가는 그에게, "안녕하세요?" 했다.

선생은 그에게, "잘 지냈어요." 했다.

"오늘 날씨가 춥네요."

"그러네요."

작가는 선생의 도움을 받아 시합을 재미나게 했다. 그는 선생에게 고마워하면서, "정말 잘 쳤어. 다음에 만날 게."했다.

선생은 아쉬워하면서, "그럼, 잘 가세."했다.

이렇게 시합을 끝냈고 운동의 지혜와 발견을 통해 건강을 잘 풀어갔다.

작가와 여사는 변화시대를 마음과 몸으로 체험해 아주 가까운 친구처럼 지냈다. 작가는 사랑과 자유를 시로 느끼고자 했다. 낙엽이 지는 늦가을이 찾아와 그는 가상의 공간에서 시의 친구인 여사와 시를 주고받았다. 여사는 작가와 돌산배드민턴에서 남편의 소개로 알아 문학친구로 지내 서로 E메일을 주고받는 남편 곁에서 그를 순수하게 알고 지냈다.

작가가 먼저 여사에게 E메일을 보냈다.

제목 "사랑과 바람과 영광에 대한 체험의 시"

"안녕하세요? 남편을 뒷동산에서 자주 보는데 얼굴보기가 힘들어요. 내가 좋아하는 시를 저장해 보내니 잘 읽어보세요. 다음에 산에 올라오세요. 배드민턴 한번 칩시다. 안녕히 계세요."

여사는 사랑과 바람과 영광에 대한 체험의 시를 받아 기분이 요상했어도 즐거웠다.

"사랑과 바람과 영광"

"청순한 사랑에 동경의 그리움을 남기고, 아름다운 사랑의 용기가 솟구치네. 만지고 싶은 충동으로 뛰어 노는 동심이여, 밀려오는 물결에 시원한 바람을 실어다가 외로이 떠있는 배를 향해 불어다오. 해맑은 미소가 멈추지 않는 타오르는 태양처럼 어찌나 행복한지 몰라요. 꿈꾸는 노래 속으로 스며드는 환상이여, 해 저문 저녁에 광명의 빛을 보여 다오."

....

선생도 아내와 같이 E메일로 온 작가의 시를 보고, "당신, 벌써 작가와 그렇게 친해졌어, 남자란 동물 같은 구석이 있어 어떻게 돌발할는지 몰라. 조심해."했다. "그 남자의 시를 보면 모르세요. 몸만 남자이지 마음은 중성이에요. 사랑과 바람과 영광의 시에서 풍기는 냄새를 보면, 여자를 유혹할만한 구석이 없다니까."하는 아내의 말을 의아해했다. "그래, 참 이상한 남자야. 알았어." 선생은 아내의 말을 듣고 안심했는가. "문학친구끼리 친하게 지내는 것도 좋은 일이야. 친해보라고."하면서 이상야릇한 생각이 들어 얼굴을 저었다.

여사는 남편의 당부가 생각나 그냥 지내는데 다시 작가의 E메일을 받게 되었다.

제목 "사랑의 만남"

"안녕하세요, 지난번에 보낸 시를 잘 받았는지 궁금해요. 다시 새로운 시를 저장해 보내니 참고하세요. 그럼 안녕히 계세요."

그녀는 시를 좋아하는 사이로 껄끄럽게 생각하지 않기로 하고 시를 열어봤다.

"사랑의 만남"

"님을 찬양해요. 가슴에 스며드는 기쁨과 환희로, 살금살금 다가서는 발자취에도 사랑의 소리가 들리고 속삭이는 밀어 속에도 님이 찾아와 사랑의 노래를 들려줍니다. 아름다운 사연이 있는 가운데 여기서 떨리는 가슴으로 손을 어루만지면서 거룩한 만남을 서로 확인합니다. 아! 다시 마음을 모아 흐트러진 자태를 가다듬고, 사랑의 고백이 저절로 나올 때까지 고요한 묵상을 해봅니다. 좋고 좋은 환희가 넘치는 친밀한 광경을 한 눈으로 바라봅니다. 찬란하게 빛나는 햇빛처럼, 광명의 하늘처럼, 도무지 알 수 없는 신비한 그리움을, 보고플 때마다 찬양으로 화답합니다."

시의 친구인 여사도 가만히 있을 수 없어서 아끼고 아끼던 시를 작가에게 E메일로 보냈다.

제목 "사랑과 행복"

"안녕하세요. 저번에 보내온 시와 이번에 보내온 시를 잘 봤어요. 너무 아기자기한 체험으로 쓴 시인지 무척 감동이 되었어요. 혼자 살면서 외로움을 달래기 위해 무척 힘들었나 봐요. 그렇게 사무치는 애절한 사연이 깃들어져있는 줄을 몰랐어요. 남편이 윤 작가의 시를 보고 놀라 의아해했어도 이해하기로 했나 봐요. 우리는 요상한 사이가 아닌 순수한 사이로 시를 나누는 친구, 맞지요. 아끼고 아끼던 시를 저장해 보내니, 잘 읽어보세요. 안녕히 계세요."

작가는 여자 친구로부터 보내온 시를 받고 감동의 눈물을 흘렸다. 너무 애틋한 사연의 시이라서 그만 감동을 먹고 말았다.

"사랑과 행복"

"얼마나 기다리고 기다렸을까? 가만히 있을 수 없어 안절부절못하고, 속삭이는 인사 속에 그리움만 쌓입니다. 언제나 사랑의 추억은 아름답습니다. 아! 바로 그 느낌 되도록 오래 간직하고 파. 사랑한다는 말 한마디에 얼음 녹듯 녹아버린 감정의 응어리. 구름처럼 안개처럼 떠다니다가 머뭅니다. 영원히 여기에 들어와 깊게 사랑해주길 고대합니다. 이제 소망이 채워지고 행복은 오래 가겠지. 신비의 현장에서 마음의 상처와 굴곡도 치유되는 순간에 고마운 감사가 절로 납니다. 사랑하는 우리의 인생은 더욱 알차게 맺어지리라 믿게 되고, 사랑의 환희를 가지고 남에게 으스대고 싶지만, 시기의 눈초리가 무서워 혼자 간직하리라."

이렇게 시를 나눈 그들은 가상 속에서 꿈꾸는 사랑과 자유를 마음껏 상상했다. 작가와 여사는 초 현대시를 나누자 그만 너무나 가까운 마음의 친구가 되고 말았다. 선생과 작가와 여사는 변화시대를 실감하면서 속사정의 마음까지 나누었다. 선생은 작가를 초대해 식사를 나누면서 아내와 함께 서로를 잘 아는 얘기를 나누었고 태어나서 결혼하고 살아온 사연을 줄줄이 늘어났다. 우리는 마음으로 사랑하고 자유로운 상상을 통해 잃어버린 추억을 되새겨 즐겁게 지내기로 했다. 눈물이 날 정도의 아픈 감정을 모두 잊고 좋은 미래를 꿈꾸자면서 선생이 작가더러 "이제 나이도 많으니 좋은 과부를 만나 결혼해 살았으면 좋겠네."하니까 작가는 여자를 체념한 듯 "모두 잊어버리고 살 각오로 깨끗하게 살기로 했네."해버려 썰렁해지고 말았다. 선생은 속으로 내 마누라를 좋아할 경우가 생기지 않을 것 같아 안심했다. 서로 "안녕히 계세요?"하고 헤어진 후에 선생은 작가의 생활을 돕고 싶었다.

선생은 작가에게 E메일을 보냈다.

제목 "생활의 실천"

"안녕하세요? 집에는 잘 들어갔소. 마누라가 없어서 쓸쓸했겠소. 내가 체험한 생활을 저장해 보내니 잘 읽어 실천해보세요. 그럼 안녕."

작가가 열어서 읽어봤는데 참 좋은 체험이 담겨 있어서 감사했다. 그는 생활에 자신을 가지고 살기로 했다.

작가와 선생과 여사는 뒷동산에서 놀다가 선생의 집에까지 놀러가 놀았다. 선생은 작가더러 "살아온 인생이야기나 해보세요?"했다.

작가는, 얘기했다.

"나는 너무나 미남이고 실력이 좋은 큰외삼촌을 좋아했죠. 그는 6.25라는 전쟁의 비극과 미국의 자유연애 때문에 이혼을 겪어 인생의 시험에 빠졌죠. 나는 결핵이라는 질병의 아픔과 신에 대한 신념 때문에 혼자 살아 인생의 시험에 빠졌죠. 나는 대학교에서 김지현을 너무 좋아했지만 짝사랑으로 끝났고 나를 좋아한 박혜란을 친구처럼 대했어요?"

여사는 놀랐다.

"뭐요?"

선생도 놀랐다.

"뭐?"

"나는 김지현의 동생 김주현이에요."

"정말, 이렇게 알게 되다니 이상해요."

"나는 김지현을 너무나 사랑했지만 소용이 없었어요."

"언니가 작가를 마음으로만 사랑했지. 현실로 보면 너무나 조심을 했어요."

"그건 사랑이 아니고 집념이었나 봐."

"언니가 처음에는 작가를 좋아했어도 나중에 남자다운 구석이 없는 사람으로 생각했어요. 여자는 남자를 좋아하지 마음이 좋은 사람을 좋아할 수가 없어요."

"정말 인연도 질겨 여기서 우리는 시를 나눈 이상한 사이가 되었네요."

"다시 한번 물어볼 게."

"......"

"박혜란을 어떻게 알지. 성대 졸업했소."

"그래요."

"내가 박혜란의 동생이에요. 누나는 작가를 어렴풋이 좋아해 그냥 친구처럼 생각했어도 이순석과 작가를 마음에 두었죠. 이순석은 공부만 하지 여자를 친구로만 보고 작가는 이상한 선배에게 빠져 여자를 모르는 바보였죠. 누나는 매형보다 작가를 사모했는지 몰라."

"참, 이상하다. 서로 너무 친해질 수밖에 없는 우리 사이네."

"인생이 이렇게 돌아갈 줄 어떻게 알았나."

"그래요."

"언니는 작가가 자식까지 있는 자기에게 찾아와 담까지 넘는 것을 보고 괴로워했어도 나약한 작가를 무서워하지 않았어요. 언니는 작가를 소심한 철부지로 봤거든요. 언니는 작가가 고독하게 사는 걸로 아는데, 아직도 언니를 잊지 못해 혼자 사세요."

"아니, 잊었어요. 다만 꿈을 실현하고픈 다른 목표가 있어서 혼자 살아요."

"다행이에요. 당연히 잊어야 해요."

"작가는 내 누나를 좋아하지 않았죠?"

"박혜란은 내가 김지현에게 그렇게 깊게 빠진 줄 모르고 대강 그러리라 생각해서 나를 좋아했지만, 나는 선생의 누나를 여자로 생각해본 적이 없어요."

"그럼 누나는 작가를 좋아했고 작가는 내 처형을 좋아한 사이로 누나만 손해 봤네."

"사랑이 뭐, 물건이야 손해를 보고 말 게. 사랑은 사랑자체로 아름답죠. 누구를 사랑한다는 것은 그만큼 성숙했다는 증거야."

"문제는 작가가 지금도 혼자 산다는 게 얼마나 조마조마한지 아세요. 누나도 작가를 마음 한구석에 남겨놓고 처형도 이 사실을 알아 괴로웠어요. 빨리 제발 결혼 좀 하세요."

"마음대로 결혼이 쉽지 않아, 미국으로 떠나고 싶어도 현실이 떠 받쳐주지 않아 문제이에요."

"미국에 간들 마찬가지 에요. 나이 들어 고향을 떠나면 고생이고 더구나 미국으로 떠나면 죽도 밥도 아니에요."

"나도 모르겠소. 좋은 여자가 나타날지. 나는 이미 김지현을 정리했어요. 정말이에요. 애까지 딸린 주부를 내가 사랑하겠어요. 생각을 해보세요."

"그러긴 그래요."

아! 인생이 이렇게 넓고도 좁은지, 김지현과 박혜란을 모른다고 하지 못한 처지가 되어 친구, 친구, 친구로 서로 떨어지지 못하는 사이가 되었다. 이렇게 대화를 나눈 그들에게 인생의 차이를 느낀 비애가 있었어도 서로 친구이니까 친구 이상도 이하도 아닌 가벼움으로 이해하고 포근한 꿈을 간직하면서 각자 주어진 환경 속으로 돌아갔다.

현진은 아침 일찍 일어나 뒷산 약수터에 올라갔다. 각양각색의 물통들을 길다랗게 줄을 세워놓고 그 근방을 두리번거리는 사람들, 가볍게 몸을 푸는 사람들, 보건체조를 하는 사람들로 새벽의 정적을 깨 요란스러웠다. 물을 먹기 위해 팔을 내밀어 바가지로 받아먹는 상쾌함은 이루 말할 수 없었다. 실컷 물을 마시고 기다렸다가 물통에 물을 가득히 채운 다음에 산 속을 따라 지름길로 내려오면서 푸른 이끼가 붙은 바위를 운동화로 문질러 보기도 하고 높다란 나무를 휘감고 올라간 덩굴을 손으로 만져보기도 하고 나뭇잎을 살며시 흩으려보기도 했다.

동산으로 내려온 그는 배드민턴을 치고 즐겁게 놀았다. 오늘 따라 배드민턴을 치는 선생과 여사의 폼이 일품이었다. 여사는 작가에게 우리 서로 사랑하는 사이가 아닐지라도 좋아하는 사이로 즐겁게 지내자면서 E메일로 시를 보낼 테니 그리 알고 있으라고 했다. 우리는 무언가 말할 수 없는 교감에 빠졌다. 언니보다 동생이 더 얌전해 보였다. 언니의 미소만큼 아름답지 않아도 허리와 다리가 예뻤다. 언니를 닮은 구석이 있어서 지현이가 갑자기 떠올라 이상해졌다. 그래도 잊어야 했다.

여사는 최근에 지은 시를 작가에게 E메일로 보냈다.

제목 "찬란한 꿈"

"안녕하세요. 우리는 너무 가까울 것 같으면서 가까울 수 없는 이상한 사이죠. 언니를 생각하면 윤 선생을 멀리 해야 하지만 우리는 시의 동지로 너무 가깝게 느끼는 사이에요. 윤 선생의 심정을 이해해 서로 좋은 감정으로 계속 마음을 나누고 싶어요. 그렇다고 언니에 대한 증오를 품으면 안 되어요. 언니나 나나 좋은 여자이에요. 윤 선생이 오해하지 않았으면 좋겠어요. 내가 보내는 시를 저장해 보내니 재미나게 감상해주길 바라면서, 안녕히 계세요."

그는 여자 친구로부터 보내온 시를 받고 옛 애인이 생각나기도 했어도 지나간 꿈에 불과하다고 다짐하고 다짐했다. 그리운 감정을 무를 자르듯 자를 수 없을지라도 최소한의 상식으로 선을 지키기로 했다. 나의 외로움을 달래주려고 이렇게 위로해주나 싶어 감사했다. 포근한 마음으로 시를 감상했다.

"찬란한 꿈"

"최근에 일어난 사건에 매달릴 여유도 없이, 분주하게 살아가는 모습이 얼마나 애처로운지, 그러나 밝고 환한 미소가 어린이의 자태에서 풍겨요. 그렇게 아름답게 살고 파 여기까지 버티고 있어요. 어찌 그렇게 아름다운지, 찬란한 꿈이 언제까지 지속될는지 알 수 없어도, 아픔과 고통을 참아낸 희망의 신념이 포도송이처럼, 참으로 보송보송하게 느껴지고 행복합니다. 그런데 왜 가슴을 매만질 때마다 시리듯 시릴까? 찬란한 문화의 꽃이 매만져지는 현실 앞에서 환상이 깨지지 않길 마음속으로 깊이 바라면서, 오로지 좋은 일만 일어나길 한결 같이 바랍니다."

작가는 가만히 있을 수 없어서 써놓은 시를 여사에게 E메일로 보냈다. 여사는 작가의 E메일을 받고 우리는 너무나 사랑스러울 수 있겠지. 시에서만 느끼는 감정 속에서 사랑하고 싶었다.

제목 "사랑하는 마음"

"안녕하세요, 보내준 시를 잘 받았어요. 최근에 지은 시를 저장해 보내니 음미해주세요. 그렇다고 외우라는 얘기는 아니에요. 김 여사가 보내준 시를 여러 차례 읽었어요. 행복하게 사는 기분으로 외로움을 달래 더욱 열심히 살게요. 아름다운 인생이 우리 사이에 펼쳐지길 바라요. 그럼 안녕히 계세요."

그들은 시로 엮여진 이상한 사이가 되어 시를 감상하고 감상했다.

"사랑하는 마음"

"매일 사랑하는 마음으로 살 때마다, 저 멀리 바라다 보이는 하늘에 무지개가 뜹니다. 마음의 평화를 가져와 행복해지는 기분에 빠지면, 얼마나 기쁜지 사랑의 은혜에 감사합니다. 인생이 존재할 목적은 님의 뜻에 맡기면서 사는 것일세. 고요한 평화가 깃들어 있는 새벽을 열 때마다 산뜻한 기분이 듭니다. 바라보고 바라봐도 어찌나 좋은지, 오! 찬란한 기쁨의 환희가 오래 머물수록 더 큰 행복에 젖어, 활기찬 미래를 바라볼 수 있는 예지의 능력이 일어납니다. 뜨거운 바람이 존재할수록 더 뜨거워지는 가운데 고마운 이웃이 있기에 존재의 의미를 절실하게 깨닫고, 사랑 속에서 지혜의 힘이 넘쳐나 자신 있게 살아갑니다."

시의 문학에서 아름다운 행복을 찾은 현진은 건강해지기 위해 무척 신경을 쓴다. 여자와 술을 절제해도 여자생각과 성인영화를 절제하지 못해 속물이 아닌 속물로 설레는 인생을 품고 인생의 비애를 느끼면서 산다. 주현은 언니에게 현진에 대한 소식을 전해 어떻게 할 것인가. 하고 상의한다. 지현은 현진의 열광적 사랑을 이해하지 못하겠다면서 자신에 대한 상황을 일체 비밀로 하라고 한다. 사람의 마음은 몰라 언제 돌출할지 모르니까 꼭 비밀을 지켜달라고 부탁한다. 그래도 그녀는 현진에 대한 궁금증으로 현진이 사는 주소와 모습에 대해 상세히 물어본다. 자신을 비밀로 하라면서 현진에 대한 조사는 지금도 여전히 철저하게 한다. 지현의 지혜와 현진의 바보는 남녀 사이에서 이렇게 차이가 나는지 모르겠다면서 언니가 너무 하지 않나 하는 주현의 불만이 토로될지라도 꼼짝하지 않는 언니의 태도는 냉엄하다. 사랑이 깊을수록 사랑을 지키기 위해 자기방어에 익숙한 본능적 여성의 감각이 이렇게 무서울 줄이야 미처 모른 현진만 불쌍하게 느껴진다.

사랑과 자유가 숨쉬는 속물이 아닌 속물의 인생일지라도 아름답게 기억되길….

우리가 느끼는 가상 속의 행복은 아무리 느껴도 죄가 되지 않고 순수하게 흘러 마음의 허전함을 달래준다. 인터넷이 이렇게 순수하게 흘러만 간다면 얼마나 좋을까! 극과 극을 달리는 정보의 홍수 속에서 국제정보를 국가법으로 해결할 수 없기에 형식적 국제법이 아닌 상위의 국제법이 필요한데 외교마찰이 있고 국지전쟁이 있어서 아직까지 유보되어 혼란스러운 인터넷은 선량한 사람들에게 안타까운 피해를 준다.

외로운 작가에게 유익한 위로와 사랑을 주는 여사가 얼마나 멋있는 사람인지 사막의 오아시스처럼 느껴진다. 선생도 건강과 미와 생활을 주고자 양보와 이해를 대범하게 하는 멋있는 사람이다. 작가는 지현의 주변인물과 아는 사이가 되어도 지현을 만나지 못해 눈물을 흘린다. 지현에 대한 애인감정을 버리고 친구로 누나로 만나보고 싶어도 만나지 못해 눈물을 흘리고 있다. 눈물이 보슬비처럼 흐른다. 지현에 대한 사랑도 연정도 모두 사라질지라도 그리움의 눈물이 나 어찌할 바를 모른다. 작가와 지현은 왜 친구로 만나지 못할까? 과거의 너무 깊은 짝사랑이 이렇게 하늘과 땅을 가르고 서글픈 감정을 억누르지 못해 눈에 고인 눈물을 닦느라 물끄러미 바라보고 강처럼 바다처럼 아리송한 물기를 품는다. 슬픔은 눈물이 되어 자신의 감정을 송두리째 환상의 사랑으로 몰아가는 야릇한 본능을 억제하는 현실 앞에서 사랑할 수 없기에 신이 없다면 죽음으로 끝나고 말 것이다. 죽음의 사랑이 승화되어 신의 사랑으로 제2의 인생을 사는 작가야말로 눈물을 폭포수 같이 뿜어내고도 거뜬하게 살아가니 환하게 웃을 수 있고 울어도 소용이 없는 현실을 열정의 가슴으로 품는다.

설레는 인생을 품다

초판 1쇄 인쇄 · 2003년 5월 21일
초판 1쇄 발행 · 2003년 5월 24일

지은이 · 윤영준
펴낸이 · 박대용
편집 · 최선영, 임혜란
펴낸곳 · 도서출판 등불
출판등록 · 1998년 4월 3일 (제10-1574)

주소 · 서울시 마포구 합정동 426-1, 3층
Tel. (02)3143-1966/332-3880 · Fax. (02)3143-2757
ISBN 89-8028-063-03810

※ 잘못 만들어진 책은 교환해 드립니다